W0307298

AU PÉRIL de nos Cœurs

Tous droits réservés. Ce livre, ou quelque partie que ce soit, ne peut être reproduit de quelque manière que ce soit sans la permission écrite de l'éditeur. Ce livre est une fiction. Les noms, caractères, professions, lieux, évènements ou incidents sont les produits de l'imagination de l'auteur utilisés de manière fictive. Toute ressemblance avec des personnages réels, vivants ou morts, serait totalement fortuite.

Image de couverture : Shutterstock © Elizaveta Starkova
Couverture : Marion Rosière

© 2021, New Romance®, Département de Hugo Publishing
Collection créée par Hugues de Saint Vincent et dirigée par Arthur de Saint Vincent
Ouvrage dirigé par Marine Flour

Pour la présente édition :
© 2023, Hugo Poche, Département de Hugo Publishing
Collection dirigée par Arthur de Saint Vincent
Ouvrage dirigé par Marine Flour

34-36, rue La Pérouse
75116 Paris

ISBN : 9782755667332
Dépôt légal : avril 2023
Imprimé en Espagne par CPI Black Print

MALORIA CASSIS

AU PÉRIL de nos Cœurs

Hugo Poche

NEW ROMANCE®

CHAPITRE 1

NORAH

Je m'extirpe avec soulagement de l'habitacle de la citadine de Flavie. Ces cinq heures de route, après une journée harassante de boulot pour boucler tous mes dossiers et profiter ainsi de mes vacances l'esprit tranquille, m'ont achevée. En plus, nous avons dû supporter tout du long la musique de mon amie. Le classique, c'est sympa dix minutes, mais sur cinq cents bornes, ça déprime.

– Heureusement que tu as pu finir plus tôt, s'exclame Elif alors que je lui tends la main pour l'aider à sortir du véhicule trois portes.

– Ne la félicite pas ! s'écrie Flavie, outrée. On avait prévu dès le départ de s'organiser pour arriver avant la tombée de la nuit et il est presque 21 heures !

– Ça va, ce n'est pas comme si on avait des tentes à dresser, rétorqué-je tout sourire en me dirigeant vers le coffre afin d'y prendre nos valises.

Arrête de te plaindre et viens t'installer dans notre palace sur cales.

– Si vous m'aviez embarquée pour du camping sauvage en guise de semaine de vacances avant mon mariage, vous auriez pu oublier votre rôle de demoiselles d'honneur, nous lance Elif en nous emboîtant le pas vers notre location.

Nous entrons en riant dans le mobil-home. Elif va épouser son grand amour le mois prochain et, la connaissant, elle ne tardera pas à mettre un bébé en route. C'est Flavie qui a eu l'idée de partir entre filles pour en profiter tant que c'est encore possible. Nous avons opté pour les renommées Gorges du Verdon, dans lesquelles nous avons toutes les trois de bons souvenirs de colonie de vacances.

Une petite cuisine fonctionnelle se trouve sur notre gauche, dans l'espace de vie qui accueille une table pour six personnes et une banquette. Je m'attendais à me sentir oppressée, mais l'espace est finalement assez vaste.

La répartition des chambres se fait sans accroc. Notre amitié de longue date nous permet de nous connaître sur le bout des doigts. La coquette Flavie a impérativement besoin de sa propre salle de bains, tandis que la discrète Elif préfère la pièce la plus éloignée afin de pouvoir téléphoner à son fiancé en toute intimité. Je prends donc celle qui reste.

Un lit pour deux personnes est déjà fait. Une fenêtre donne sur l'allée principale qui mène à l'entrée du camping. Adieu grasses matinées, je sens que je vais profiter du bruit des lève-tôt qui iront chercher leur pain pour le petit-déjeuner.

J'ouvre ma valise et m'empresse de suspendre mes vêtements sur des cintres. J'ai horreur qu'ils soient froissés et je n'ai aucune envie de repasser pendant mes vacances.

Je rejoins la salle de bain que je vais partager avec Elif et dispose mes quelques produits de beauté ainsi que ma brosse à dents et mon dentifrice autour du lavabo.

– Ça vous dit de grignoter un truc ? proposé-je aux filles depuis la pièce centrale de notre hébergement, après ce petit quart d'heure à ranger nos affaires.

– On va boire un coup, surtout ! rétorque Flavie.

– Elif ?

Cette dernière ne répond pas. C'est devenu une habitude pour nous de l'attendre depuis qu'elle est amoureuse.

– Tu crois qu'ils passeront autant de temps au téléphone une fois mariés ? m'interroge Flavie en levant les yeux au ciel.

Je ne pense pas, car ils pourront enfin vivre ensemble. Leurs familles tiennent à respecter certaines coutumes, comme celle de ne pas habiter sous le même toit avant de s'être passé la bague au doigt.

Flavie frappe à sa porte avant de l'entrouvrir :

– Si tu comptes rester greffée à ton téléphone toute la semaine, autant rentrer tout de suite.

– Fais pas ta grincheuse, tu veux ! entends-je Elif répondre en riant. J'arrive.

Flavie referme le battant en faisant mine d'être fâchée. Je pouffe face à son piètre jeu d'actrice. Cet amour vache est la preuve de notre amitié profonde.

– On a quelque chose à se mettre sous la dent ? me lance-t-elle en ouvrant le frigo.

– Tu penses bien que Myriam n'a pas laissé sa fille partir sans quelques boîtes hermétiques pleines à craquer.

– Tu as raison, j'aurais dû m'en douter.

La mère d'Elif est comme une seconde maman pour nous. Pour ne pas dire la première, dans la mesure où Flavie et moi n'avons pas vraiment pu compter sur les nôtres. La sienne a abandonné sa famille lorsque l'entreprise de domotique de son père a fait faillite et qu'ils ont dû déménager du centre de Lyon pour rejoindre notre cité HLM. Si mon amie a mal vécu le fait de changer de train de vie, de quitter son école privée et de ne plus pouvoir obtenir tout ce qu'elle voulait, son père a toujours été là pour elle, et je ne l'ai jamais entendue se plaindre. Ensemble, ils ont réussi à trouver leur place dans la jungle de notre quartier et à se faire apprécier de la majorité des habitants. Il faut préciser que son père a su se mettre tous les voisins dans la poche en les aidant à remplir leurs formalités administratives, sans rien demander en retour.

Quant à ma mère, elle m'a toujours préféré sa bouteille de vin. Je n'ai jamais manqué de rien. Le frigo et les armoires étaient pleins. Elle m'achetait régulièrement de nouveaux habits et des chaussures. J'étais même plutôt à la mode. Mais au fur et à mesure des années, elle a de moins en moins caché son addiction. Ou eu plus de mal à le faire. En revenant de l'école, je la retrouvais vautrée sur le canapé, endormie devant la télévision allumée sur des séries à la noix, une bouteille ouverte à portée de main. Alors j'ai pris l'habitude de traîner chez Elif, et Flavie a rejoint naturellement notre duo après son arrivée.

Nous faisions nos devoirs ensemble, parlions des garçons qui nous plaisaient et nous confiions tous nos secrets. Je rentrais après le dîner, quand j'étais certaine que ma mère serait endormie. Elle ne s'inquiétait pas de savoir où je passais mon temps, trop abrutie par l'alcool qu'elle avait ingurgité.

Habitant toutes les trois dans la même tour, c'était facile pour Flavie et moi de nous tenir loin des soucis de nos familles respectives en étant chez les Yilmaz, si chaleureux et aimants. Ils ont fini par prendre autant soin de nous que de leur propre fille.

Les mains pleines, nous sortons pour improviser un apéro.

– J'ai aussi apporté quelques bouteilles de vin blanc dans mes valises, nous annonce Elif en nous rejoignant avec l'alcool mentionné dans les mains, les joues rougies par son appel téléphonique.

– Si tu n'étais pas déjà ma meilleure amie, tu le deviendrais sur-le-champ !

Elif et Flavie rient en préparant nos verres. Habituées, elles remplissent le mien avec de l'eau. Et comme chaque fois qu'il est question d'alcool, nous en venons à parler de ma mère.

– J'ai été étonnée que ta mère pense à t'appeler pour te souhaiter de bonnes vacances.

– Et moi donc ! annoncé-je à Elif avant d'avaler une gorgée d'eau fraîche, bienvenue avec la chaleur environnante.

– D'ordinaire, elle aurait plutôt remarqué ton départ après quelques jours, non ? interroge Flavie.

– C'est vrai… Mais elle semble aller mieux ces dernières semaines.

J'ose à peine le dire de peur de me porter la poisse. Ma mère est parvenue à ne pas manquer une seule journée de travail le mois dernier. Un véritable exploit pour elle. Hélas, je sais d'expérience qu'il ne faut pas se réjouir trop vite, car elle finit toujours par replonger dans ses travers. Et le retour de flammes est terrible. Je ne suis plus une petite fille pleine d'illusions sur sa maman. Elle les a brisées, les unes après les autres, au fil des années. Je ne crois plus à sa guérison. Je tente de veiller sur elle du mieux que je peux, c'est tout ce qui me reste à faire.

– Ne t'inquiète pas pour elle et profite de nos vacances. Ohran ira la voir si besoin pour vérifier qu'elle va bien, me rassure Elif.

– Trinquons à ce séjour loin de nos soucis !

Nos verres se cognent dans un tintement avant que Flavie n'ajoute :

– Et aux derniers moments de célibat d'Elif !

– Et à l'ouverture de ton second salon de coiffure !

Mes amies avancent dans leurs vies. Elif construit sa propre famille. Flavie bâtit cet empire professionnel dont elle rêve pour rendre son père fier d'elle. Moi, je reste la fille qui n'ose pas quitter sa mère de peur qu'elle sombre dans un coma éthylique et soit retrouvée morte par les pompiers dans son trois pièces minable.

– Tout est prêt ? m'informé-je auprès de Flavie après avoir piqué un amuse-gueule.

– Tu rêves ! Deux miroirs sont arrivés fissurés et un candidat, à qui j'avais accepté des aménagements d'horaires tellement son CV me plaisait m'a lâchée.

– Tu ne lui as pas fait signer une promesse d'embauche ?

– Non, et ça m'apprendra ! Et toi, tout est bouclé pour ton mariage ?

– Absolument pas ! Et avant ça, il reste la soirée du henné à organiser. Vous savez comment peuvent être certaines femmes de ma famille... Savoir qu'elles vont tout critiquer me met déjà hors de moi.

– Dis-toi que quoi que tu fasses, ça ne leur plaira pas, donc fais-le comme tu l'entends, s'emporte Flavie.

– Vous me déprimez toutes les deux avec vos projets… pleurniché-je.

– Dixit celle qui gère les projets d'une vie pour ses clients.

– On ne peut pas comparer…

– Construire une maison n'est pas anodin, tique Flavie.

– J'aide les gens à concevoir les plans de leur habitation et à réfléchir aux meilleurs aménagements. Je ne sauve pas des vies, hein…

– Au lieu de faire ta victime, se récrie Elif, pourquoi tu ne penserais pas un peu à toi pour une fois ? Qu'est-ce que tu fais encore chez ta mère ? Tu as un salaire plus que correct, tu pourrais te prendre un appart.

Je tais le fait que j'aurais même les moyens de faire construire ma propre maison ou d'acquérir un de ces splendides lofts de centre-ville qu'affectionne Flavie. Mon salaire de base n'est pas mirobolant, mais les primes que je récolte en signant des contrats compensent largement.

– C'est vrai ça, s'exclame Flavie comme si elle n'y avait jamais pensé. Et ça te permettrait de ramener les mecs avec lesquels tu flirtes quand nous sortons. Elle remonte à quand, ta dernière partie de jambes en l'air ?

Je n'ai pas l'occasion de lui répondre, car un ricanement résonne sur notre droite. De concert, nous nous tournons en direction du bruit. Prises dans notre conversation, nous n'avions pas vu que trois types s'activaient à dresser une tente à quelques mètres de nous. Si j'en crois leurs sourires en coin, ils n'ont rien loupé de la remarque de mon amie. *Génial, nos voisins m'agacent déjà alors que nous n'avons pas encore échangé un mot !*

CHAPITRE 2

MARCO

Le trajet jusqu'à notre emplacement se fait sans encombre. Yohan gère la caravane attachée à son 4 × 4 de main de maître. Il faut dire qu'il a l'habitude de conduire avec une remorque remplie du bric-à-brac qu'il utilise pour son travail.

J'ai profité des quelques heures de route depuis Lyon pour pioncer un peu et tenter de rattraper le sommeil qui me manque. J'espère que ces vacances, loin de tout ce qui me pollue l'esprit, feront disparaître mes insomnies. Pas sûr que dormir sous une tente soit le meilleur moyen pour ça, cela dit. En plus, Tristan s'est incrusté dans notre plan. Je ne le connais pas beaucoup, mais le peu que je l'ai côtoyé ne m'a pas donné envie de creuser.

Le camping semble plutôt bien entretenu, même si les allées portent les marques des milliers de véhicules qui les ont empruntées auparavant. Des familles sont déjà installées ici et là.

Nous longeons une aire de jeu ainsi qu'un petit terrain de foot. Je ne saurais dire à quand remonte la dernière fois que j'ai tapé dans un ballon. Pourtant, Enzo et moi, nous adorions ça, gamins.

– Vous voulez qu'on installe tout de suite la tente ? nous demande Yohan après avoir réussi à se garer du premier coup à la place prévue.

– Vu l'heure, c'est préférable, assené-je d'un ton mauvais.

Si nous arrivons en début de soirée, c'est à cause de son cousin qui n'était pas prêt lorsque nous sommes passés le récupérer. Sans lui, nous aurions pu dormir peinards à deux dans la caravane. J'ai bien envie de lui dire de se démerder avec la tente puisqu'il n'a pas été foutu d'être à l'heure.

Yohan et moi sommes potes depuis notre rencontre lors d'un salon de l'artisanat, il y a trois ans. Nous n'en sommes pas à notre première vadrouille ensemble, dans des conditions plus ou moins spartiates. En revanche, il est hors de question que je me serre avec son débile de cousin dans l'espace exigu de la caravane. Cependant, diviser les frais du séjour par trois au lieu de deux présente certains avantages. Être à son compte en tant qu'artisan ébéniste paie les factures, mais ne fait pas de moi un mec blindé.

Alors que les gars commencent à sortir le matériel pour planter les sardines, j'appelle rapidement mon frère. Mon hésitation, hier, à maintenir ces vacances, l'a mis hors de lui. On ne se comprend plus depuis quelque temps, et ça me fait chier. Avant, il nous suffisait d'un regard complice pour partir dans un fou rire. Nos vies ont pris des chemins différents et je ne l'accepte pas. Je me refuse à continuer seul ma route sur la ligne droite tracée depuis notre naissance alors que la sienne a connu un virage à 90 degrés. Il s'éloigne de moi, ce qui me fout en rogne.

La tonalité se répète et s'éternise. J'ai beau l'avoir anticipé, entendre son répondeur me fait resserrer ma poigne autour de mon téléphone de rage. *Quand il décide de jouer au petit con, il ne fait pas semblant !* J'en arrive à un point où la distance entre nous remet en cause mes progrès, l'envie de replonger pour me calmer me paraît séduisante. Je me résous à lui envoyer un message, parce que peu importe son comportement, je sais qu'il attend tout de même d'être rassuré.

Marco : Bien arrivé.

– Tu comptes venir nous aider ou tu te touches la nouille ? m'interpelle Tristan en se croyant sûrement drôle.

– Si tu compares ta queue à une nouille, c'est qu'on n'a pas le même gabarit, mon pote ! lui lancé-je en les rejoignant.

– Mec, je chausse du 43. Tu sais ce qu'on dit sur les hommes aux grands pieds ?

– Qu'ils ont besoin de se rassurer avec des parallèles à la con ?

– Avec vous deux, ces vacances s'annoncent mémorables, lance un Yohan hilare.

Je ris malgré moi alors que notre attention est attirée un peu plus loin. Le dernier mobil-home de l'allée est proche de notre emplacement, séparé par un buisson qui a dû être touffu à une époque, mais qui a perdu de sa superbe. Trois jeunes femmes sont installées sur leur terrasse en bois. Elles trinquent au début de leurs vacances dans la bonne humeur. J'espère pour moi qu'elles ne sont pas du genre à vouloir partager leurs bouteilles.

– Plutôt pas mal, les voisines, se réjouit Tristan.

– Attends de voir si des mecs ne les accompagnent pas avant de te jeter sur elles, le met en garde Yohan.

– Tu te ramollis en vieillissant ou je rêve ? Avant, c'est pas parce qu'une nana était maquée que ça nous empêchait de l'accoster.

– Justement, je t'ai déjà sorti assez souvent d'emmerdes depuis qu'on est gosses ! Je préfère te prévenir, je ne suis pas descendu de Lyon pour chercher les embrouilles.

– C'est bon, détends-toi, je n'allais pas leur sauter dessus. Je ne suis pas un crevard.

– T'es sérieux ? J'ai jamais vu un mec aussi mort de faim que toi dès qu'une nénette est dans les parages, lancé-je en me mêlant à la conversation.

– Continuez à vous foutre de moi, ça ne me gêne pas, rigole-t-il en levant les mains. Pendant que vous restez enfermés dans vos ateliers à fabriquer vos machins, moi je serre toutes les petites cailles qui passent, c'est parfait.

– Tu avoues au moins que lorsqu'on est là, Marco et moi, tu n'as aucune chance.

– Je suis pas trop regardant, tu sais, une meuf ou une autre, c'est du pareil au même.

Je me retiens de lui dire le fond de ma pensée. Ce mec est vraiment un trou du cul.

Nous nous concentrons à nouveau et finissons par réussir à monter la tente.

Yohan gonfle le matelas tandis que Tristan récupère l'oreiller et la couverture avant de les lancer à l'intérieur.

– Comment on gère les nuits, les gars ?

– Tu dors sous la toile et nous dans la caravane, déclaré-je, implacable.

Hors de question que je le supporte à déblatérer ses conneries quand j'irai me coucher !

– Sérieux ? On pourrait faire un roulement quand même !

– Mec, tu t'incrustes, tu te contentes de ce qui reste.

– Et pour les filles ? insiste-t-il d'un ton plaintif. Je vais pas emballer beaucoup si mon palace s'appelle *Quechua*, si tu vois ce que je veux dire.

Ce con me sourit. *Il croit m'attendrir ?*

– Tu t'arranges pour qu'elles t'invitent dans leurs antres, gros malin ! lui rétorque Yohan en lui balançant le matelas dessus.

Personnellement, je me fous pas mal de ces détails. Je ne suis pas contre l'idée d'oublier toutes les merdes qui me préoccupent entre les bras d'une jolie femme, mais si nous avons choisi les Gorges du Verdon, c'est avant tout pour les activités sportives que la région propose. Mon pote a parlé de via ferrata, de sauts depuis de hautes falaises et de canyoning. Sans compter le panorama qu'offrent certains points. Tout ça a fini par me décider, même si je ne sais pas encore très bien ce que je suis prêt à vivre ou non durant cette semaine, sans mon frère à mes côtés.

Penser à Enzo me rappelle mon message envoyé plus tôt. Aucune réponse ne s'affiche sur mon téléphone. *Qu'il aille se faire foutre !*

– La petite blonde a l'air à croquer, relève Yohan.

Je me disais aussi ! Ça m'étonnait qu'il recommande à Tristan d'y aller mollo. Yohan est du genre fonceur avec la gent féminine. Il se donne les moyens d'obtenir ce qui lui fait envie lorsqu'il repère une demoiselle qui lui plaît. Mais toujours avec respect, contrairement à son débile de cousin.

– Tu vois ! C'est un signe du destin qu'elles soient juste à côté de nous, renchérit Tristan en passant un bras autour de son cou. Qu'est-ce qu'on fait ? On les accoste ?

– Qu'est-ce que tu en penses, Marco ? On est trois, elles sont trois… C'est un signe, non ?

– Vous voulez un signe ? Tenez, grogné-je en levant mon majeur sous leurs nez. Sortez plutôt les affaires, qu'on puisse ouvrir la banquette. Je ne rêve que d'une chose : aller me pieuter.

Les filles en question n'ont même pas remarqué ces deux lascars qui s'agitent pourtant dans cet unique but. L'une s'esclaffe avant de lâcher une indiscrétion sur une de ses copines. Les deux connards qui m'accompagnent explosent de rire et m'en arrachent un. Yohan mord son poing en me coulant un regard.

– Ne vous gênez surtout pas pour écouter nos discussions ! leur lance la blonde que Yohan a repérée tout à l'heure.

– Toutes nos excuses, lui répond-il à travers les buissons. Nous ne recommencerons plus, promis.

Quel baratineur ! La jeune femme lui montre son verre comme si elle trinquait à ces bonnes paroles. *OK, elle est ferrée.* Les deux autres se lèvent et débarrassent la table avant de rentrer dans leur mobil-home, non sans jeter un coup d'œil mauvais dans notre direction.

– On se fera pardonner demain, s'écrie Tristan avant de se décider enfin à me prêter main-forte, tout en s'adressant à Yohan. Ta petite blonde n'a pas l'air farouche.

– C'est pas le cas de ses deux copines ! Elles se sont réfugiées direct à l'intérieur.

– C'est nickel, j'adore relever des défis.

– Si vous êtes venus jusqu'ici pour passer votre temps à jacter à propos de nanas, on pouvait faire ça à Lyon !

– Laisse tomber, conseille mon pote à son cousin, monsieur est grognon quand il n'a pas ses sept heures de sommeil.

– Fais pas ton malin ! Je te rappelle qu'on dort dans la caravane tous les deux et que l'idée de me venger pendant ton sommeil commence à faire son chemin.

Mon portable vibre dans la poche de mon jean alors que Yohan me bouscule de bonne guerre. Un message de mon frère apparaît à l'écran.

Enzo : Profite !

Nous aurons donc échangé en tout et pour tout trois mots aujourd'hui. Il faut vraiment que je trouve comment reconsolider notre lien fraternel.

Alors que Yohan et Tristan organisent l'intérieur de la caravane, une lumière dans le mobil-home voisin attire mon attention. J'observe l'ombre d'une nana aller et venir dans sa petite chambre. Elle ouvre ce qui semble être son armoire et en sort un vêtement. Elle penche la tête en arrière et secoue ses cheveux avant de les attacher. Imaginer sa gorge ainsi exposée me rappelle à quel point il est agréable d'embrasser une femme à cet endroit pour lui déclencher des frissons. Finalement, je vais peut-être aussi me laisser tenter par une petite aventure, histoire de décompresser.

Hélas pour moi, l'ombre de la demoiselle disparaît. Elle met un terme à mes élucubrations en tirant les épais rideaux, sûrement pour se déshabiller.

CHAPITRE 3

NORAH

Une secousse sur le matelas me tire du sommeil. J'entrouvre une paupière pour découvrir Elif à mes côtés. Nous avons donc fini par nous endormir l'une à côté de l'autre en plein papotage nocturne. Elle semble encore bien dans le cirage. Son mariage qui approche est autant une belle nouvelle qu'une source de stress pour elle. J'espère qu'elle parviendra à décompresser pendant ces quelques jours.

Avec précaution, je me lève et sors de la chambre. Je suis immédiatement assaillie par une délicieuse odeur de café. Flavie est déjà installée sur la terrasse, son ordinateur portable allumé devant elle.

– Tu te fous de moi ? m'exclamé-je depuis la cuisine du mobil-home.

Elle relève le visage vers moi, un grand sourire aux lèvres.

– Pendant que vous jouez aux ados qui font la grasse mat', je bosse. Et avant que tu recommences à m'engueuler, enchaîne-t-elle en me pointant du doigt, je suis aussi allée acheter du café et des viennoiseries.

– C'est petit de te servir de mon addiction à l'arabica et au sucre pour m'attendrir !

– Tu es faible, je n'y peux rien, me lance-t-elle, espiègle, en haussant les épaules.

Je lui tire la langue avant de glisser une dosette dans la machine.

Ça faisait un bail que nous ne nous étions plus retrouvées pour une soirée à rire et à partager les derniers ragots avec mes deux meilleures amies. Ces quelques jours ici sont définitivement une très bonne idée.

Je chausse mes tongs, attrape ma tasse et rejoins Flavie à l'extérieur. Je me moque d'être simplement vêtue de mon short et de mon tee-shirt XXL dans lesquels j'ai passé la nuit. Le doigt d'honneur floqué sur mon haut servira de message à qui voudrait me faire une réflexion.

– Waouh, le soleil cogne déjà sévère !

– Oui, je pensais faire un saut à la piscine cet après-midi pour me rafraîchir.

– Bonne idée, acquiescé-je tout en piochant un croissant. Qu'est-ce qui nécessite que tu bosses pendant nos vacances ?

– J'ai juste alimenté mes réseaux sociaux des dernières couleurs faites au salon. D'ailleurs, quand est-ce que tu me confies à nouveau tes cheveux ?

– Pour finir avec des mèches violettes comme il y a six mois ? Non, merci, je passe mon tour.

– Pour la millième fois, c'était prune ! Et ça t'allait super bien. Tout le monde était d'accord.

– Pas mon patron.

– Tu m'avais donné carte blanche, non ?

– Oui, mais…

– Stop ! Tu ne peux pas m'autoriser à faire ce que je veux et me le reprocher ensuite. Et puis, franchement, je ne peux pas être coloriste et avoir une pote avec un châtain aussi terne. C'est incompatible. Il va falloir choisir entre notre amitié et tes cheveux…

– Ne me dites pas que vous vous disputez encore à propos de cette maudite couleur ? nous surprend Elif, qui émerge enfin.

Flavie et moi rions alors qu'elle s'assied avec nous. Décoiffée, les yeux semi-ouverts, elle ne sera jamais du matin. Elle pose ses bras sur la table et y cache son visage marqué par le sommeil.

– Pourquoi on a bu autant ? se plaint-elle auprès de celle que j'aime tant faire enrager à propos de mes teintures.

– Pour oublier que nous sommes des adultes avec plein de soucis ? lui répond-elle en détournant son attention de son écran. Je propose une activité détente pour compenser. Piscine et bronzette ! On a fait assez de route hier, je pense qu'on sera d'accord pour rester au camping aujourd'hui ?

Nous validons toutes les deux d'un signe de tête. Il fait tellement chaud, rien que l'idée de me retrouver dans une voiture et de devoir attendre que la climatisation s'enclenche me fait transpirer un peu plus.

Flavie referme son ordinateur portable avant de le ranger dans sa sacoche.

– Alors, bougez-vous les fesses, sinon il n'y aura plus de place sur les transats.

En deux bouchées, mon petit-déjeuner est terminé et j'avale d'une traite le reste de mon café.

– Prends ton petit-déj' tranquille le temps que je passe à la douche, proposé-je à Elif qui a encore la trace de l'oreiller sur le visage.

– Par contre, je te préviens, la menace Flavie, que je ne te chope pas en train de téléphoner à Ohran, sinon je te confisque ton portable.

Lorsque nous arrivons à la piscine, la chaleur est étouffante. Contrairement à nos craintes, elle n'est pas prise d'assaut. Des adolescents s'affrontent dans un duel de bombes, mais les familles avec des enfants en bas âge sont absentes. Elles ont dû privilégier la baignade dans les lacs du coin.

Mes lunettes de soleil sur le nez et mon Panama sur la tête, je rapproche un transat des deux disponibles un peu en retrait du bassin. Je jette ma serviette dessus et prends soin de me badigeonner de crème protectrice.

– Ne lésine pas sur la quantité, insiste Elif en attrapant le tube de mes mains pour m'en tartiner le dos. Vous vous souvenez de cet été où tu as viré écrevisse ? On avait quoi, quinze ans ?

Flavie se marre en étalant du monoï sur sa peau ambrée.

– C'était l'horreur, me rappelé-je, je n'ai pas supporté ne serait-ce que la caresse d'un drap pendant des jours après ça !

– Ça serait dommage que ça t'arrive maintenant. Tu pourrais croiser un beau mec qui voudrait se frotter à toi, lance Flavie alors qu'elle passe les mains derrière son dos pour dégrafer le haut de son bikini minimaliste.

– Tu fais quoi, là ?

– Fais pas ta prude, Elif !

– Tu ne vas pas faire du sein nu ici ?

– Pourquoi pas ?

Entre Elif, pudique et réservée, et Flavie, audacieuse et sociable, les divergences d'opinions sont nombreuses. C'est aussi pour ça que notre amitié est si forte, nos tempéraments opposés n'ont jamais été un frein.

– Peut-être parce qu'il y a des ados en rut à quelques mètres de nous ? interviens-je pour calmer le jeu. Ou parce que je ne suis pas certaine que le camping l'autorise et que j'aimerais autant qu'on ne nous demande pas de partir…

Flavie observe la bande de jeunes qui s'amusent et flirtent tout en réfléchissant à mon argument.

– OK… La concurrence ne serait pas à l'avantage de ces jeunes filles, je préfère leur laisser un bon souvenir de leurs vacances. Si leurs petits copains voient mes nibards, elles n'auront plus aucune chance de rivaliser.

La modestie n'étouffera jamais Flavie !

Une fois allongée sur mon transat, je soupire de bonheur.

– Je déclare ces vacances officiellement lancées !

Je ferme les paupières et me vide l'esprit. Mes muscles se détendent. Je me sens légère. Je parviens même à ne pas prêter attention aux discussions de nos voisins et aux bruits de leurs plongeons dans l'eau. J'inspire et expire lentement, comme je l'ai appris dans le seul cours de yoga auquel j'ai assisté.

Le raclement d'un transat me sort de ma béatitude. J'ouvre les yeux derrière mes lunettes de soleil et repère trois mecs, torses nus. Ils semblent plutôt bien foutus. Inutile de regarder Flavie, elle doit déjà être en train de se redresser pour les accoster.

– Vous êtes les types chelous qui écoutent les conversations ? leur balance-t-elle en guise de bonjour.

Je savais qu'elle n'allait pas les ignorer, mais je ne pensais pas qu'elle passerait à l'attaque en moins de deux secondes.

– Et vous, les voisines aux voix qui portent ? lui répond l'homme avec la casquette usée jusqu'à la corde. Yohan, enchanté.

Quelques rastas dévalent ses épaules, et son attitude décontractée m'est tout de suite agréable. Il semble être le genre de mec cool qui ne se prend pas au sérieux. Si j'en crois le sourire de Flavie, et les yeux malicieux avec lesquels il la détaille en retour, la moitié du boulot est déjà faite entre eux.

J'envie la capacité de mon amie à ne pas s'encombrer de sentiments dans ses relations avec les mecs. De mon côté, c'est plus fort que moi, j'ai beau me répéter qu'un homme peut avoir le QI d'une huître ou un humour douteux, mais savoir s'y prendre au lit, quand le préposé ne m'attire pas intellectuellement, je n'y arrive pas. Mon corps a besoin d'un minimum de connexion neuronale avec mon partenaire pour que je puisse lâcher la bride. Et comme le soulignait gentiment mon amie hier soir, faisant au passage profiter ces mecs-là de l'information, ça fait quelque temps que le réseau est perdu. Mon WI-FI ne capte plus. Pas de 4G, pas de fibre. Error System.

– Flavie, lui répond-elle avec un grand sourire. La starlette au chapeau et aux lunettes, c'est Norah, et plus loin, notre fiancée en enterrement de vie de jeune fille, Elif.

– Tristan, mon cousin, nous annonce-t-il en désignant la personne aux reflets roux proche de lui. Et Marco, le solitaire.

Le troisième est en effet resté en retrait. Il s'est installé sur un transat en face du mien. Il se contente d'un léger signe de tête en guise de salutation. Ses cheveux noirs sont effilés sur les côtés et plus longs sur le dessus, leur donnant un effet de mouvement. Il est fin, mais plutôt athlétique si j'en crois ses pectoraux et ses abdominaux bien dessinés. Visiblement pas un accro à la musculation, je parierais sur un joggeur. Sa main gauche est entièrement tatouée. Je ne distingue pas correctement d'ici ce que représentent les motifs. Ça titille ma curiosité. Mes yeux remontent sur son visage et nos regards se croisent. Je viens sûrement de subir la même analyse dans son esprit.

– Tu te maries bientôt ? demande le rouquin à Elif en prenant ses aises sur un coin de son transat.

– Le mois prochain, se contente-t-elle de lui répondre sans lui accorder plus d'attention.

– C'est cool ! Tu profites de tes derniers jours de célibat, alors ?

Non, mais le mec pense vraiment avoir une chance ? Si je n'étais pas épiée par son pote en face de moi, je rirais.

– Entre filles, oui, précise Elif à toutes fins utiles.

Je me demande si le message est passé, certains types ne comprennent jamais.

– Vous venez d'où ? nous interroge Yohan en s'adressant clairement à Flavie.

– De Lyon.

– Oh ! Nous aussi, se réjouit Tristan le lourdaud comme si c'était fou.

Les bavardages futiles continuent et m'empêchent de me détendre à nouveau. Flavie est en pleine discussion discrète avec celui sur lequel elle a tout de suite jeté son dévolu, tandis que Tristan rame avec Elif qui ne fait aucun effort, au risque de l'encourager. J'espère qu'il a pensé à se passer de la crème solaire super protectrice avant de sortir, car il est encore plus blanc que moi. Si j'en crois les traits tirés de celui dont j'ai déjà oublié le prénom, il ne parvient pas plus à trouver le calme que moi. Nos regards se croisent encore, malgré nos lunettes de soleil, et nous esquissons un petit sourire de connivence.

– Vous êtes libres pour l'apéro ? finit par demander Yohan.

– Oui, bien sûr, s'exclame Flavie.

– Non, désolée, répond Elif en même temps.

Elle lance sa fameuse œillade assassine à notre amie.

– Tu as oublié que nous avons prévu d'aller manger dehors, insiste Elif en lui faisant les gros yeux.

– Je ne me rappelle pas que nous en ayons parlé, persiste Flavie, qui se voit déjà passer les heures à venir avec son nouvel ami.

– Norah, rassure-moi, tu t'en souviens, toi ?

Elif me fait trancher. *Super !*

– Oh ! Oui, très bien même ! confirmé-je. À la petite pizzeria que nous avons repérée en arrivant.

Nous avons pour habitude de surenchérir sur les mensonges des autres, montant crescendo en puissance. Elif est clairement la plus forte d'entre nous à ce jeu. Il faut dire qu'elle a plus d'expérience en la matière. Elle a été obligée de ruser au début de sa relation avec Ohran pour le voir. Il lui a fallu en raconter des histoires à son père et à ses frères pour échapper à leur vigilance !

– L'apéro, c'est avant le repas, insiste Tristan avec un clin d'œil pour Elif.

– Puisqu'elles vous disent qu'elles ont déjà prévu quelque chose, lâchez l'affaire, intervient pour la première fois le solitaire du trio.

Sa voix est acerbe et trahit le fait qu'il sermonne ses potes sur la façon qu'ils ont de se comporter comme des morts de faim face à trois minettes.

– Une prochaine fois, alors ?

– Avec plaisir, assure Flavie à Yohan en posant sa main sur son avant-bras.

C'est ça, compte là-dessus !

CHAPITRE 4

MARCO

Mais quels troudcs ces deux-là ! Ils n'ont vraiment aucune fierté. Ils rampent devant ces gonzesses alors que seule la blonde semble avenante. Pas trop mon genre avec ses cheveux décolorés et ses manières de femme fatale. Cet imbécile de Tristan tente sa chance auprès de celle qui vient fêter la fin de son célibat. Il est encore plus con que je ne le pensais. Elle a beau ne lui répondre que par monosyllabes, il continue à lui taper la discute. Pour avoir dragué un paquet de filles, je sais que les signaux de celle-ci sont clairs : il n'y a aucune ouverture. Son fiancé doit lui apporter tout ce qu'elle souhaite.

La dernière ne parle pas beaucoup plus que son amie. Je crois qu'il s'agit de celle qui n'a pas vu le loup depuis un certain temps, selon les dires de sa copine, hier soir. Ce n'est sûrement pas à cause de son physique, elle a de longues jambes qui feraient fantasmer n'importe quel mec. Je les imagine parfaitement enroulées autour de mes hanches ou posées sur mes épaules. Son maillot deux pièces laisse deviner sa taille fine et ses seins rebondis.

Elle ne semble pas aussi fermée que celle qui va se marier, mais a l'air plus coriace que son amie, qui jacasse avec Yohan. L'affaire est déjà dans le sac de ce côté-là. Il suffit de la regarder discuter avec lui, avec son grand sourire et sa main qui s'attarde sur son bras, pour s'en rendre compte. Tous les signes sont au vert. Contrairement à la future mariée qui a maintenant le nez plongé sur l'écran de son téléphone. Elle va jusqu'à mettre ses écouteurs. Tristan a l'air de comprendre le message cette fois-ci. *Ce n'est pas trop tôt !*

Les mecs ont prétexté les bornes parcourues hier pour me convaincre de rester dans le camping. Si j'avais su que c'était pour finir au bord de la piscine, je les aurais envoyés se faire foutre. Ne rien faire laisse trop d'espace à mes réflexions sombres. Je pourrais être peinard dans mon atelier, de la musique dans les oreilles, à ne pas voir les heures passer. Au lieu de ça, je regarde l'aiguille des minutes sur ma montre mettre une plombe à avancer. Entre les ados d'à côté dont les filles poussent des cris aigus toutes les dix secondes et la proie de Yohan qui rit à chacune de ses blagues douteuses, j'ai du mal à contenir mon agacement. Sans compter que le message qu'Enzo m'a envoyé me bouffe le cerveau. Je me renseignais sur son programme de la journée. Il m'a répondu qu'il n'avait pas à me tenir informé de ses faits et gestes, que je n'avais qu'à lui dire comment j'envisageais de m'occuper pendant ces vacances, moi. *Qu'est-ce qu'il peut être casse-couilles quand il s'y met !* Je ne sais pas lequel de nous deux est le plus borné, mais on va en venir à se foutre sur la gueule à ce rythme-là. Une petite baston, c'est peut-être de ça que nous avons besoin pour retrouver notre équilibre ?

Je me redresse sur mon transat, prêt à retourner à la caravane, quand je constate que la jeune femme en face de moi a eu la même idée. Elle partage mon ressenti si j'en crois son air exaspéré. Elle m'offre un sourire du coin des lèvres en découvrant les traits crispés de mon visage et mon regard assassin en direction de mon pote.

– Flavie, on rentre au mobil-home pour se préparer pour le resto ?

La voix de Norah, si je me rappelle bien son prénom, est autoritaire. Elle fait un discret signe de tête en direction de son amie qui écoute de la musique. En clair, elle lui ordonne de lever le camp sur-le-champ.

Le trio s'en va, non sans que la future conquête de Yohan se soit assurée qu'ils se reverraient très vite.

– Vous êtes pathétiques ! C'est affligeant, asséné-je une fois qu'elles se sont éloignées. J'ai honte d'être votre pote, parfois.

– Ferme-la un peu, me lance Yohan en se marrant. J'ai séduit cette jolie demoiselle en à peine une phrase. Par contre, cousin, désolé de te l'annoncer, mais t'as juste aucune chance avec la nana qui va se marier.

– Bien sûr que si ! Je lui laisse jusqu'à demain. L'idée de l'évènement qui arrive va la faire flipper et elle va vouloir se sentir libre une dernière fois. Et qui sera là pour qu'elle vive le grand frisson ? s'exclame-t-il en écartant les bras devant lui. Tristan, à votre service, mesdames !

– En tout cas, la troisième est sans aucun doute pour toi, Marco.

– J'ai peur de te demander pourquoi tu penses ça.

– Elle est aussi accueillante que toi, vous êtes faits pour vous entendre.

– Vous êtes deux enfoirés, soupiré-je en secouant la tête sans pouvoir m'empêcher de sourire.

Ces deux nazes se fendent la poire et frappent leurs paumes l'une contre l'autre.

***

Réveillé tôt, comme toujours, je quitte la caravane sans faire de bruit pour ne pas déranger Yohan. En passant devant la tente de Tristan, l'envie me prend de donner un coup dedans pour le faire chier, mais je me raisonne en pensant qu'après je devrais le supporter. Hors de question ! Avec ce qu'ils ont bu hier soir, il va m'emmerder encore plus que d'ordinaire. Je ne sais pas si mes résolutions vont tenir bon avec lui. Trouver une échappatoire à sa connerie paraît tentant. J'ai pourtant conscience de ce que je risque. Il n'en vaut pas la peine.

Après être passé par les sanitaires communs afin de me brosser les dents, je m'élance pour courir quelques kilomètres. C'est le moyen le plus efficace que je connaisse pour évacuer mes idées noires et mes envies encore bien trop présentes.

L'endroit est idéal pour se vider l'esprit et faire le point sur sa vie. Je dévale le chemin à un bon rythme au son des oiseaux du coin. J'emprunte le sentier que m'a conseillé un campeur hier soir. Il traverse les bois, et a l'avantage non négligeable de ne pas être praticable par les voitures, obligées de suivre la route principale pour descendre en ville, même si celle-ci est encombrée en ce mois de juillet.

Je croise d'autres joggeurs venus chercher un peu de calme. Mes pensées sont accaparées par mon frère. Je commence à comprendre pourquoi il a insisté pour que je parte. Il savait que loin de lui, il me serait plus facile de prendre du recul sur notre relation. Mais putain, être ici sans lui, alors que nous avons toujours été inséparables, me fait mal au bide. Depuis son accident, rien n'est plus pareil. Je n'arrive pas à avancer dans ma vie comme si rien ne s'était passé. Je sais que ce n'est pas tellement ça qu'il me reproche. Personne ne peut effacer cette catastrophe, mais il ne supporte pas que je m'interdise de faire toutes les choses qu'il ne peut plus accomplir aujourd'hui. D'une certaine façon, j'ajoute un poids supplémentaire à ce qu'il endure déjà. Malheureusement, je ne parviens pas à gérer ça autrement. Je comprends qu'il m'envoie chier, je l'étouffe. Pourtant, je sais ce qu'il attend de moi : que je vive. Comme avant. À mille à l'heure. Mais sans lui à mes côtés, comme depuis que nous sommes gamins, ça m'est impossible.

Arrivé au centre-ville, je repère le marché artisanal de la semaine installé sur la grande place. Je m'en approche en retirant mon tee-shirt trempé de sueur. Il est à peine 10 heures, mais le soleil cogne déjà fort. J'aime ça. Je jette un coup d'œil à ma montre pour vérifier mes statistiques de course. Dix kilomètres en quarante-deux minutes et treize secondes. Pas mal !

J'accroche mon haut à la ceinture de mon short afin de ne pas avoir à le tenir à la main, et déambule à travers les exposants. En tant qu'artisan, j'apprécie toujours la minutie de mes confrères. Je mesure leur savoir-faire et j'ai une bonne idée du travail que peuvent demander certaines pièces, même petites.

J'achète une bouteille d'eau à une marchande ainsi que quelques saucissons pour l'apéro d'aujourd'hui. J'ai bien fait de penser à glisser un billet de vingt euros dans ma poche avant de partir.

Alors que je continue à me promener, je repère Norah qui semble flâner elle aussi. Elle n'est pas venue en courant en revanche, si j'en crois les talons qu'elle porte. Ceux-ci rendent ses jambes encore plus longues. Elle est vêtue d'une robe assez courte qui laisse tout loisir de les admirer. Son visage rayonne de joie. Ses yeux sont d'un marron lumineux et je distingue quelques taches de rousseur sur ses pommettes. Ses lèvres sont pulpeuses, je me demande si leur teinte rose est naturelle.

Elle se balade un peu partout et semble attirée par plein de babioles. Je la vois approcher d'un étal de jouets en bois. Curieux de la découvrir à son insu, je reste en retrait tout en me situant à portée d'oreille. Elle se renseigne auprès du fabricant du temps que lui prend la confection de certaines de ses créations et finit par accepter son flyer, au cas où elle souhaiterait commander dans le futur. Sur place, elle achète un socle où des cubes sont disposés pour en faire un calendrier. C'est kitsch à souhait, mais le fait qu'elle apprécie le bois me fait plaisir. C'est mon domaine, j'y suis donc sensible.

Elle remarque ma présence alors qu'elle range sa carte bancaire dans son sac à main. Son regard s'attarde sur mon torse nu. Comme n'importe quel mec, je bombe un peu mes pectoraux pour me donner plus de prestance. Elle pince les lèvres en rougissant quand elle comprend, au sourire que j'esquisse, qu'elle n'a fait preuve d'aucune discrétion. Elle peut me reluquer si ça lui chante ! Je ne suis pas pudique et, à me balader ainsi, je ne peux pas l'en blâmer. Si j'en crois la réaction de ce qui se trouve dans mon short, je ne serais pas contre la mater dans la même tenue à l'occasion.

– Bonjour Marco, me salue-t-elle en attrapant le sac tendu par le fabricant de jouets qui lui souhaite une bonne journée.

Elle se souvient de mon prénom ? J'ai peut-être mes chances, tout compte fait.

CHAPITRE 5

NORAH

Niveau discrétion, j'ai encore des progrès à faire. Marco a bien noté que je suis restée ébahie comme une pauvre fille en manque face à son torse musclé. Ses biceps arrondis doivent être un bon support auquel s'accrocher s'il vous plaque contre un mur. C'est la première pensée que j'ai eue en le voyant. Et il a dû lire sur mon visage mes idées lubriques, si j'en crois le sourire de tombeur qu'il m'a lancé en retour.

À la piscine, hier, je n'avais pas noté à quel point ses abdominaux sont parfaits. Une tablette de chocolat dans laquelle on croquerait encore et encore par pure gourmandise. La séance de sport qui l'a mené jusqu'au centre-ville a décuplé son aura de mâle. J'aurais presque envie de lui demander de renfiler son tee-shirt pour calmer mon imagination, mais ce serait cruel de ma part de priver les autres femmes de la vue de ce beau spécimen. *Pure solidarité féminine !*

Flavie n'avait pas complètement tort sur le désert qu'est ma vie sexuelle depuis quelque temps. Je devrais faire comme elle et profiter de nos vacances pour me remettre en selle. *Bientôt, je ne vais plus savoir comment on fait !*

– Tu es venu en courant depuis le camping ? finis-je par lui demander alors qu'il m'emboîte le pas.

– Oui, et toi, tu es descendue en voiture ?

– Non, avec la navette à notre disposition. Elle repart dans cinq minutes. Je vais me dépêcher pour ne pas la louper.

– Super, je vais la prendre aussi.

Nous marchons jusqu'à l'arrêt de bus plus loin où d'autres personnes patientent déjà. Il fait vraiment chaud, je m'en veux de ne pas avoir emporté mon chapeau avec moi pour me couvrir un peu.

Le minicar arrive en même temps que nous. Nous laissons les familles avec des enfants prendre place avant d'entrer à notre tour. Marco aide une maman seule avec ses deux bambins en lui tenant son sac de courses quelques instants.

– Excusez-moi, monsieur, l'interpelle le chauffeur, il faudrait remettre votre tee-shirt s'il vous plaît.

– Bien sûr, c'est moi qui suis désolé de ne pas y avoir pensé.

Ma séance de voyeurisme prend fin. *Dommage !* Son attitude cool envers le conducteur et cette dame me laisse imaginer qu'il est quelqu'un de bien, qui ne cherche pas les ennuis pour n'importe quoi.

J'apprécie. Il va peut-être falloir que je creuse la piste Marco pour mon problème de libido.

Il s'installe sur le siège à côté du mien, côté couloir.

– Ça ne te gêne pas si je m'assieds avec toi ? me demande-t-il par pure politesse.

– Pas du tout, lui indiqué-je en pensant qu'au contraire, je suis bien contente qu'il ne soit pas allé prendre place plus loin.

Sur le chemin retour, évidemment embouteillé, je me triture le cerveau pour trouver quelque chose à dire.

– Il fait une chaleur à crever, soufflé-je en m'éventant avec ma main sans grand succès.

– C'est assez étonnant à cette période ! Moi qui suis venu pour le froid de la région, je suis déçu, se moque-t-il face à ma platitude sur la météo.

OK, Norah, il a raison : tu peux mieux faire que de parler de la pluie et du beau temps si tu veux intéresser un mec.

– Très drôle, raillé-je en lui rendant son sourire. Vous avez prévu de rester combien de jours avec tes amis ?

– Juste la semaine.

– Des sorties ou des trucs d'organisés ?

– On n'a rien défini de particulier. On va se laisser porter sur le moment.

Notre bus serpente avec une lenteur infinie sur la route en lacet des Gorges du Verdon, amplifiant l'embouteillage déjà existant. Derrière nous, un bébé se met à pleurer alors qu'un frère et une sœur se disputent un jeu vidéo. On aurait peut-être dû opter pour le club de vacances qui proposait des endroits réservés aux gens sans enfants.

À mes côtés, Marco gesticule avant de reprendre notre discussion.

– Et tes copines et toi, vous restez ici plusieurs semaines ?

– Comme vous. Nous devons rentrer samedi.

– Votre pizza était bonne ?

– Notre pizza ? demandé-je avant de comprendre que je viens de gaffer.

Sa bouche s'étire en un grand sourire et dévoile ses dents blanches et impeccables.

– J'en étais sûr !

– N'y vois aucun mal, tenté-je de m'en sortir, mais on avait prévu de passer un moment entre filles et dès que Flavie repère un mec, on est foutues !

– T'inquiète, le message était très clair. Il a été reçu cinq sur cinq.

Je me sens très bête, maintenant. Le silence reprend et je ne sais plus comment relancer la conversation. Pourquoi ai-je été aussi tranchante hier à la piscine ? Je crois que je n'arrive même plus à flirter, en réalité. *Mon cas est grave !*

Alors que je réfléchis à un nouveau sujet à aborder, je suis attirée par le tatouage sur sa main gauche, mais je remarque surtout qu'il manque un bout de doigt à son auriculaire. Peu importe comment c'est arrivé, ça a dû lui faire un mal de chien.

Il m'observe discrètement, le sourire au coin des lèvres. Il n'est pas contrarié, tout n'est peut-être pas perdu tout compte fait.

– J'ai vu que tu avais jeté ton dévolu sur une sorte de calendrier chez le fabricant de jouets.

– Oui, m'exclamé-je, ravie de mon achat. Je le mettrai sur mon bureau, au travail. Il sera parfait.

– Tu apprécies cette matière ? cherche-t-il à savoir, visiblement intrigué. Le bois, je veux dire.

– Pourquoi, tu as un truc contre, toi ? Tu fais partie des protecteurs de la forêt ?

Il s'esclaffe et passe une main dans ses cheveux noirs. Il est terriblement sexy. Le son de son rire se répercute directement dans mon bas-ventre. *Je suis une cause perdue à m'émoustiller pour si peu !*

– Je te demande ça parce que je suis ébéniste.

– Waouh ! Je suis impressionnée. Je sais le travail et la patience que ça nécessite.

– C'est une passion avant tout.

– C'est drôle que tu exerces ce métier, parce que je bosse pour une entreprise qui réalise des maisons à ossature bois.

– Un chalet, mon rêve ! Quel est ton job exactement ?

– Je suis commerciale. Je liste les attentes de nos clients et je leur fais des propositions d'aménagement.

– OK, donc tu ne touches pas de tronçonneuse pour couper des stères ?

– Il ne vaut mieux pas, non !

Ma réponse le fait rire et nous échangeons un regard complice.

– C'est avec ce genre d'outil que tu t'es fait ça ? le questionné-je en indiquant sa main tatouée d'un signe de tête.

J'ignore si c'est un sujet sensible, je n'aurais peut-être pas dû me montrer si curieuse, mais ça a été plus fort que moi.

– Non. Avec une scie circulaire.

– Tu ne portes pas de gants de protection ? m'étonné-je en essayant de ne pas paraître le lui reprocher.

– J'aurais dû. Depuis je n'y coupe jamais, sans mauvais jeu de mots, plaisante-t-il, l'air insouciant. J'ai eu de la chance ce jour-là, j'aurais pu perdre bien plus et ne plus pouvoir exercer ma profession.

Je me crispe et arbore une grimace en imaginant la scène, ce qui lui déclenche un sourire. *Bon Dieu ! Qu'il est canon quand il fait ça !*

Puisqu'il ne semble pas gêné, je poursuis :

– Et le tatouage ?

– Dès que j'ai eu fini de cicatriser, j'ai foncé dans un salon. Il symbolise cet accident, pour que je ne l'oublie jamais. Il attire l'œil, donc si je le vois alors que je m'apprête à utiliser une machine ou un objet tranchant, c'est qu'il me manque le plus important.

J'aime le fait qu'il ne cherche pas à cacher sa main. Au contraire, il est allé jusqu'à se la faire tatouer.

Ça démontre sa force de caractère. Le dessin, entièrement noir, représente une forêt de sapins. Il est magnifique et lui correspond bien, maintenant que je connais son métier.

Le bus se stationne à l'arrêt prévu, pile devant l'entrée du camping. Comme lors de la montée, nous laissons les parents et les enfants sortir en premier, avant de descendre à notre tour.

Alors que nous avançons vers nos emplacements, je me rends compte que j'aimerais bien que nous nous revoyions. Mais je n'ose pas lui dire franchement. À la place, je continue à l'interroger :

– Et en quoi consiste ton travail d'ébéniste, exactement ?

– Je restaure pas mal de meubles anciens. J'en fabrique aussi moi-même, parfois.

– C'est vrai ? Qu'est-ce que tu as déjà fait ?

Nous sommes proches du mobil-home et de sa caravane. Les filles sont installées à la terrasse et nous observent arriver de loin. Flavie affiche un immense sourire.

– Dernièrement, j'ai fabriqué un secrétaire à l'ancienne pour le patron d'une grande entreprise. Il tenait à avoir beaucoup de tiroirs et quelques niches secrètes. Certaines ne se débloquent qu'en frappant à un endroit précis du meuble. J'étais comme un gosse en bossant dessus.

– Un bureau à la James Bond !

– Plutôt à la Louis XV, me taquine-t-il.

– Tu utilises un logiciel pour tes conceptions ?

– Non, je préfère mon coup de crayon. Il m'arrive même de changer mes plans à la dernière minute quand j'ai ma planche en main. Je me laisse porter par les aspérités et les dessins naturels du bois. J'en caresse les reliefs pour trouver le meilleur endroit où creuser afin de réaliser des moulures. Tout ça, un logiciel ne peut pas le faire.

Ses paroles dénuées de sous-entendu n'empêchent pas mon esprit de dériver en m'imaginant à la place de sa matière.

– Toi, tu dois plutôt passer tes journées derrière un ordinateur, je me trompe ?

– J'avoue, mais je vais tout de même assez souvent apporter le café aux gars à l'atelier pour apprécier l'odeur particulière des essences de bois.

– Quelque chose me dit qu'ils doivent être contents de te voir débarquer.

Je pousse un soupir exaspéré face à son sous-entendu, ce qui le fait rire.

– À plus tard, peut-être, finit-il par me lancer en bifurquant vers son emplacement depuis lequel nous surveillent ses deux amis.

– Oui, peut-être, conclus-je en agitant la main dans sa direction.

Pathétique, Norah ! Efface ce sourire niais de ton visage !

CHAPITRE 6

MARCO

Je profite de l'absence des mecs pour appeler mon frère. Ça ne sera que la quatrième fois aujourd'hui. Au dernier coup de fil, je me suis fait violence pour laisser un message sur son putain de répondeur en lui disant qu'il avait plutôt intérêt à se manifester, sans quoi je prendrais la route pour lui foutre mon poing dans la gueule. Descendre une bouteille de whisky m'a aussi effleuré l'esprit.

C'est l'ultime chance de mon frangin de décrocher avant que je pète un plomb et parte le retrouver pour m'assurer qu'il va bien. Au bout de quelques sonneries, j'entends enfin le son de sa voix en direct.

– Ouais ?

– Tu fais chier, Enzo !

– C'est toi qui te transformes en harceleur cinglé. Si tu continues, je vais demander une ordonnance restrictive, mec !

– T'es vraiment con, tu le sais, ça ? Je peux pas juste vouloir prendre de tes nouvelles ?

– Non ! s'écrie-t-il à bout de nerfs. Tu ne prends pas de mes nouvelles, tu t'inquiètes pour moi, ce n'est pas pareil ! Je ne suis pas un gosse de quatre ans que tu as confié à quelqu'un pendant que tu partais en vacances.

Je donne un coup de pied dans un caillou qui traîne là pour me calmer et ne pas lui hurler dessus.

– Tu ne peux pas m'interdire de m'en faire pour toi, qu'est-ce que tu veux que je te dise ?

– J'ai besoin que tu me racontes ce que tu fais, ce que tu vois, si tu rencontres des nanas, poursuit-il sur le même ton excédé. Exactement comme avant.

– Avant, on partait en vacances ensemble.

– Raison de plus pour que tu me parles de tout ça.

De ma main libre, je tire sur mes cheveux. Ça me fout la rage qu'il ait raison. J'ai beau le comprendre, je n'y parviens pas pour autant.

– Qu'est-ce que vous avez fait avec les gars depuis que vous êtes arrivés ? finit-il par me demander d'une voix un peu plus calme.

Je m'affale sur une de nos chaises pliantes et pose mes jambes sur la table.

– Yohan a déjà repéré une nana.

– Sans déconner ? se marre-t-il sans être étonné. Et son cousin ? Tu ne l'as pas encore buté ?

– M'en parle pas ! J'avais oublié à quel point il est chiant. De toutes les meufs du camping, il a choisi de tenter sa chance avec une gonzesse qui va se marier.

– Il en tient une couche, effectivement. Rien ne l'arrête. Et toi ? Une jolie fille en vue à mettre dans ton lit ?

– Jolie, sans aucun doute…

– Il y a un « mais » qui va suivre, c'est ça ?

– Mais, continué-je en rigolant, c'est le genre de fille que tu emmènes d'abord au resto avant de la projeter dans ton pieu.

– Tu as déjà réservé une table quelque part ?

– Très drôle !

– Pitié, ne te mets pas à lui parler chêne, merisier et sycomore !

– Figure-toi que ça pourrait lui plaire, elle taffe pour une boîte qui fabrique des maisons en bois.

– Oublie le restaurant et emmène-la direct à la mairie.

– T'es con, le charrié-je en explosant de rire au téléphone.

Qu'est-ce que ça fait du bien de réussir à nouveau à communiquer de façon insouciante !

– J'entends pas les mecs faire les couillons derrière toi, t'es seul ?

– Ouais, ils sont partis à la soirée karaoké du camping.

– Tu vas les rejoindre, j'espère !

– Tu te fous de moi ? Plutôt crever que d'aller à ce genre de fête ringarde.

– Tu vois, c'est exactement ça que je ne supporte plus, m'explique-t-il en changeant de ton. Tu ne fais plus rien. C'est pour cette raison que je t'ai poussé à partir. Pour que tu arrêtes de t'interdire de vivre. Avant, on y serait allés, sans hésitation. On aurait descendu des bières puis on serait montés sur scène pour chanter un titre bien pourri, pour le délire.

– C'était avant, tu l'as dit toi-même…

– Mais c'était mon avant ! hurle-t-il. Pas le tien !

Je ne sais pas quoi répondre, mais je n'ai pas besoin d'y réfléchir, car il a raccroché.

Est-ce que je me sens comme un connard de lui avoir encore rappelé ce qu'il loupe ? Évidemment. Est-ce que je lui en veux de ne pas comprendre ce que je ressens ? Également. Si son accident n'avait pas eu lieu, il serait avec nous et on aurait mis le feu à cette fête. On était les rois de la bringue. Mais l'accident s'est produit, et il a tout changé. À jamais. J'ai pourtant les cartes en main pour nous permettre d'avancer malgré ça, alors je me fais violence et effectue un premier pas sur cette route qui me rapprochera de lui.

Je me laisse guider par la musique. Je ne suis pas à l'aise à l'idée d'entrer dans un endroit où l'alcool coule à flots. Comme je le craignais, le DJ passe des sons démodés entre chaque chanteur amateur. Je suis saisi par l'ambiance survoltée.

Je repère la table des mecs assez vite et me dirige vers eux. Au même moment, nos voisines d'emplacement les rejoignent. Elles sont essoufflées et rient à en pleurer. Norah est encore plus belle qu'hier. Le soleil a légèrement rougi sa peau, elle brille un peu sous les spots colorés de la salle. Un chignon soigné dégage sa nuque et elle porte à nouveau une robe qui me permet d'admirer ses jambes élancées. Elle connaît ses atouts et en joue. J'adore ça. Lorsqu'elle me surprend à son tour en plein matage, elle m'adresse un sourire rayonnant. La future mariée s'installe à côté de sa pote, alors que je réserve une chaise pour m'assurer que Norah s'assied à mes côtés.

– T'es venu finalement, ça fait plaisir, mec, me lance Tristan.

Je ne prends même pas la peine de lui répondre. C'est définitif, je ne l'apprécie pas et Enzo n'attend pas de moi que je tisse une quelconque amitié avec ce type.

– On commande à boire ? demande Flavie en se collant à Yohan qui passe aussitôt un bras autour de ses épaules.

– Tournée de bières ? propose celui-ci.

Les fêtards acquiescent tandis que je me crispe. Tristan interpelle le serveur.

– Six demis de blonde, s'il vous plaît.

– Je vais plutôt opter pour un jus d'ananas, l'interrompt Norah.

– Un jus d'ananas pour la demoiselle raisonnable, pas de problème, prend-il en compte.

Est-ce le destin qui m'envoie un signe pour que je tienne bon ? Quoi qu'il en soit, le choix de Norah m'aide à ne pas flancher.

– Mettez-m'en un aussi !

Il hoche la tête et repart en direction du bar. Norah me scrute quelques instants avant de me glisser à l'oreille :

– Tu n'étais pas obligé de modifier ta commande pour moi.

Je pose mon bras sur le haut de sa chaise et lui réponds à mon tour en m'approchant :

– Même si tu as de très jolis yeux, je ne l'aurais pas changée pour eux, la taquiné-je.

Le serveur réapparaît avec les bières et nos deux jus de fruits.

– Vous êtes adorables avec vos petites pailles, se moque gentiment Elif.

– Vous le serez beaucoup moins, vous, quand vous roulerez sous la table, totalement ivres après avoir abandonné la bière pour des cocktails puis des shots. Je vous préviens, je ne porte personne, et je ne tiens pas les cheveux de qui que ce soit pendant qu'il vomit, menace Norah d'un ton tout ce qu'il y a de plus sérieux.

La discussion au sujet de l'alcool s'arrête là. Norah ne semble pas prendre ça à la légère. Les mecs savent que pour moi, il est hors de question d'en rire. Avant, j'aurais été celui qui commande et qui boit le plus. Celui que Norah aurait laissé traîner sous la table. Mais plus aujourd'hui. Non sans peine.

– Donc les filles, vous venez de Lyon, mais vous faites quoi dans la vie ? s'intéresse Tristan.

– Je suis secrétaire comptable pour l'entreprise de mon père, lui répond Elif à qui la question était en réalité adressée. Il est dans le bâtiment.

– Et toi, ma belle ? demande Yohan à Flavie.

– Je possède un salon de coiffure dans le quartier d'Oullins et je suis en train d'en ouvrir un nouveau à Villeurbanne. J'envisage de lancer une franchise à moyen terme.

– Une femme d'affaires, apprécie-t-il en haussant les sourcils. Tu as l'habitude de diriger, alors ?

– On parle toujours boulot, là ? plaisante la coiffeuse, déclenchant les rires de tous. Dis-moi plutôt ce que toi, tu fais.

– J'ai un atelier sur Bron. Je récupère à la casse ce que les gens ont jeté et je détourne ces objets pour en faire autre chose.

– Bon, je vous laisse, nous apprend Elif en tapant un message sur son téléphone. Ohran va m'appeler d'ici quelques minutes.

Flavie joue des sourcils à l'intention de son amie tandis que Norah lui sourit d'un air complice. Elif leur brandit son majeur avant de nous saluer et de filer.

Si j'avais encore un doute, je suis maintenant certain que je vais devoir attendre pour rentrer à la caravane que Yohan ait fini sa petite affaire avec Flavie. Ils se dévorent des yeux et semblent prêts à se sauter dessus d'une seconde à l'autre. Le regard que m'adresse mon pote par-dessus son verre de bière me le confirme, mais la demoiselle l'attire sur la piste de danse, pour l'instant.

– Tu ne nous as pas dit ce que tu faisais comme job.

Tristan relance la discussion auprès de Norah qui sirote son jus d'ananas tranquillement, pas gênée d'être abandonnée par ses copines.

– Je suis commerciale pour un constructeur de maisons en bois, lui répond-elle en me lançant un sourire timide. Et toi, tu fais quoi ?

– Oh ! Je suis un électron libre. Je bouge pas mal alors je prends ce qu'on me propose une fois arrivé à destination.

Un ricanement m'échappe. Le type est plutôt un profiteur qui squatte à gauche et à droite et qui n'est pas foutu de garder un boulot. Mais ce n'est que mon avis.

Mon téléphone vibre sur la table.

Yohan : La caravane n'est pas dispo
pendant les deux prochaines heures.

– Yohan et Flavie sont déjà partis, informé-je Norah.

– Déjà ? réplique-t-elle, ironique. Je suis étonnée qu'ils aient attendu si longtemps, se marre-t-elle. Ils sont allés dans le mobil-home ?

– Non, à la caravane.

– OK, je vais rentrer aussi, alors.

Elle ouvre son sac à main, mais j'arrête son geste en comprenant qu'elle souhaite régler les verres de ses copines et le sien.

– Laisse, c'est pour nous.

– Hors de question, j'insiste. Il n'y a pas de raison que vous payiez à notre place.

Je m'approche d'elle pour qu'elle soit la seule à m'entendre.

– Tu me paieras le prochain.

Ses yeux m'examinent et le sourire qui étire ses traits agit directement sur mon sexe. Elle réduit encore la distance entre nous et pose une main sur mon épaule tout en se penchant à mon oreille. J'ai envie de l'asseoir sur mes genoux et de goûter à ses jolies lèvres roses. De les mordre aussi, pour l'entendre gémir.

Je pourrais oublier mes problèmes entre ses bras. J'ignore comment je parviens à ne pas entourer sa taille alors qu'elle est si proche de mon corps. Peut-être parce que je sens la chute venir.

– Tu n'as pas besoin de ça pour t'assurer qu'il y aura une prochaine fois.

Sur ces belles paroles, elle dépose un billet de vingt euros sur la table et s'en va, me laissant comme un con, avec l'impression d'avoir loupé ma chance.

CHAPITRE 7

NORAH

À peine ai-je posé un pied à l'extérieur du bar que j'ai envie de lever les bras en l'air et de chanter, pour me féliciter de m'être souvenue comment flirter. Je ne suis pas un cas complètement désespéré. Monsieur l'ébéniste en est resté bouche bée.

Dans le mobil-home, un gloussement me parvient depuis la chambre d'Elif. La nuit de noces va faire des étincelles entre son mec et elle, depuis le temps qu'ils se retiennent de franchir le pas. Elif sait qu'Ohran n'est pas vierge, contrairement à elle, mais qu'il lui est fidèle depuis que leur relation est officielle. C'était une des conditions d'Elif dès le départ. Il faut dire qu'elle a vu ses frères multiplier les conquêtes avant de se marier et qu'il était hors de question pour elle d'accepter ça. J'espère de tout mon cœur qu'Ohran respecte son engagement.

J'ai tendance à le croire vu tout le temps qu'ils passent en visio lorsqu'ils ne sont pas ensemble.

– Comme ça ?… Oh putain !

Le ton de mon amie laisse peu de doutes sur ce qui peut se passer entre eux, même à distance. Gênée, je me bouche les oreilles. Elif n'a pas dû m'entendre arriver, trop occupée au téléphone.

Un nouveau râle à travers la fine cloison me pousse à quitter le mobil-home. Je vais attendre que nos futurs mariés finissent leur appel. Sur l'emplacement de nos voisins, la tente remue et la lumière dans la caravane est allumée. Flavie doit être en train de s'envoyer en l'air. Et moi, comme une conne, je suis seule.

Je décide de partir en direction de la rivière qui longe le camping pour marcher un peu. Dans ces moments où je suis en manque de tendresse, les paroles blessantes de Stéphane, lorsqu'il a mis fin à notre histoire, il y a huit mois, me reviennent en mémoire. Il aurait voulu que j'emménage avec lui au bout d'un an de relation, sans y réfléchir plus que ça. Il n'a pas compris que mes peurs de quitter le cocon familial n'étaient pas liées à un refus de l'engagement, mais à ma crainte de laisser ma mère livrée à elle-même. Et à force de me mettre la pression, il a détruit notre couple. Avec le recul, je me rends compte qu'il faisait rarement preuve d'indulgence envers les problèmes d'autrui. Mais j'étais amoureuse, il m'a beaucoup fait souffrir en ne m'accordant pas plus de temps pour prendre ma décision. À bien y réfléchir, son orgueil a été plus atteint que son cœur par mon hésitation.

Cette histoire est finalement un mal pour un bien. Il vaut mieux que les choses se soient terminées avant que j'accepte de vivre dans son appartement. Aujourd'hui, j'ai tiré un trait sur cette relation, mais la solitude me pèse. J'espère finir par trouver l'homme qui parviendra à comprendre les responsabilités que j'estime avoir envers ma mère, et qui saura me donner assez confiance en moi pour quitter le nid.

Après un virage, j'aperçois Marco assis sur le sable. Un air victorieux s'étale sur son visage lorsqu'il me voit à son tour. Je ne l'ai même pas regardé après ma petite réplique tout à l'heure au bar. J'avais trop envie de l'embrasser. Difficile de résister à son sourire timide. Il donne l'impression de se retenir dès qu'il en sent venir un.

– Tu te retrouves aussi à la rue ? lui demandé-je en prenant place à ses côtés.

– Il me reste une heure à attendre avant de pouvoir regagner la caravane, m'explique-t-il en tapotant sa montre. Et toi, pourquoi es-tu dehors au beau milieu de la nuit ? Je croyais que tu rentrais.

Son ton malicieux, ainsi que le début de sourire qu'il arbore me confirment qu'il a aimé que je le titille un peu. J'apprécie les gens qui ne prennent pas la mouche pour rien.

S'il s'était agi d'un rendez-vous, le fait de se retrouver assis côte à côte sur le sable, à la seule lueur des réverbères du camping, aurait pu être romantique. D'ailleurs, n'est-ce pas romantique, même si ce n'est pas un rendez-vous ? *Tu t'emballes, Norah, calme-toi !*

J'admire encore le tatouage de sa main tout en lui répondant :

– Oh ! Je suis allée au mobil-home, mais Elif était en pleine visio avec son fiancé et les parois des chambres sont fines comme du papier à cigarette…

Il se marre sans me quitter des yeux, ce qui me déstabilise un peu.

– Et moi qui pensais que le mariage unissait deux êtres purs et innocents…

– Tu ne crois pas si bien dire. Mais ce n'est pas parce qu'on fait le choix de rester vierge jusqu'au jour J qu'il ne peut rien se passer du tout, si tu saisis la nuance.

– Alors là, pas du tout. Je pense qu'il va falloir que tu m'expliques ! plaisante-t-il en cognant son épaule contre la mienne.

– Je préfère ne pas imaginer les détails, m'exclamé-je en grimaçant.

Nous rions le temps que je chasse de mon esprit des choses dont je ne veux jamais être témoin.

L'air frais de la nuit fait du bien après les fortes chaleurs de la journée. Mon regard posé sur la rivière calme face à moi, je sens Marco m'observer.

– Tu as pris des couleurs.

– J’ai beau me tartiner de tonnes de crème solaire, je rougis toujours un peu.

– J’aime bien, ça fait ressortir tes taches de rousseur, me confie-t-il sans me quitter des yeux.

Mon léger coup de soleil va peut-être éviter qu’il remarque mon embarras. Ses cheveux se sont rebellés au fil de la journée, ça me donne envie de passer la main dedans pour les lui remettre en place. Son sourire creuse des fossettes autour de sa bouche, le rendant encore plus irrésistible. Sa façon intense de me détailler m’oblige à resserrer les cuisses l’une contre l’autre pour calmer le tiraillement que je ressens de ma poitrine jusqu’à ma petite culotte.

Pour résister à la tentation de lui sauter dessus, je préfère détourner la conversation :

– Donc, l’alcool, c’était une exception ce soir ou tu n’en bois pas ?

Ma question lui fait baisser le visage vers le sable, avant de le relever vers l’horizon. *Ouh ! Sujet sensible !*

– Toi, tu n’en bois jamais, si j’ai bien compris… élude-t-il.

– En effet, jamais.

– Pourquoi ? me demande-t-il sérieusement en me fixant à nouveau.

Son regard reflète sa curiosité. Il semble réellement surpris qu’une personne puisse ne jamais boire d’alcool et il a besoin d’en connaître les raisons.

– Ma mère est alcoolique, lui confié-je d’une petite voix. Elle m’a déjà promis des milliers de fois d'arrêter, mais elle replonge systématiquement. Elle ne sait pas qui est mon père. Sûrement un pote de beuverie. Je ne veux surtout pas répéter le même schéma.

– C'est triste, répond-il d'un ton doux.

N'ayant pas envie de m'épancher plus sur le sujet, je me contente de hocher la tête. Ma révélation terminée, je n'apprécierais pas de lire la pitié dans son regard, alors je reprends mon observation de l'eau qui s'écoule à quelques mètres de nous.

Durant de longues secondes, il reste silencieux. Je crains qu'il ne se confie pas à son tour. Puis, je l'entends inspirer et souffler fort afin de trouver le courage de me parler.

– Je ne bois plus d'alcool depuis presque un an, répond-il à ma question initiale. Mon frère a eu un accident de voiture après être rentré d'une fête.

– Je suis désolée, murmuré-je, faute de mieux, en inclinant le visage dans sa direction.

– Il n'est pas mort, me rassure-t-il tout de suite. Mais il est paraplégique. Il sera cloué dans un fauteuil roulant jusqu'à la fin de ses jours. Depuis que c'est arrivé, on ne parvient plus à se comprendre.

– Loin de moi l'idée de faire de la psychologie à deux balles, mais je crois que c'est normal que ton frère ait du mal à continuer d'avancer.

Il pouffe en secouant la tête. Aurais-je dit une bêtise ?

Il frotte son visage entre ses mains avant de remettre ses cheveux en place. Il doit hésiter à poursuivre ses révélations. Je lui laisse le temps de choisir. Je ne veux pas qu'il se sente forcé. Il finit par reprendre la parole, le regard fixé droit devant lui.

– Ce n'est pas lui qui a le plus de mal à avancer, en réalité. Il a trouvé un équilibre tant bien que mal après avoir encaissé la nouvelle. C'est moi qui n'arrive pas à accepter et c'est en train de nous séparer. Enzo est mon frère jumeau. On partageait déjà tout avant notre naissance. On a toujours tout fait ensemble. Nos premiers pas, nos premières chutes, l'obtention de nos diplômes, de nos permis. On aspirait à la même chose, au même avenir. Et tout ça, ça s'est brisé le soir de son accident.

J'attrape sa main pour la serrer dans la mienne. Sa voix tremblante me fait de la peine.

– Il m'a encore engueulé avant que je vous rejoigne au bar. Il ne supporte plus de m'avoir sur le dos. Il me reproche d'avoir mis ma vie en pause. Il voudrait que je profite de ces vacances pour m'amuser, mais je n'y parviens pas. Tu vois, on a tout vécu à deux jusque-là.

– Je suis navrée pour vous deux.

– Je le comprends, en plus, je crois que c'est ça le pire ! s'exclame-t-il en me regardant à nouveau. Mais je n'y arrive pas. Ça me fout la haine rien qu'à l'idée de faire un truc sans lui.

Hélas, je n'ai pas de solution miracle ni de mots magiques à lui dire pour l'aider à prendre le dessus. Je me sens proche de lui à cet instant, car même si la situation est différente, son problème fait écho au mien. Je n'arrive pas à quitter ma mère, parce que j'ai peur de ce qu'elle pourrait faire si elle restait seule dans notre appartement. Je sais que ce n'est pas mon rôle, mais je ne peux pas m'empêcher d'avoir ce sentiment. Je culpabilise d'avoir des envies de liberté alors qu'elle souffre d'alcoolisme et qu'elle a besoin de quelqu'un auprès d'elle. C'est pareil pour Marco. Il doit réinventer sa vie avec le handicap de son frère, mais il a la sensation que pour cela, il doit se barricader dans une existence similaire à celle de ce dernier, sous prétexte que c'est ainsi depuis leur naissance. Nous devons, lui et moi, accepter de ne plus interférer dans le quotidien de nos proches, malgré nos craintes. C'est facile à analyser et à dire, c'est une autre paire de manches de mettre la théorie en pratique.

J'observe son profil soucieux et y décèle toute la tristesse que renferme son cœur. Je connais cette expression pour la voir souvent dans le miroir quand je m'y regarde. Marco incline son visage vers le mien avec un sourire qui se veut rassurant. Il porte nos mains jointes à ses lèvres et dépose un baiser léger sur le dos de la mienne, avant de vérifier sa montre. Il se lève en les gardant liées.

– Les galipettes doivent être terminées, rentrons.

Je comprends que ce sont plus ses confidences qui prennent fin, mais je ne relève pas.

Nous parcourons les quelques mètres qui mènent au camping et jusqu'à nos emplacements main dans la main. Marco me raccompagne à la porte du mobil-home.

– Tu devrais envisager les choses dans le sens inverse, par rapport à ton frère.

– C'est-à-dire ? me demande-t-il en fronçant les sourcils.

– Tu devrais faire le double de choses pour compenser le fait que ton frère ne pourra plus jamais pratiquer certaines activités.

Il m'offre un léger sourire et un clin d'œil alors qu'il s'éloigne en relâchant ma main tout doucement. Je l'entends murmurer :

– Je vais y réfléchir.

CHAPITRE 8

MARCO

– Ton café est dégueulasse, m'exclamé-je en recrachant dans l'herbe la mixture qu'a préparée Tristan.

– T'es pire qu'une gonzesse, ma parole ! Toujours en train de te plaindre.

– Sur ce coup-là, je suis de son côté, approuve Yohan en avalant avec difficulté sa gorgée.

Je vais chercher la bouteille de jus d'orange que j'ai vue traîner dans la caravane. Il en reste un peu moins de la moitié. Je nous sers dans deux gobelets en plastique. Je le vide uniquement parce que j'ai soif au réveil, la boisson fruitée étant presque tiède à cause de la chaleur en journée.

– Alors, cette nuit avec la coiffeuse ? Raconte ! Elle est aussi chaude qu'il y paraît ?

Tristan est toujours avide de détails. Je suis sûr qu'il se branle sous la douche grâce aux aventures des uns et des autres.

– Disons que si j'ai l'occasion de l'inviter à nouveau dans la caravane, je ne passerai pas à côté, et j'aurai besoin de plus de deux heures.

– Une nymphomane, bordel ! T'es un veinard.

Et allez, une remarque misogyne de plus ! Si je ne lui fous pas mon poing dans la gueule avant la fin du séjour, je mériterai une médaille.

– Et toi, tu as ramené un petit cul sous la tente ?

– Ouais ! J'en ai chopé une qui avait été laissée seule par ses copines, et qui avait la mort de ne pas avoir été calculée par un mec plus tôt.

– On t'a déjà dit que tu crains sérieusement avec les nanas ? Attendre celle qui est désespérée, ce n'est pas glorieux ! lui lancé-je alors que ses propos me donnent envie de gerber.

– Faut vraiment que tu baises, mec ! Tu deviens relou.

– OK, c'est bon, intervient Yohan pour calmer le jeu en me voyant me lever de ma chaise pour lui montrer qui est le relou. Il est presque midi, donc un peu tard pour partir faire quelque chose. Je propose d'aller nous baigner dans les gorges dès qu'on sera prêts, ça vous va ?

Tristan accepte sans surprise. De toute façon, il n'est pas fichu de faire quoi que ce soit seul.

– Je passe un coup de fil à Enzo et on pourra y aller.

– Ça marche, salue-le de ma part.

Je m'éloigne vers le bloc sanitaire tout en composant le numéro de mon frère. Ce petit con ne répond pas. Nos voisines ont déjà déserté leur mobil-home. Je le vois d'où je me situe, tout est fermé et aucune affaire ne traîne sur leur terrasse.

Les paroles de Norah tournent en boucle dans ma tête. Elle ne connaît pas ma vie. Pour elle, c'est simple. Mais je sais qu'elle a aussi en partie raison. J'ai la chance de ne pas être paralysé, pourtant, je me bloque moi-même. Je marche, je cours et travaille chaque jour, mais en réalité je me morfonds dans mon fauteuil roulant imaginaire. Combien d'hommes, à commencer par mon frère, échangeraient leur place contre la mienne ? Je devrais avoir honte de me comporter ainsi. Il ne tient qu'à moi de faire évoluer les choses.

Je tente une nouvelle fois d'appeler mon frangin. Son répondeur se met directement en route, même pas de tonalité. *De mieux en mieux, putain !*

Je me lave le visage et me brosse les dents. Je troque le short qui me sert pour dormir contre un bermuda et me passe en vitesse un peu de crème solaire sur le torse et les épaules. Piquer une tête dans l'eau et admirer les paysages saisissants du coin aura un effet bénéfique sur mon humeur de chien, j'en suis sûr.

Je retrouve les mecs qui m'attendaient et nous partons à pied en direction d'une rivière des gorges qui se trouve à un petit quart d'heure de marche.

Le chemin est escarpé par endroits. Pas besoin d'être un randonneur chevronné, mais avec des gosses et des poussettes, la mission s'avère périlleuse. Yohan et moi aidons une famille avec trois rejetons qui galèrent à progresser.

Une fois sur place, nous ne sommes pas étonnés de découvrir autant de monde. En plein mois de juillet, il ne fallait pas s'attendre à autre chose. Des falaises se dressent face à nous. Certains intrépides les utilisent comme plongeoirs pour sauter dans l'eau. De plus ou moins haut, en fonction de leur folie.

La rivière est large et permet de se baigner sans être collés les uns aux autres, malgré l'affluence. Des kayaks passent régulièrement et chacun y prête attention avec bienveillance.

– Tu cherches quelqu'un ? lance Tristan à Yohan qui garde sa main sur son front pour se faire de l'ombre et scruter l'endroit.

– Là-bas, s'exclame-t-il avec un grand sourire.

Il pointe le doigt sur sa gauche et part aussitôt dans cette direction, nous entraînant à sa suite. Tristan est en plein repérage, si j'en crois les clins d'œil qu'il lance à tous les groupes de filles que nous croisons.

Après quelques pas, je remarque nos trois voisines en train de se dorer au soleil. Elif porte un maillot tout ce qu'il y a de plus conventionnel, à côté d'une Flavie seins nus. Norah est, quant à elle, couchée sur le ventre, dans un deux-pièces différent de celui qu'elle avait à la piscine. Le bikini d'aujourd'hui met en valeur ses fesses rebondies. Dans son dos, un simple nœud retient le haut. Je m'imagine déjà tirer sur la ficelle. Ses jambes fines sont relevées et croisées au niveau des chevilles. Elle est concentrée sur un magazine, un stylo entre les doigts. Sa position me donne envie de m'allonger de tout mon long sur elle et de lui murmurer à quel point elle est attirante.

– J'arrive pas à décider si je préfère les seins de la blonde ou le cul d'enfer de sa copine, nous lance Tristan qui en bave presque.

– Ferme-la, grogné-je, agacé qu'il les reluque avec des idées en tête.

– Arrête de jouer le mec charmant ! Je suis sûr que ta queue est déjà au garde à vous.

– Mais, contrairement à toi, ce n'est pas elle qui dirige mon cerveau !

Il a l'intelligence de fermer sa grande gueule tandis que Yohan se marre en approchant des filles. Norah nous repère et me sourit immédiatement.

J'étends ma serviette à côté de la sienne et m'allonge. Du coin de l'œil, je vois Yohan embrasser son plan de l'été sans pouvoir s'empêcher de frôler sa poitrine découverte, malgré les gens autour de nous. *Quel allumeur, celui-là !*

– Salut, glissé-je à Norah en croisant mes bras devant moi pour y poser ma tête tout en la regardant. Qu'est-ce que tu lis ?

– Rien de spécial, me répond-elle trop vite en refermant sa revue.

Sans crier gare, je lui arrache le journal des mains et l'ouvre à l'endroit où son stylo traîne encore. Elle pousse un hoquet de surprise et rougit.

– Rends-moi ça !

– Voyons ce que tu lisais pour être aussi mal à l'aise.

Je découvre le questionnaire proposé : « *Suis-je un bon coup ?* ». Je ne peux me retenir de rire en la contemplant à nouveau.

– Oh ! Ça va, hein ! grogne-t-elle en me donnant une tape sur l'épaule. Je faisais ça pour m'amuser.

– Je suis curieux de connaître tes réponses, mais comme je ne suis pas un connard fini, je vais le faire aussi. Sinon, si tu ne veux pas jouer le jeu, tu peux toujours essayer de me reprendre ton magazine… proposé-je, taquin.

– Tu n'as trouvé que ça pour que je te grimpe dessus ? me balance-t-elle, espiègle, en retour. Il va en falloir un peu plus pour ça !

L'idée qu'elle s'assied sur mes cuisses me tente carrément. Je vois d'ici la situation dévier vers quelque chose de plus sensuel.

– Alors, première question, commencé-je à lire à voix haute.

– Ça te gênerait pas de baisser d'un ton ?

Elle se mord la lèvre inférieure et plisse le nez. Elle est vraiment belle. Je me perds quelques secondes dans son regard, avant de me rappeler que des réponses croustillantes m'attendent.

– Au lit, vous aimeriez ? Réponse A : découvrir de nouveaux plaisirs, réponse B : profiter un peu plus, réponse C : oser un peu plus.

Je m'aperçois en lisant qu'elle a coché la réponse A. Bordel, je bande déjà alors que le test commence à peine.

– Ta réponse ? me demande-t-elle pour reprendre ma proposition de tout à l'heure.

– A, B et C.

– Ce n'est pas du jeu, se fâche-t-elle en levant les yeux au ciel.

– Question numéro deux : quand vous faites une fellation…

Je déglutis et finis par penser que cette idée de découvrir ses réponses n'était pas si bonne que ça. Elle a coché qu'elle aime mater son mec quand elle le suce. Forcément, j'imagine sa bouche pulpeuse recouvrir mon membre alors qu'elle me dévisage pour observer mes réactions.

– OK, je m'arrête là, sinon je ne vais pas pouvoir bouger de ma place de tout l'après-midi tellement je suis à l'étroit dans mon bermuda.

Elle éclate de rire en se rapprochant de moi tandis que je me tourne sur le flanc pour être face à elle. Ses longs cheveux bruns se perdent sur mon torse, me donnant envie de les empoigner pour raccourcir la distance entre nous et goûter enfin à ses lèvres.

Je lui rends son journal et tente de me changer les idées en consultant mon téléphone. Sans surprise, Enzo ne m'a pas envoyé de message, même s'il a bien dû voir que j'avais essayé de le joindre.

– Quelque chose ne va pas ? me demande Norah alors que je balance mon portable au fond de mon sac à dos.

– Mon frère ne prend plus mes appels, rien qui sorte de l'ordinaire…

– Ça vous dit d'aller faire du kayak ? propose une Flavie surexcitée tout en remettant le haut de son maillot de bain.

– J'en suis ! s'exclame Norah aussitôt, avant de porter son attention sur moi.

Les autres acquiescent à leur tour. Tout le monde attend ma réponse. Je suis partagé. La dernière fois que j'ai fait du kayak, mon frère était avec moi. On s'était tellement marré.

– Allez-y, je reste pour garder les affaires.

Yohan secoue la tête et semble déçu par mon comportement. Ils seront deux, comme ça. Tristan s'en moque, ce qui est très bien. Je me fous de savoir ce qu'il pense de ma décision.

– À mon avis, on peut les emporter… hasarde une Flavie un peu perdue.

Je ne lui réponds pas, trop occupé à soutenir le regard scrutateur de Norah.

La jolie blonde hausse les épaules et ne cherche pas à creuser plus, mais choisit tout de même d'empaqueter ses quelques affaires dans son sac, imitée par Elif et mes potes. Norah se tourne une dernière fois vers moi tandis que les autres quittent les lieux.

– Je ne m'encombre donc pas, puisque tu restes là ! Mais quand ton frère se résoudra enfin à te répondre, ce serait cool que tu aies quelque chose à lui raconter, me souffle-t-elle d'une voix douce.

Sans un mot de plus, elle se dépêche de rejoindre la bande. *Elle fait chier à me balancer ça comme ça !* Elle a raison. Et qu'est-ce que je vais bien pouvoir glander ici, tout seul ? À part ruminer, regretter mon choix et penser qu'une bière ou deux m'aiderait à faire passer l'après-midi plus vite.

Je dois me bouger, c'est pour ça qu'Enzo m'a poussé à partir en vacances. Il a été très clair hier soir lors de notre conversation. *Merde, Marco, secoue-toi !* Je fulmine que Norah parvienne à m'atteindre alors qu'elle me connaît à peine, agrippe nos quelques affaires et cours pour les rattraper.

CHAPITRE 9

NORAH

Lorsque je vois Marco arriver à ma hauteur et me tendre le sac dans lequel il a rangé ma serviette, je lui offre mon plus beau sourire et lui attrape la main. Je ne dis pas un mot, parce que je lis sur les traits crispés de son visage qu'il est encore en pleine hésitation.

Ses confidences à propos de son frère m'ont émue. Je suis fille unique, mais Flavie et Elif sont comme mes sœurs. Nous nous sommes déjà disputées par le passé. Ces périodes durant lesquelles nous ne nous sommes plus adressé la parole ont toujours été douloureuses, car notre équilibre affectif réside dans notre trio. Alors je suppose que pour Marco, la souffrance doit être décuplée puisqu'il s'agit réellement de son frère, son jumeau qui plus est. Si je peux l'aider d'une façon ou d'une autre en le bousculant un peu, je ne vais pas me gêner.

Lorsque nous arrivons sur le lieu de location de kayaks, Yohan se contente d'adresser un clin d'œil à son ami, ravi qu'il se joigne à nous. Un employé ne tarde pas à venir à notre rencontre. Il nous demande si nous sommes familiers de ce sport et nous prodigue quelques conseils.

Au moment où nous réglons chacun notre part, je suis soulagée de constater que Marco ne recule pas.

– Comme vous êtes six, j'imagine que vous serez deux par embarcation, lance le jeune qui s'occupe de nous en nous rapportant des gilets de flottabilité.

– Non, on sera trois, deux et un, clame Flavie sans laisser la porte ouverte aux discussions. Elif, tu viens avec Yohan et moi. Norah et Marco seront ensemble.

Bien joué ! Il aurait été pénible pour Elif de supporter Tristan durant toute la balade. Ce dernier ne fait aucun commentaire, mais n'en pense pas moins si j'en crois son air renfrogné.

– Ta pote vient de devenir ma meilleure amie, me souffle Marco en enfilant un des gilets jaune et rouge.

Je m'approche de lui et remonte la fermeture Éclair moi-même. Je fais mine de vérifier la solidité des sangles qui passe par-dessus. Comme à son habitude, Marco ne me lâche pas des yeux. J'hésite à me redresser sur la pointe des pieds pour atteindre sa bouche et l'embrasser, mais je me retiens, par pudeur sûrement.

– Voilà, tu peux tomber à l'eau sans problème.

J'essaie par mes petites manigances charmeuses de lui faire oublier sa culpabilité infondée. Ça semble fonctionner puisqu'il attrape un autre gilet avant de lâcher :

– À mon tour de m'assurer de ta sécurité.

Je passe mes bras à l'intérieur. Marco joue le même spectacle que moi, à la différence près qu'il profite de resserrer les sangles pour tirer dessus et m'attirer contre lui. Il rapproche son visage du mien, accélérant mon rythme cardiaque, mais nous sommes interrompus par l'employé qui nous informe que tout est prêt et que nous pouvons y aller. Je m'avance vers eux, un peu déçue d'avoir manqué mon baiser.

Ne sentant plus Marco derrière moi, je me tourne et le découvre en proie au doute. Je le rejoins et lui prends à nouveau la main. Celle avec la forêt tatouée dessus.

– Si tu ne viens pas, qui va me secourir si je tombe à l'eau ? lui demandé-je avec une petite moue apeurée.

– Je sais ce que tu essaies de faire, Norah, mais ce n'est pas si facile.

– Tu as pourtant juste à poser tes jolies fesses dans ce kayak et à pagayer, le taquiné-je pour essayer de dédramatiser la situation.

– Les tourtereaux, c'est à votre tour ! nous interpelle l'employé.

Je lui laisse faire le premier pas. Ça lui prend quelques secondes, mais il finit par avancer. Main dans la main, nous rejoignons les autres et prenons place, non sans mal pour moi, dans le kayak.

Tristan est en tête et nous fermons la marche.

– Alors comme ça, tu trouves que j'ai de jolies fesses ? badine Marco après quelques coups de pagaie.

– Absolument pas, j'ai dit ça uniquement pour que tu te décides à venir.

– Menteuse ! raille-t-il tout m'aspergeant d'eau. Et pour en revenir à ce que tu m'as dit tout à l'heure, ce n'est pas « si » tu tombes à l'eau, mais plutôt « quand » tu y tomberas.

Je ris en l'arrosant à mon tour. Il fait tanguer notre embarcation en guise de menace de nous renverser si je continue.

La balade nous permet de découvrir le décor fabuleux des Gorges du Verdon. Les falaises qui nous dominent sont gigantesques. On se sent tout petits face à la nature. C'est exactement pour ça que j'ai pris ces quelques jours de vacances avec les filles : pour oublier mon quotidien, ma mère et mes problèmes. L'eau est d'un magnifique bleu pur.

Lors d'une descente un peu sportive, Marco et moi basculons dans l'eau, tout comme Elif et Yohan. Flavie se félicite d'être la seule à avoir tenu bon dans leur kayak. Marco m'aide à remonter non sans peine, il finit par pousser sur mes fesses pour y parvenir. Le sourire coquin qu'il me lance une fois réinstallé à son tour me fait pouffer de rire.

Après deux heures de balade, de chutes et de rires, nous sommes arrivés à la fin du parcours. Tristan est arrivé depuis quelques minutes et a déjà restitué son matériel. Nous rendons les kayaks et les gilets à notre tour, puis reprenons nos affaires.

Marco attrape ma main dans la sienne et me colle contre son flanc. Mon cœur se met à frapper plus fort. Il brandit son téléphone face à nous et passe un bras autour de mes épaules. Nos visages qui apparaissent à l'écran affichent de grands sourires lorsqu'il prend le selfie.

– Puisque mon frère ne décroche plus, je vais lui envoyer une photo, me glisse-t-il à l'oreille en me faisant frissonner.

– Très bonne idée.

***

– Vous êtes prêtes ? nous demande Flavie qui a enfilé une robe fluide au décolleté osé.

– Je veux juste appeler ma mère, mais allez-y, je vous rejoins dans cinq minutes, leur assuré-je.

– Si ce n'est pas Elif qui passe son temps au téléphone avec Ohran, c'est toi qui t'y mets avec ta mère ! râle Flavie pour la forme.

Je lui tire la langue tout en démêlant mes cheveux encore mouillés de ma douche.

– Arrête de ronchonner, ça va te donner des rides avant l'âge, la taquiné-je. Ce n'est pas comme si l'emplacement des garçons était loin du nôtre.

Son âme de coiffeuse ne résiste pas à la tentation de démêler ma tignasse. Elle me prend le peigne des mains et me fait une tresse à l'effet bohème. Ces moments nous remémorent nos après-midis à jouer les têtes à coiffer pour elle en échange de la promesse de ses services gratuits à vie une fois son diplôme en poche.

– Je vois que tu t'es faite toute jolie, me complimente Elif en détaillant ma jupe longue de couleur kaki et mon bustier blanc qui dévoile le piercing que je porte au nombril depuis mon adolescence.

Je hausse les épaules en souriant. Je n'ai pas besoin d'en dire plus, elles comprennent parfaitement. J'ai passé un excellent après-midi avec Marco, je ne suis pas contre l'idée de poursuivre la soirée avec lui, alors j'ai eu envie de me mettre à mon avantage.

Elles partent en direction de la caravane bras dessus bras dessous. Mon portable contre l'oreille, j'espère que ma mère va décrocher. Je ne l'ai pas encore appelée depuis notre arrivée. Je me suis contentée de quelques textos.

– Norah ! Quelle surprise !

– Salut maman, ça va ?

– Super, et toi ? Comment se passent tes vacances ?

– Très bien, nous sommes bien installées et il y a tellement d'activités à faire que nous avons du mal à choisir entre toutes. Et de ton côté, qu'est-ce que tu fais de tes journées ?

– Oh ! Tu sais, la routine, le boulot et la maison…

– Tu travailles comment demain ? Tu es du service du matin ou de l'après-midi ?

– Euh… du matin. Je vais te laisser d'ailleurs parce que je ne vais pas tarder à aller me coucher.

– À cette heure-ci ? Il est à peine 20 heures !

– Oui, oui, mais je vais me lancer un film et m'endormir.

– Tu es sûre que ça va ? Tu as une drôle de voix, je trouve.

– Je vais parfaitement bien, je te le promets. Ne pense pas à ta mère et va profiter de tes vacances, tu les as méritées. Je t'embrasse.

– Moi aussi.

Déroutée par cette conversation, je raccroche. Ma mère semblait avoir les idées claires, mais elle n'était pas pour autant normale. Chassant momentanément mes doutes, je file en direction de la caravane des garçons.

À mon approche, le regard de braise de Marco s'enflamme à mesure qu'il découvre mes épaules dénudées et la petite parcelle de mon ventre accessible aux regards. Je pense pouvoir dire que ce qu'il voit lui plaît. Je note qu'il a lui aussi veillé à être plus élégant qu'à l'accoutumée. Il porte un short en jean moderne sur une chemise à manches courtes vert pâle qui fait ressortir son teint hâlé par le soleil de ces derniers jours.

– Ta mère, ça va ? me demande discrètement Elif.

– Elle semblait sobre, mais elle cache quelque chose.

– Comment ça ?

– Je ne sais pas... Sa voix était bizarre et elle a écourté notre appel. Pourtant, je suis certaine qu'elle n'avait pas bu.

– C'est le plus important, non ?

– Ouais... Je ne suis pas tranquille tout de même.

– Si ça peut te rassurer, je demanderai à Ohran d'envoyer quelqu'un vérifier si tout va bien.

– Merci.

Flavie ressort de la caravane accompagnée de Yohan. Elif et moi nous regardons avant de rire. Si elle se voyait dans un miroir, notre amie remarquerait que son apollon lui a mis les cheveux sens dessus dessous et, pour notre coiffeuse, c'est un scandale de se montrer ainsi. Bien entendu, nous ne lui dirons rien et la laisserons le découvrir par elle-même.

– Plutôt jus d'orange ou jus de pomme ? questionne Marco en attirant mon attention.

Je me dirige vers lui et nous nous retrouvons un peu à l'écart du groupe.

– Pomme, s'il te plaît.

Nos amis ont déjà tous commencé leur bière. Je suis sensible au fait que Marco m'ait attendu pour boire.

– On trinque, lui proposé-je en tendant mon gobelet vers lui.

– À quoi ?

– À ma mère qui ne s'est pas mise minable jusqu'ici en picolant ?

– À mon frère qui m'a appelé pour savoir qui était, je cite, « la bombe à côté de moi sur la photo » ?

– J'espère que tu lui as donné mon numéro ! plaisanté-je.

– Pour ça, ma belle, il faudrait déjà que je l'aie moi-même, me répond-il avec un clin d'œil espiègle.

– Norah, m'interpelle Flavie, les garçons partent faire du canyoning et de la via ferrata demain toute la journée. Ils nous invitent à se joindre à nous.

– On n'avait pas estimé que c'était un peu trop sportif pour nous ?

– Le parcours qu'on a choisi est accessible dès dix ans, aucune inquiétude à avoir, me promet Yohan.

– Qu'est-ce que tu en penses ? sondé-je Elif.

Après tout, ces quelques jours sont pour elle. Je ne voudrais pas qu'elle ait la sensation de ne faire que suivre. Sans compter Tristan qui a du mal à se faire à l'idée qu'elle est prise et ne la lâche pas d'une semelle. Il est sympa, mais aussi sacrément lourd.

– Nous dépasser ne peut pas nous faire de mal.

Je fais la moue en m'imaginant paniquer au-dessus du vide.

– Alors Norah, on a la trouille pour quelques glissades sauvages ? me titille un Marco joueur.

Je lui lance un regard condescendant, l'air sûr de moi.

– On part à quelle heure ?

CHAPITRE 10

MARCO

Flavie et Elif semblent contentes que Norah ait accepté de venir faire du canyoning. Elles n'imaginent pas à quel point je le suis également. Je la trouvais déjà jolie avant, mais ce soir, elle est carrément à tomber. Je l'ai dévorée du regard alors qu'elle nous rejoignait. Pour une fois, ce ne sont pas ses jambes divines qu'elle a mises en avant, mais ses épaules fines et son ventre plat. Le bijou à son nombril attire mon œil comme chaque fois qu'elle est en bikini. Je m'imagine jouer avec et parsemer sa peau de baisers.

Elle claque des doigts devant mon visage pour me ramener à la réalité.

– Alors comme ça, ton frère a fini par te téléphoner ?

– Oui et c'est grâce à toi.

– Je n'ai rien fait, c'est toi qui as pensé à immortaliser l'instant.

– Ce que je n'aurais pas pu faire si tu ne m'avais pas un peu bousculé. J'ai senti à sa voix qu'il était content que j'aie enfin fait quelque chose. C'est de lui l'idée du canyoning, d'ailleurs. On a découvert ça durant des vacances en Corse, on avait adoré.

Je n'ai rien promis à Enzo au téléphone. J'ai peut-être accepté le tour en kayak tout à l'heure, mais je ne suis pas sûr d'être capable de partir toute la journée pour vivre des sensations fortes. À peine ai-je évoqué cette possibilité à Yohan qu'il s'occupait de tout organiser. Il est justement en train de faire les dernières réservations en ligne, maintenant que nous savons que les filles nous accompagneront. De mon côté, je me laisse la nuit pour y réfléchir.

– Il me semble qu'on en avait fait avec Elif et Flavie en venant dans la région en colonie de vacances, mais je ne me rappelle plus très bien.

– Yohan a choisi un parcours où y a pas mal de sauts, la préviens-je. J'espère que tu n'as pas le vertige.

– Si tu m'attends en bas, ça me motivera face au vide, me déclare-t-elle en se mordillant les lèvres.

Dans mon caleçon, ça réagit et ça en a marre que je ne passe pas à l'action. Après tout, je m'en fous des autres ! Ce n'est pas comme si personne n'avait remarqué qu'on se tourne autour.

J'attrape sa main pour la rapprocher de moi. Elle se laisse faire et finit par s'asseoir sur mes genoux. Mes doigts traînent sur la partie dénudée de son dos. Si nous étions seuls, je l'emmenerais sur-le-champ à l'intérieur de la caravane pour en voir beaucoup plus.

– Y a un feu d'artifice qui sera tiré ce soir, pour le 14 juillet.

Tristan ne pouvait pas attendre deux secondes avant d'attirer l'attention de Norah, m'empêchant ainsi de goûter enfin à ses lèvres. Je fulmine intérieurement.

– Un campeur m'a conseillé un petit spot sur des falaises à quelques minutes de marche, si ça vous tente !

Heureusement pour lui, il a un bon plan !

– Je vais rester au camping, répond Elif. Ohran va m'appeler, et je suis fatiguée, de toute façon. Si je veux être en forme pour la journée de demain, je ferais mieux d'aller me coucher tôt.

Les copines échangent un sourire complice. Elles se comprennent sans prononcer un mot. Comme Enzo et moi, il n'y a pas si longtemps.

– Ça te tente ? demandé-je à Norah, bien décidé à passer ma soirée avec elle.

– J'ai toujours adoré les feux d'artifice, m'avoue-t-elle avec les yeux brillants.

Je me lève et prends sa main dans la mienne pour suivre le cousin de Yohan sur le sentier menant à l'endroit indiqué.

– Avec Flavie, on va rester là, nous lance Yohan.

– Si ça ne te gêne pas, ajoute Flavie à l'intention de son amie.

– Pas du tout, la rassure-t-elle dans un sourire. Vous voulez aussi vous reposer pour demain, je comprends.

Nous nous marrons et rattrapons Tristan qui ne nous a pas attendus.

Sur place, crapahuter sur les falaises s'avère un peu ardu. Surtout pour Norah qui a de simples sandalettes aux pieds. Je l'aide en lui tenant la main pour la retenir en cas de glissade inopinée. Elle est agile et débrouillarde, je ne me fais aucun souci pour elle demain au canyoning.

– Je crois qu'on a assez grimpé, estimé-je en pensant qu'il faudra redescendre. Et puis, il y a l'air d'avoir beaucoup de monde en haut.

– Je poursuis, moi ! annonce Tristan en continuant son escalade. Ne m'attendez pas pour rentrer. *Bon vent !*

– On n'a pas beaucoup de place pour s'asseoir, par contre, remarque Norah en me rejoignant sur le rocher qui nous servira de plateforme pour observer le ciel.

– On va rester debout, lui dis-je en me collant à la falaise.

Je l'attire pour loger son dos contre mon torse et passe mes mains autour de sa taille avant de les nouer sur son ventre.

– Voilà, lui soufflé-je à l'oreille, comme ça, aucun risque que tu tombes.

– Oui, c'est uniquement pour ma sécurité, me charrie-t-elle.

Elle est détendue, l'arrière de sa tête posée contre mon épaule. Elle passe ses mains sur les miennes et nos doigts s'entrelacent.

– Je trouve ton tatouage très beau, me confie-t-elle en traçant le contour du dessin.

– Tu en as, toi ?

– Non, je suis bien trop chochotte pour ça.

– Tu t'es pourtant fait percer le nombril.

– Folie de l'adolescence.

Elle rit en me disant cela et lève son visage vers le mien. Le clair de lune me permet d'en distinguer les traits parfaits. Ma langue palpite à l'idée de s'aventurer dans sa bouche entrouverte pour jouer avec la sienne.

Alors que je réduis le peu d'espace entre nous pour mettre fin à notre retenue, le premier feu d'artifice siffle et éclate dans le ciel. Norah se délecte du spectacle. Elle se colle un peu plus contre moi pour mieux regarder en l'air. Le parfum fruité de sa peau me donne encore plus envie de la déshabiller. J'ai beau essayer de calmer mes ardeurs, elle doit sentir que je bande. J'envisage un instant de passer les mains sous la ceinture retenant sa jupe pour découvrir si elle est aussi excitée que moi, mais je doute que ça lui plaise vu le nombre de personnes présentes pour admirer le feu d'artifice, alors je m'abstiens. Ses doigts caressent le dos de ma main. J'en profite pour glisser mon pouce sous son top et le remonte entre ses seins. Sa respiration s'accélère. Si elle savait que je serais capable de lui faire bien plus…

Le bouquet final est un florilège d'explosions de couleurs. Norah a des étoiles dans les yeux. Elle est aussi émerveillée qu'une gamine. Elle n'exagérait pas en disant qu'elle adore ça.

Le spectacle prend fin sous nos applaudissements. Avant que Norah ne bouge, je resserre mon étreinte autour de sa taille. Je sors mon portable de la poche arrière de mon jean et le brandis face à nous. Alors que j'appuie sur le déclencheur, Norah m'embrasse sur la joue.

Le cliché me procure un effet bizarre. Je suis si souriant dessus. Et mon expression est spontanée et sincère, pas due à mon état d'ébriété.

– Je vais l'envoyer à mon frère, lui expliqué-je pour qu'elle comprenne mon geste.

– Bonne idée !

Une fois le message parti, Norah me prend le téléphone des mains et transfère la photo à un autre numéro.

– Moi aussi, je la veux, cette photo. Elle me rappellera cette soirée où j'ai oublié mes soucis quelques instants.

Je lui ferais bien garder un souvenir plus sulfureux que cette photo innocente. Pourquoi je ne l'embrasse pas maintenant ? Parce que j'aurais l'impression de profiter d'un moment d'euphorie de sa part. Elle vient de faire le vide dans sa tête, je vais lui accorder quelques minutes pour retrouver ses esprits.

Je lui prends la main et l'aide à descendre. Sa jupe longue n'est pas pratique. Elle finit par coincer un pan dans la ceinture pour la raccourcir et ne plus être embêtée. *Ses jambes sont une véritable tentation !*

Elle garde sa paume dans la mienne même si nous avons rejoint le sentier plat nous ramenant au camping. Hélas, elle remet aussi sa jupe en place.

Mon téléphone émet un bip. Je le consulte, car j'espère qu'il s'agit d'une réponse d'Enzo.

Enzo : Ça, c'est mon frère !

Le rire de Norah retentit derrière moi.

– Maintenant que j'y pense, j'ai ton numéro de téléphone, lui signalé-je en passant mon bras autour de ses épaules.

– Tu n'oublieras pas de le donner à ton frère, réplique-t-elle d'une voix malicieuse.

– Compte là-dessus !

À l'approche de nos emplacements, je ne sais pas trop comment gérer la suite de notre soirée. Yohan squatte encore une fois la caravane. Je me vois mal lui proposer de se glisser sous la tente. En plus, il y aura toutes les affaires de Tristan. Hors de question.

Norah joue avec ses doigts et semble également en proie aux interrogations.

– Tu veux boire un dernier verre ? propose-t-elle. On peut s'installer à notre terrasse.

Sous-entendu : je n'entrerai pas dans le mobil-home ? Je ne le saurai jamais, car Flavie nous rejoint à cet instant. À son air détendu et à son maquillage qui a bavé, il ne fait aucun doute qu'elle a passé un bon moment avec Yohan.

Norah remonte la main sur sa bouche pour cacher son sourire moqueur.

– Marco ! m'interpelle Yohan depuis la caravane.

Il me fait signe qu'il peut libérer la place, mais je décline. L'espace exigu doit empester le sexe, et je ne me vois pas proposer à Norah de passer derrière sa copine. Je ne suis peut-être pas un gentleman, mais j'ai un minimum de classe.

– Tu rentres ? On doit se lever tôt demain matin, questionne Flavie.

– J'arrive, lui répond Norah.

– On prendra ce verre une prochaine fois, soufflé-je pour la libérer.

Elle se rapproche et écrase sa poitrine contre mon torse. Elle se dresse sur la pointe des pieds et dépose à nouveau un baiser délicat sur ma joue.

– La seule raison pour laquelle je ne t'embrasse pas, là, tout de suite, c'est parce que je risque de ne pas pouvoir m'arrêter tant j'en ai envie, me murmure-t-elle avant de remettre de la distance entre nous et de partir en direction de son mobil-home.

CHAPITRE 11

NORAH

Encore un peu comateuse, je me force à avaler quelque chose au petit-déjeuner. Il est à peine 7 heures, mais les garçons nous ont donné rendez-vous à 8 heures précises. Elif nous rejoint dans la cuisine et s'installe sur une chaise en face de moi.

– Je crois que je vais rester ici, nous prévient-elle en bâillant.

– Hors de question qu'on y aille sans toi, lui répond Flavie, déjà en tenue de sport.

– Tu es la première à avoir parlé de canyoning quand on a évoqué les Gorges du Verdon comme destination.

– Ouais, je sais, mais vous êtes bien avec vos petits loustics, pendant que je me coltine le rouquin. Il n'a toujours pas percuté que c'était mort.

– J'aurais presque de la peine pour lui, plaisanté-je. Mais, viens, on va bien s'éclater, et promis, on ne te laissera pas seule avec lui.

– Je suis désolée, ajoute Flavie, j'avoue que Yohan m'a un peu accaparée. Promis, on partage ce canyoning toutes les trois.

– OK, abdique-t-elle en sachant qu'on ne lâchera pas le morceau. Bon, et ce Yohan, alors ? Il a quoi de spécial pour te retourner la tête ?

– Je crois qu'il n'y a pas que sa tête qu'il a retournée, ne puis-je m'empêcher d'ironiser.

Flavie me lance un regard scandalisé avant que nous n'éclations de rire toutes les trois.

– Honnêtement, ça faisait un bail que je n'étais pas tombé sur un mec aussi doué au pieu. Il est à l'écoute de mon corps et très bon observateur. Et toi, avec Marco ?

– Il me plaît bien, j'avoue.

– Ça, on le savait déjà ! Ce sont des détails croustillants que l'on veut !

– Je n'en ai pas à vous donner pour la simple et bonne raison qu'il ne s'est rien passé entre nous.

– Tu rigoles, j'espère ! s'exclame Elif, étonnée. J'ignore si tu es courant, mais il ne nous reste que trois jours avant de partir, pas trois semaines…

– Mais hier soir quand je vous ai croisés, j'ai cru que vous reveniez de je ne sais où après avoir fait quelques galipettes !

– Si on avait eu un endroit où aller, je pense qu'on aurait franchi le pas.

– Ta chambre, par exemple ?

– Oh ! Non, merci ! J'ai surpris Elif en pleine conversation téléphonique avec Ohran l'autre jour, alors hors de question de m'envoyer en l'air avec vous juste à côté.

– Merde, Elif, tu vas prendre cher pendant ta nuit de noces !

– J'espère bien ! surenchérit-elle. Depuis le temps que j'attends.

– Bon, Norah. En fin de journée, avec Elif, on emmènera les garçons à la plage pour que Marco et toi puissiez profiter du mobil-home. Mais maintenant, il faut se bouger, sinon on ne sera jamais prêtes.

Je termine mon café d'une traite et pars dans ma chambre pour me préparer.

– Au fait, me dit Elif en me rejoignant, Ohran a croisé ta mère hier à l'épicerie du quartier. Il m'a dit qu'elle était tout ce qu'il y a de plus sobre. Il a un peu discuté avec elle et elle n'a passé aucune bouteille à la caisse.

– Ah oui ? Hamza, l'épicier, refuse de lui vendre de l'alcool depuis longtemps.

– Ah bon ?

– Elle est rentrée un soir ultra énervée à cause de ça.

– Tu m'étonnes !

– Je suis rassurée, en tout cas. Tu remercieras Ohran de ma part.

Elle hoche la tête avant de partir se préparer. Se pourrait-il que ma mère ne retombe pas dans ses travers malgré mon absence ? Ce serait une première.

***

Nous nous précipitons vers l'entrée du camping. Les garçons nous attendent, moteur du 4 × 4 allumé, afin de souligner notre quart d'heure de retard. Yohan est au volant, Flavie prend donc la place du passager laissée libre. Les deux tourtereaux s'embrassent sans se soucier de nous.

Il est normalement interdit de rouler avec des passagers dans la caravane, mais Yohan ne roulera pas vite, et nous allons croiser les doigts pour ne pas nous faire contrôler. Elif et moi rejoignons donc Marco. Il est installé sur la banquette autour de la petite table et porte un tee-shirt qui moule son torse fin et met en avant sa musculature discrète. Les cheveux encore un peu bataille, il nous accueille avec ce sourire dont il a le secret. J'ignore s'ils ont fait un effort de rangement, mais l'espace intérieur est confortable.

– Tristan n'est pas là ? s'étonne Elif.

– Hélas, si, lui répond Marco. Il est dans le fond, en train de pioncer. S'il ne se réveille pas quand on arrive, je propose qu'on le laisse là.

Je retiens un éclat de rire. J'avais remarqué qu'il n'appréciait pas spécialement Tristan, mais il faudra que je pense à lui demander pourquoi. Est-ce simplement parce qu'il est lourd ?

Il m'attire contre lui lorsque je m'installe à ses côtés. Le parfum de son gel douche est agréable. Je plongerais bien mon nez dans le creux de son cou pour en profiter. Ses yeux s'attardent sur mes jambes dénudées. J'adore quand il fait ça. Jamais un homme ne m'a regardée avec une telle intensité. C'est comme s'il imaginait ce qu'il pourrait me faire en m'ôtant ce short court. Et je trépigne d'impatience.

– Bien dormi ?

– Je ne dirais pas ça, non… J'ai fait un rêve un peu chaud, si tu veux tout savoir, lui lancé-je pour le taquiner.

– Qu'est-ce que je te faisais dans ce rêve ?

– Qui a dit que tu y étais présent ?

– C'est évident, non ?

– Prétentieux.

– Réaliste.

Elif interrompt notre aparté en prenant place face à nous. Marco se penche dans ma direction et me chuchote à l'oreille.

– En tout cas, dans mon rêve, c'était bien toi dans mon lit.

Je lui frappe le bras en rougissant. Il est fier de lui si j'en crois le sourire qu'il arbore, celui avec ses fossettes, qui le rend irrésistible.

– Combien de temps on met pour arriver à Castellane ? demande Elif.

– Environ une heure, nous répond Marco.

– On se fait un poker pendant le trajet ? proposé-je à mon amie en désignant le jeu de cartes sur la table.

– Bonne idée.

Marco mélange le paquet et distribue. Nous enchaînons quelques parties, qu'Elif gagne presque chaque fois. Marco n'en revient pas. Puis la future mariée s'excuse, car Ohran lui envoie des messages. Comme à son habitude, elle s'enferme dans sa bulle de bonheur le temps de leurs échanges.

– Tu as prévenu ton frère que tu allais faire du canyoning ? questionné-je Marco.

– Non, je ne suis pas encore sûr de participer, en réalité. Je vais repenser à nos vacances en Corse, à toutes les fois où on en a fait ensemble, lui et moi. Je ne suis pas certain d'avoir envie de ressasser ça.

– Ressasser n'est pas le bon mot. Tu dois le faire pour « surmonter » tout ça.

– L'idée de pratiquer une activité qu'il ne pourra plus jamais faire me bouffe.

– C'est sa réaction qui t'inquiète, je le comprends. Mais tu ne la connaîtras pas si tu ne lui dis pas ce que tu vas faire. Tu as peur de faire souffrir ton frère en continuant d'être ce type qui vit à fond. Mais je crois que c'est tout l'inverse. Pour preuve, quand tu lui envoies des photos de toi en train de profiter, il te répond toujours. Jusqu'ici tes clichés ont plutôt bien fonctionné pour améliorer la communication entre vous, tu ne trouves pas ?

– Donc ? Qu'est-ce que tu proposes ?

– Sors ton téléphone, prends-toi en photo et dis-lui que tu pars faire du canyoning. Si après sa réponse, tu ne te sens pas de nous accompagner, libre à toi.

Il hésite un moment, avant d'écouter mon conseil. Il me surprend en passant un bras autour de mes épaules afin que je sois avec lui pour immortaliser l'instant. Nous prenons la pause, mais, cette fois-ci, en grimaçant comme des gamins insouciants.

Dans le corps de son message, il inscrit simplement « Journée Canyoning » et l'envoie, sans retirer le bras qui me maintient contre lui.

Il garde son téléphone à portée de main, sur la table, et attend le verdict de son frère. Même si je ne connais pas vraiment Marco, ça me fait de la peine de le voir se brider ainsi. J'espère que son frère va lui répondre, et surtout qu'il aura compris qu'il souhaite son feu vert.

Les doigts de Marco jouent avec quelques mèches de mes cheveux sans qu'il s'en rende compte. C'est ce moment que choisit Tristan pour émerger.

– Hey ! Salut les filles, dit-il en s'étirant.

Nous lui répondons sans lui prêter plus d'attention. Il part s'enfermer dans ce qui doit être leur salle d'cau.

Le téléphone de Marco finit par vibrer sur la table. Il le fixe sans le toucher. Il retire sa main de mes épaules, mais continue d'hésiter. Les traits de son visage sont fermés. J'aimerais pouvoir l'aider à aller mieux et à dépasser son blocage. Il doit lâcher prise et apprendre à vivre avec le handicap de son frère.

Quand il prend enfin son portable et lit le message, ses traits se détendent immédiatement.

Il tourne l'écran vers moi pour que je découvre la réponse.

Enzo : Cool ! J'espère que Yohan
a emporté sa caméra embarquée.
Je veux voir des vidéos à votre retour.
PS : la même fille que pour le kayak ?
J'attends toujours son numéro !
Appelle-moi ce soir
pour tout me raconter !

Je suis soulagée, non seulement Enzo lui dit de foncer, mais en plus, il lui fait comprendre qu'il souhaite encore partager ces moments avec lui. Même si ça ne doit plus être qu'à travers des clichés et des vidéos. Il lui montre la manière dont tout cela est possible.

– Il va être déçu que je n'aie rien de sulfureux à lui raconter, me taquine Marco.

– On a toute la journée pour te créer des souvenirs croustillants, lui lancé-je avec un grand sourire.

CHAPITRE 12

MARCO

Alors que nous retrouvons le moniteur et les autres participants au canyoning, je n'ai qu'une envie : m'isoler. Pas parce que je rumine vis-à-vis d'Enzo, mais pour être seul avec Norah. Mon désir pour elle me fait oublier mes appréhensions.

– On va commencer par s'équiper avant le départ, nous signale notre accompagnateur en distribuant les combinaisons étanches. Vous mettrez également un casque et un baudrier.

Une famille avec deux adolescents sera de la partie avec nous. Chacun se sert et prend tout le nécessaire. Alors que je passe ma tenue, je ne peux m'empêcher de mater Norah en maillot de bain. Je remarque que ce connard de Tristan ne se gêne pas non plus. Je m'avance vers elle pour lui boucher la vue. Une fois qu'elle a enfilé le bas de sa combinaison, je la surprends en en attrapant les manches pour l'aider à y passer les bras. Je remonte la fermeture Éclair puis m'occupe de poser un casque sur sa tête et de fixer l'attache sous son menton. Le large sourire qu'elle m'adresse me fait raccourcir le peu de distance entre nous pour dévorer sa bouche tentatrice.

– On a une petite marche de cinq minutes pour arriver au départ du parcours, nous apprend la voix du moniteur.

Je grogne d'avoir encore une fois été interrompu, ce qui fait rire Norah. À croire que le sort s'acharne sur nous. *Mon karma me fait payer tous les trucs sales que j'ai faits dans ma vie, ce n'est pas possible !*

Les filles partent en tête de cortège, bras dessus bras dessous, suivies par la famille. Je rejoins Tristan et Yohan et nous leur emboîtons le pas. J'en profite pour m'organiser, je ne tiens pas à être pris de court ce soir.

– Quand on rentrera au camping, vous pourrez gérer Elif et Flavie ? J'aimerais bien être un peu tranquille avec Norah.

Yohan me tend son poing afin que je frappe dedans pour valider le marché.

– Elle est plus docile que ce qu'on pensait, la petite poule, hein ? se marre Tristan en la reluquant d'un air salace.

– Ravale ton regard de pervers ou je te crève les yeux.

– Ça va, t'emballe pas ! Je ne fais rien de mal. Regarder, c'est pas toucher.

– Ferme-la, Tristan, intervient Yohan, qui sait que je n'apprécie pas qu'on manque de respect aux femmes, encore moins quand la demoiselle en question me plaît.

Arrivés au point de départ de notre aventure, nous écoutons les consignes de sécurité relatives au canyoning, avant de rentrer dans l'eau. Je me poste derrière Norah. Cette dernière se laisse aller naturellement contre moi. Mes mains enlacent sa taille tandis que je pose mon menton sur le haut de son casque.

– On est donc partis pour environ deux heures et demie de descente. Il y aura des sauts entre deux et sept mètres de haut, des toboggans et des chutes contrôlées. On finira par arriver au sommet d'une cascade que l'on franchira à l'aide d'une tyrolienne de trente mètres de long.

Norah tourne son visage vers moi et écarquille les yeux.

– Vous aviez dit que c'était un parcours pour débutants !

– C'en est un, la rassure notre accompagnateur. Si tu n'as pas peur de sauter et d'avoir la tête sous l'eau, tu vas t'éclater.

– On peut encore renoncer, lui murmuré-je à l'oreille. J'ai une bonne idée de ce qu'on pourrait faire pendant qu'ils seront tous occupés ici.

– Oh ! Non, non ! s'exclame Elif en attrapant la main de sa copine et en la tirant vers elle. Norah n'a absolument pas peur du vide ni d'immerger sa petite tête. Tu ne te défiles pas, ma belle.

Les trois amies se mettent à rire en partant vers ce qui va être notre premier saut. Norah se retourne dans ma direction et hausse les épaules, repoussant encore notre tête-à-tête.

Les parents, accompagnés de leurs gosses, sont les premiers à s'élancer du haut des trois mètres. De notre côté, nous laissons les filles démarrer. Pour avoir eu le culot de réfléchir à ma proposition, Norah est désignée par ses copines comme la première à devoir sauter. Elle leur tire la langue et n'hésite pas une seconde avant de se propulser en avant. Une fois arrivée dans l'eau, elle est emportée par le courant dans le couloir menant à la prochaine étape du parcours. La vitesse relativement lente lui permet de se retourner et de nous informer d'un signe du pouce que c'est top.

Je passe en dernier et, pendant la demi-seconde que dure ma chute, je me rends compte que je n'ai pas pensé à mon frère avant de me lancer. Je me laisse porter par les évènements, et par le sourire d'une certaine jeune femme qui a tendance à me faire lâcher-prise.

– On part sur un toboggan naturel de plusieurs mètres qui débouche sur une vasque assez profonde, nous avertit notre accompagnateur. On stationnera là, le temps que le groupe soit à nouveau réuni.

Je me lance en premier et vous attendez un peu entre chaque départ.

– On peut y aller la tête la première ? interroge un des gamins.

– Sans problème. Vous pouvez même y aller à plusieurs sans souci. Faites juste attention de ne pas vous blesser en vous tombant dessus.

Je me faufile parmi la troupe pour attraper Norah par la main.

– Ça va ? me demande-t-elle pour s'assurer que je ne suis pas retombé dans un délire de culpabilité.

Je hoche la tête. Je ne me sens pas mal, mais de là à le prononcer à voix haute… Je veux juste profiter de l'instant sans trop réfléchir.

Elif est la première de notre bande à disparaître, suivie dans la seconde par Tristan. *Il ne va jamais lâcher l'affaire, c'est pas possible…*

– Allez, viens, on y va en même temps.

Norah me guide vers le départ du toboggan. Elle s'assied la première et je m'installe derrière elle. Je la serre fort contre moi, car la pression sauvage de l'eau la pousse déjà vers la glissade. Ses mains se posent sur les miennes alors que j'ai du mal à nous retenir plus longtemps sur place. Je profite du début de la descente pour l'embrasser dans le cou, puis la vitesse m'empêche de continuer. Des trombes d'eau nous tombent dessus quand nous dérapons sur la roche. Je n'y vois plus grand-chose. J'entends juste le rire de Norah, ainsi que le mien, résonner contre les parois lorsque nous chutons dans l'eau. Je perds le contact avec son corps, puis donne deux grands coups de bras pour revenir à la surface. Norah émerge à son tour, s'essuie le visage avant d'ouvrir les yeux. Elle rit à gorge déployée. En quelques brasses, je suis près d'elle. Elle s'accroche à mon cou.

– Tu me prendrais pour un fou si je te disais que j'ai envie de te retirer cette combinaison et de profiter de toi ?

– Tu me prendrais pour une folle si je te disais que je réfléchis réellement aux conséquences si j'acceptais ?

– Je te prendrais bien tout court, lui balancé-je en riant.

Elle me frappe l'épaule pour la forme en faisant mine d'être offusquée.

Nous continuons à enchaîner les sauts et les descentes. Les filles se lancent parfois ensemble. Yohan et moi ne résistons pas à l'envie de faire la démonstration de nos talents d'acrobate lors de la cascade de sept mètres. Mon pote s'élance dans un plongeon parfait et je le suis en partant dans un salto arrière.

Une fois en bas, je me rends compte qu'on a laissé les filles avec Tristan. Pas très malin de notre part. Je le vois parler avec Norah. Elle semble hésiter un peu à cause de la hauteur. Quel con ! À vouloir l'impressionner, je n'ai pas envisagé que ce saut plus spectaculaire que les autres pourrait lui poser un problème.

– Norah ! m'écrié-je pour l'encourager. Vas-y ! Je t'attends là. Je suis sûr que tu vas assurer !

Je la vois inspirer un grand coup puis se jeter à l'eau. Elle hurle avant d'être réduite au silence par son entrée dans l'eau. Elle ressort deux secondes plus tard encore un peu étourdie.

– Oh ! Il m'a vraiment fait flipper celui-là !

– C'était donc ça, ce cri ! raillé-je.

J'attrape sa main et l'attire contre moi. Elle frotte son nez contre le mien.

– Ne te moque pas ou je te coule.

Je souris tout contre sa bouche alors qu'elle se mordille la lèvre inférieure.

– Va falloir bouger d'ici, les jeunes, nous prévient le moniteur, sinon les autres risquent de vous atterrir dessus.

Bordel ! On ne me laissera donc jamais goûter à cette bouche !

Nous finissons par arriver à la tyrolienne. Nous passons chacun notre tour. Lorsque je rejoins Norah, son sourire est communicatif.

– Terminer avec ça, c'était juste génial !

Je suis bien d'accord avec elle, ce parcours était top. Nous n'avons pas vu le temps filer.

Nous sortons de l'eau et remontons au parking. Norah discute avec ses copines. Elles rient ensemble et se prennent en selfie.

Une fois proche de la caravane, je m'isole pour écrire à mon frère, profitant de l'euphorie du moment pour lui détailler notre activité sans me censurer. Norah me cherche et ne tarde pas à me repérer. Elle est déjà séchée et rhabillée. Ses cheveux sont tout emmêlés et réunis dans un chignon sur le haut de sa tête.

– Quelque chose ne va pas ? s'inquiète-t-elle en me prenant la main.

– Pas du tout, la rassuré-je aussitôt. Je voulais être un peu au calme pour envoyer un message à Enzo.

– OK, articule-t-elle avec douceur avant de nous ramener vers le groupe.

Je me change à mon tour pour rendre les affaires prêtées. La famille remercie encore une fois le moniteur pour sa sympathie et son professionnalisme.

– Si vous avez encore un peu d'énergie, il y a une balade à faire juste à côté. En remontant par le sentier sur votre gauche, vous tomberez sur le balisage : un losange orange. Il vous conduira vers un des plus beaux panoramas des Gorges du Verdon. Soyez vigilants par contre, ça glisse un peu. Et restez bien sur le chemin prévu.

– Ça pourrait être sympa, estime Elif en regardant ses amies.

– Pourquoi pas, acquiesce Norah. On mange d'abord, histoire de récupérer des forces ?

Nous approuvons tous. Les filles ont préparé des salades composées, de notre côté, nous sommes allés acheter des sandwichs à la boulangerie. Tristan sort des bières du frigo et en distribue une à tout le monde. Il n'a toujours pas intégré le fait que Norah et moi ne buvons pas. Ma gorge s'assèche en me rappelant le goût de l'alcool. Mon corps se tend et tente de me faire flancher. Norah ne dit rien, mais repousse la bouteille au milieu de la table. Je me ressaisis, nous sers deux verres d'eau et prends place à côté d'elle.

– Tu en veux un peu ? me propose-t-elle en désignant sa salade de riz. Il y a du concombre, du maïs et des œufs durs dedans.

Je délaisse mon jambon beurre et ouvre grand la bouche, ce qui la fait glousser. Elle approche sa fourchette pleine et je l'engloutis aussitôt.

– Putain, mais c'est plus possible vous deux ! s'exclame Flavie. Trouvez-vous une chambre et finissons-en !

Si elle savait que je ne demande pas mieux ! D'ailleurs, je crois que c'est exactement ce que je vais faire : réserver un hôtel du coin pour ce soir et continuer à profiter avec Norah.

CHAPITRE 13

NORAH

Assise entre les jambes de Marco, j'offre mon visage au soleil en plein zénith. Je profite de la sensation de n'avoir aucune responsabilité. Ici, rien ne peut m'atteindre. Cette pause déjeuner m'a fait du bien. J'ai eu le temps de me remettre de mes émotions et de reprendre de l'énergie. Je sens Marco de plus en plus tendu et je dois bien avouer que son impatience fait écho à la mienne.

– Bon, on fait quoi, maintenant ? nous relance Tristan. Parce qu'à rester là, on va finir par s'endormir.

– Je ferais bien la balade dont a parlé notre moniteur, indique Elif en se redressant sur ses coudes.

– Nous, on préfèrerait aller se baigner dans le lac qu'on a aperçu en contrebas tout à l'heure, intervient Flavie. On a beaucoup trop chaud pour marcher.

– Si vous arrêtiez de vous coller l'un à l'autre, ça irait sûrement mieux, lui répond-elle, moqueuse.

– Qu'est-ce que tu as envie de faire ? me demande Marco, son souffle caressant ma nuque.

– Je vote pour la balade. Ça serait dommage de ne pas profiter de la vue tant qu'on est ici. Mais on peut se séparer. Ceux qui veulent vont se baigner et les autres partent jusqu'au belvédère.

Il est inutile de forcer qui que soit à participer à une activité si ça ne lui fait pas plaisir. Ce n'est pas mon concept des vacances. Chacun se positionne : Elif, Tristan, Marco et moi irons nous promener pendant que Flavie et Yohan resteront au plan d'eau.

Nous remballons nos affaires. J'emporte dans mon sac à dos deux bouteilles d'eau, et me badigeonne de crème solaire avant que l'on s'engage sur la route du sentier.

– Tiens, elle te servira plus qu'à moi, me dit Marco en posant une casquette sur ma tête.

– Merci, j'ai oublié de prendre mon chapeau ce matin.

– Je ne voudrais pas que tu chopes une insolation et que tu te sentes mal ce soir.

– Ah bon ? Pourquoi tant de sollicitude ? Je n'ai rien prévu de particulier pour finir la journée, lui lancé-je, espiègle.

– C'est une surprise, c'est normal !

– Je n'aime pas les surprises, assuré-je pour l'embêter.

– Celle-là, crois-moi, tu vas l'adorer.

Il m'attire contre son flanc et passe un bras autour de mes épaules.

Elif et Tristan ouvrent la marche sur le début du parcours. Elle paraît plus détendue avec lui. Je présume qu'il a enfin dû comprendre qu'il n'avait aucune chance.

Plus nous progressons, plus nous en prenons plein la vue. De hautes falaises rocheuses enserrent le lit du Verdon qui semble rétrécir au fur et à mesure que nous grimpons. Des chemins escarpés serpentent un peu partout. Sûrement d'autres sentiers de randonnée. D'immenses oiseaux tournoient dans le ciel à la recherche de leur prochaine proie. Il fait chaud et nos organismes souffrent, mais le paysage en vaut largement la peine.

– C'était quoi, le balisage à suivre ? demande Tristan qui a pris un peu d'avance.

– Losange orange, lui répondent Elif et Marco en même temps.

Il opte pour le chemin qui part sur la droite.

Le soleil cogne très fort en ce début d'après-midi, l'ombre du sous-bois que nous traversons est la bienvenue. Nous n'entendons que les bruits de la nature et, quelquefois, les papotages d'autres randonneurs que nous croisons ici et là. Le calme des lieux est incroyablement reposant.

Lorsque nous sortons de la petite forêt, nous tombons à nouveau sur un point de vue spectaculaire. Tout en bas des falaises, nous distinguons le lac où sont allés se baigner Yohan et Flavie. Les nageurs nous apparaissent comme de minuscules points.

– Une photo ? me propose Marco en extirpant son téléphone de sa poche.

Je ne me fais pas prier et prends la pause avec lui, collés-serrés. Marco s'arrange pour cadrer de façon que l'on voie au maximum le décor vertigineux derrière nous.

– Tu me l'envoies ?

Il hoche la tête tout en tapotant un message. Je devine qu'il est adressé à son frère.

– On ne doit pas avoir de réseau ici, car la photo ne part pas. Ce n'est pas grave, il la recevra quand on sera de retour en ville.

Main dans la main, nous nous remettons en marche. Nous profitons d'un nouveau passage à l'ombre pour nous arrêter quelques instants afin de nous hydrater.

– Tiens, proposé-je à Elif en lui lançant une des deux bouteilles d'eau que j'ai emportées.

– T'es sérieux, mec ? gronde Marco en entendant le bruit caractéristique d'une cannette que l'on décapsule. On est en plein cagnard et tu vas te descendre une bière ?

– C'est pas grand-chose, quelques degrés, c'est tout, dédramatise-t-il. Et puis, c'est pas comme si j'allais conduire…

Je pose ma main sur la cuisse de Marco pour attirer son attention. Je lui fais signe de laisser tomber. Ça ne sert à rien de discuter avec Tristan.

Il est immature, ce qui l'empêche de comprendre que derrière les reproches de Marco, il y a une part d'inquiétude.

Je bois à mon tour plusieurs gorgées d'eau qui me font un bien fou. Si nous n'étions qu'entre filles, je pense même que je mouillerais un peu mon tee-shirt pour me rafraîchir, mais je ne vais pas jouer avec les nerfs de Marco.

Je m'apprête à remettre les bouteilles dans mon sac, mais il me les prend des mains.

– Je n'avais pas vu que tu en avais emporté, m'explique-t-il. Je les aurais portées sinon.

– Laisse-moi deviner, tu ne voudrais pas que je me retrouve avec un lumbago ce soir ?

– Tu as tout compris. Je pense à ton bien-être avant tout.

– Quelle délicate attention de ta part.

– Profites-en parce que je ne suis pas certain de pouvoir rester « délicat » tout à l'heure, quand nous ne serons que tous les deux, me lance-t-il, le regard brûlant.

– Des promesses, des promesses…

Ma répartie me vaut une claque sur les fesses. J'éclate de rire en rejoignant Elif qui marche juste devant moi, tandis que Marco accélère un peu pour se mettre à la hauteur de Tristan, en tête de peloton.

Le sentier commence à devenir escarpé et nécessite de faire plus attention à ses pas. Le ravin est à peine à quelques centimètres de nous. Le vide nous accompagne sur notre droite, comme un balcon sans rambarde. Niveau sécurité, il y aurait quelques progrès à faire. Je veux bien qu'on laisse la nature dans son état sauvage, mais pour une randonnée balisée, je suis surprise qu'il n'y ait rien pour nous empêcher de faire le grand saut.

– Tu es sûr d'avoir suivi le losange orange ? entendons-nous Marco demander à Tristan. Ça fait un bout de temps qu'on n'a croisé personne et que je n'ai pas vu de marque.

– T'inquiète, rétorque ce dernier. Le belvédère est tout droit, on y sera plus vite qu'en arpentant le chemin balisé. Et au moins, y a moins de monde, comme tu l'as dit.

Elif et moi nous lançons un regard stupéfait. Ce type est encore plus débile qu'on ne le pensait.

– Rassure-moi, il n'a pas fait ce que je crois qu'il a fait ? me murmure mon amie d'enfance.

Ma grimace lui répond, car si, il semblerait que Tristan ait pris des libertés avec notre itinéraire sans nous consulter. Je crains que Marco ne perde son calme vu qu'il ne le porte déjà pas dans son cœur.

– Et tu ne t'es pas dit qu'il fallait nous demander notre avis avant de nous embarquer dans ton plan pourri ? s'emporte-t-il justement.

– On est paumés, c'est ça ? s'inquiète aussitôt Elif.

– Mais non, relax ! temporise Tristan. Si on avait suivi le balisage, on aurait mis au moins une heure de plus pour atteindre la fin du sentier. Là, il suffit d'avancer tout droit sur peut-être un petit kilomètre, et on y sera.

– Tu es quand même gonflé d'avoir décidé tout seul de passer par ici, le sermonné-je. Tu aurais pu nous demander notre avis.

– Je suis déjà venu plusieurs fois dans le coin, faites-moi un peu confiance.

– Je crois que je préfèrerais faire demi-tour. J'ai peur qu'en nous enfonçant encore, on se perde pour de bon, et qu'on soit incapables de retrouver notre route, s'inquiète Elif.

– J'hésite aussi franchement, avoué-je en direction de Marco.

Il a l'air de se retenir de sauter à la gorge de Tristan. Ce dernier se fout complètement de nos craintes et sifflote en attendant que nous actions une décision.

Marco s'éloigne de Tristan et s'approche de nous. Il prend ma main dans la sienne avant de nous donner son point de vue sur la situation.

– Je suis d'accord avec vous. Il fallait être vraiment con pour ne pas suivre le balisage, admet-il, passablement irrité, mais on a déjà beaucoup marché. Je ne pense pas que le belvédère soit encore si loin que ça. C'est dommage d'avoir parcouru tout ça et de ne pas profiter du panorama promis par le moniteur.

– Qu'est-ce que tu en dis ? demandé-je à Elif. On avance un peu ?

– Il est 16 heures, nous précise mon amie après avoir regardé sa montre. Si d'ici une heure, on n'est pas arrivés, on fera demi-tour, OK ?

Nous approuvons et nous remettons en route. J'espère de tout cœur que Tristan sait vers où il nous guide, sinon je ne donne pas cher de sa peau.

– Je vous jure que si on rentre sans être parvenus jusqu'au belvédère parce qu'il ne retrouve pas le chemin, je le balance dans le ravin au retour, nous informe une Elif excédée.

– Je t'aiderai à jeter quelques gros cailloux pour dissimuler le corps, lui assure Marco en riant.

– Ah non ! m'indigné-je, ça, c'est le boulot de la meilleure amie, donc le mien.

– Je fais quoi moi alors ?

– Tu seras notre alibi. Si nous sommes soupçonnées, nous dirons que nous sommes restées sur le sentier balisé avec toi et que Tristan est parti tout seul de son côté. Il te suffira de confirmer notre version.

– Plan parfait ! approuve Elif en me tendant la paume de sa main pour sceller notre pacte.

– Vous me faites flipper, nous lance Marco, l'air très sérieux.

Nous rions aux éclats tout en rattrapant Tristan qui, en plus d'être un imbécile qui ne suit pas le balisage, a décidé d'accélérer le rythme de la balade.

– Comment va Ohran ?

Il n'existe pas de meilleur sujet à aborder pour détendre mon amie. Et je vois bien qu'elle essaie de me cacher son stress.

– Sa famille lui met une pression monstre avec le mariage. Ohran souhaite m'offrir tout ce dont j'ai rêvé pour ce jour, mais je suis mal à l'aise vis-à-vis de ses parents, comme ce sont eux qui paient tout.

– Ils n'ont pas accepté la proposition de ton père de prendre en charge au moins la salle et les musiciens ?

– Tu plaisantes ? Je crois que la mère d'Ohran ne me pardonnera jamais d'avoir osé émettre cette hypothèse. C'est comme si je l'avais insultée en lui soumettant cette idée. Ce sont nos traditions. C'est à la famille du marié d'assumer toutes les dépenses de l'évènement.

– Pense à ne faire que des filles, lui conseillé-je dans un demi-sourire.

– C'est horrible, on sature tous les deux. Je te jure, on n'a plus qu'une hâte, c'est que ce soit derrière nous.

– Je comprends que vous soyez tendus, c'est clair…

– Garde ton sous-entendu pour toi, me menace-t-elle en souriant. J'ai tellement peur que ça ne se passe pas bien, de faire mal les choses, de décevoir Ohran.

– Ne dis pas n'importe quoi !

– Ohran a déjà couché avec d'autres filles, il a de l'expérience.

– Il t'aime, surtout, lui rappelé-je. Et c'est ce qui fera la différence. Tout te viendra naturellement, tu n'as aucune inquiétude à te faire.

– Tu as toujours les mots justes. Comment je ferais sans toi ?

– Tu mettrais beaucoup plus de temps à percuter, ça c'est sûr ! Et je te laisse jusqu'à dix heures maximum le lendemain de ton mariage pour m'appeler et tout me raconter.

– À vos ordres, cheffe !

Le chemin qu'emprunte Tristan devient de plus en plus escarpé. Nous sommes désormais si près du gouffre que nous nous retrouvons contraints de marcher en file indienne.

– Regardez bien où vous mettez les pieds, les filles ! nous conseille Marco.

– Il nous aurait fallu avoir des chaussures de randonnée et pas de simples paires de baskets, se plaint Elif en grognant à l'attention de Tristan.

– Tu te rappelles quand, en seconde, on avait séché les cours parce que Flavie pensait savoir où habitait sa mère ?

– Bien sûr ! C'est le jour où on est tombées sur Ohran et ses potes.

– Et pourtant, ce matin-là, tu t'obstinais à ne pas vouloir suivre Flavie dans son délire. Si on ne t'avait pas un peu forcée, tu serais passée à côté de l'amour de ta vie.

– Je te rappelle qu'on avait tout juste seize ans et que Flavie avait soi-disant découvert que sa mère vivait à plus d'une heure de route en train de chez nous. Tu avoueras que, présenté comme ça, le plan n'avait rien d'idéal.

– Justement, c'est là où je voulais en venir. Notre situation actuelle n'est pas terrible, mais il va peut-être nous arriver un truc inoubliable, comme ta rencontre avec Ohran ce jour-là. Et on en rira bientôt en s'en rappelant, lui expliqué-je en lui offrant un sourire rassurant pour tenter de la convaincre et qu'elle arrête de bouder.

– Mouais... Là, tout de suite, tu m'excuses, mais je suis sceptique...

Je ne peux pas lui en vouloir. Moi-même, je commence à regretter que nous n'ayons pas fait demi-tour, comme il aurait été plus prudent de le faire lorsque nous avons compris que nous étions plus ou moins paumés.

Les cailloux de toutes tailles rendent difficilement praticable le sentier qui n'en est pas un. Je prends conscience une demi-seconde trop tard que j'ai posé le pied au mauvais endroit. Une pierre roule sous ma semelle et me fait déraper. Ma cheville vrille et le mouvement que je tente pour me rattraper n'est pas suffisant pour m'éviter de basculer. Je me sens dégringoler dans le vide.

Je dévale plusieurs mètres, mes bras et mes jambes sont durement éprouvés contre la roche. Mon instinct de survie me pousse à tendre les mains pour tenter d'agripper quoi que ce soit qui pourrait arrêter ma chute. Si cela continue, je pourrais bien y rester. Mes ongles raclent la terre sèche sans succès. Dans mon esprit, c'est la panique. Dans mon cœur, le chaos. Je ne peux pas mourir comme ça. Perdue au milieu de nulle part, sous les yeux de ma meilleure amie, en abandonnant ma mère, à cause d'un pauvre type que je connais à peine, et sans avoir découvert ce que me réservait mon aventure avec Marco.

CHAPITRE 14

MARCO

Le cri de Norah, suivi par celui d'Elif, me glace le sang. Je comprends immédiatement qu'il est arrivé un malheur. Elles n'étaient pourtant qu'à quelques pas derrière nous. Je me précipite aussitôt, mais il est trop tard. Quand je rejoins Elif, celle-ci est seule au bord de la falaise, ses yeux exorbités scrutant le vide devant elle. Je suis sous le choc, pétrifié. Durant une demi-seconde, je refuse de prendre conscience de ce qui vient de se passer. *Ce n'est pas possible !*

Lorsque je finis par retrouver mes esprits, Tristan ceinture Elif qui se penche dangereusement, dans une tentative d'apercevoir son amie. Le silence qui suit est flippant. Je donnerais cher pour entendre Norah hurler de douleur. Ça signifierait au moins qu'elle est vivante. Mais ce sont les cris d'Elif qui se mettent à résonner contre les falaises.

– Lâche-moi ! Lâche-moi ! s'égosille-t-elle en se défaisant des bras de Tristan qui la retient. Tout ça, c'est de ta faute, espèce de connard ! Laisse-moi !

Mon regard est fixé en contrebas. Mes yeux parcourent frénétiquement les alentours en espérant de tout cœur remarquer où Norah a atterri. Sans succès. La panique me saisit.

– Norah, m'époumoné-je le plus fort possible. Norah !

Elif ne dit plus rien. Elle attend, comme moi, et tend l'oreille dans l'espoir d'une réponse. Rien. Toujours ce foutu silence. Si tout à l'heure, il était reposant, il est maintenant angoissant.

Elif tombe à genoux et pleure à chaudes larmes. Je n'accorde pas un regard à Tristan sinon je risque de l'envoyer rejoindre Norah. La jeune femme a raison. Si nous en sommes là, c'est à cause de lui. Mais l'heure n'est pas aux reproches. Je dois penser à Norah avant tout.

Je m'abaisse vers Elif et pose mes mains sur ses épaulcs.

– Je vais descendre un peu pour voir si j'arrive à la repérer, lui expliqué-je en espérant qu'elle n'a pas fini sa course trop loin.

Elif hoche la tête en s'essuyant le nez.

– Mec, c'est dangereux ! ose me lancer Tristan. On devrait avertir les secours et attendre qu'ils rappliquent.

Je lève les yeux vers lui, le visage fermé. Mon regard suffit à ce qu'il arrête ses recommandations.

– Il a raison, Marco, lui accorde Elif à contrecœur. J'ai peur pour elle, mais si tu descends, tu prends le risque de tomber aussi.

J'extirpe mon téléphone de la poche de mon short. La photo pour mon frère n'est toujours pas partie. Le sourire rayonnant de Norah me serre le cœur.

– On n'a pas de réseau, les informé-je. Je vais faire très attention et y aller doucement, d'accord ?

Elif hoche la tête, pas tellement convaincue, mais sans autre solution envisageable. Je me déleste de mon sac et commence à descendre en veillant à mes appuis.

– Marco, m'implore Elif alors que je vais bientôt disparaître de leur vue, ramène-la-moi.

Je ne lui fais pas de promesse que je ne suis pas certain de pouvoir tenir.

Je progresse petit à petit. Je ne me précipite pas, même si j'en éprouve le besoin. Le cri de Norah tourne en boucle dans ma tête, mais je dois rester concentré. Ce n'est pas le moment de perdre mon sang-froid.

Je m'immobilise un instant sur un petit promontoire creusé dans la roche. J'en profite pour reprendre mon souffle et pour scruter à nouveau les alentours dans l'espoir de l'apercevoir.

– Norah ! Norah !

Mes appels n'ont pas plus de succès que précédemment. Je tente de maîtriser ma panique, elle est ma pire ennemie en cet instant.

– Marco ! entends-je Elif d'en haut. Ça va ? Tu la vois ?

– Ça va ! Je continue à descendre.

Je me laisse glisser sur les fesses en ralentissant la vitesse le plus possible pour ne pas être pris de court. Puis, je la repère enfin. Elle est allongée, immobile, non loin de moi. Dans un premier temps, je suis soulagé. Elle n'a pas fini sa course tout en bas. Mais je note aussi que ses jambes et ses bras sont écorchés à de nombreux endroits.

– Elle est là, avertis-je aussitôt Elif et Tristan. Je la vois !

Oubliant toutes précautions, je me précipite dans sa direction.

Plus je m'approche, plus je détaille les blessures que sa chute a engendrées. Elle est dans un sale état. Je parviens tant bien que mal à me glisser à ses côtés. C'est une immense pierre qui l'a empêchée de continuer sa descente.

Je constate immédiatement qu'elle respire, c'est bon signe. Je dégage quelques mèches de cheveux de son visage pour évaluer les dégâts. Ses joues sont éraflées et sa lèvre inférieure ouverte. De la terre recouvre ses jolies taches de rousseur. Avec mon pouce, j'en essuie les traces, mort d'inquiétude de la retrouver inconsciente.

– Norah, tu m'entends ? demandé-je, la gorge nouée. Allez, ma belle, reviens parmi nous.

Aucune réponse. Je soulève un peu sa tête avant de me rappeler qu'il ne faut surtout pas la bouger. Même si je crève d'envie de la serrer contre moi et de la supplier de me regarder, de me parler, de me dire que tout va bien, que ce ne sont que quelques égratignures, je me retiens.

– Comment elle va ? Marco, dis-moi !

Elif s'impatiente. Je n'ai pas le courage de lui expliquer qu'elle a beau respirer, elle n'est pas tirée d'affaire pour autant.

– Putain, Norah, allez, s'il te plaît !

Plusieurs plaies s'étalent sur ses longues jambes. Une blessure au bras me semble plus importante que les autres et nécessitera peut-être quelques points de suture.

Alors que je panique, perdu quant à la marche à suivre, Norah reprend connaissance. Elle gémit en tentant de relever la tête.

– Ouh là, attends, lui ordonné-je en posant mes mains sur ses épaules. Vas-y doucement. Comment te sens-tu ?

– Mal, articule-t-elle dans une grimace.

– Qu'est-ce qui te fait le plus souffrir ?

– Tout mon corps.

J'ai l'impression d'être le type le plus nul de la Terre. Je ne sais pas ce qu'il convient de faire dans ce genre de situation. D'ordinaire, c'est simple : en cas d'accident, tu appelles les secours et tu leur signales ta position. Là, on n'a pas de réseau et je n'ai aucune idée de l'endroit où nous sommes.

– Putain, tu m'as fait flipper ! avoué-je à Norah en collant mon front contre le sien et en retenant difficilement quelques larmes de peur et de soulagement.

– Marco ! s'impatiente Elif.

– Elle est consciente, la rassuré-je tout de suite.

Norah prend appui sur moi afin de se redresser.

– Ce n'est pas une bonne idée. Tu devrais rester allongée.

– Je refuse de m'attarder ici et de prendre le risque de tomber plus bas.

Sa mine d'habitude enjouée s'assombrit à mesure qu'elle découvre les ecchymoses sur son corps.

– Putain ! Je vais buter ton pote dès que je serai en état de le faire.

– Je suis désolé, je n'aurais pas dû m'éloigner pour rejoindre Tristan.

– Ce n'est pas ta faute, Marco, m'assure-t-elle en posant une main sur ma joue. Tout est allé très vite.

Nous restons là, les yeux dans les yeux, quelques secondes. Elle paraît si fragile, mon besoin de protéger ceux à qui je tiens se rappelle à moi. Je l'ai peut-être rencontrée il y a peu de temps, mais nous avons tissé un lien qui me fait l'apprécier plus qu'une personne que je pourrais connaître depuis des lustres. Ses mains tremblent alors qu'elle survole les plaies sur ses jambes, tressaillant en passant sur certaines. Ses lèvres se tordent dans une grimace de douleur tandis qu'elle redresse un peu les épaules.

– Ce n'est pas le moment de s'apitoyer, finit-elle par se reprendre, la voix chevrotante. Je n'ai pas fait le grand saut, réjouissons-nous, mais je ne veux pas attendre là, s'il te plaît.

Son regard me supplie d'accepter sa demande et de trouver un moyen de rejoindre nos amis plus haut.

– On va déjà essayer de te mettre debout, OK ?

Je me redresse et passe une main derrière ses reins pour l'aider à se relever.

– N'appuie pas trop fort dans le bas de mon dos. J'ai mal.

– Excuse-moi. On va y aller doucement. À trois, tu pousses sur tes jambes pour te lever et moi, je te soutiens pour que tu gardes l'équilibre.

– OK, accepte-t-elle en s'armant de courage, car elle sait d'avance qu'elle va souffrir à cause de cette chute.

– 1, 2, 3.

Le râle de douleur poussé par Norah me tord les tripes. Si je pouvais échanger ma place avec la sienne, je le ferais sans hésiter.

– Aïe, s'écrie-t-elle en retombant dans mes bras. Ma cheville !

Son pied droit surélevé, elle parvient à tenir debout uniquement parce que je la soutiens et qu'elle s'agrippe à moi de toutes ses forces.

– C'est parce que je me suis tordu la cheville que je suis tombée, m'explique-t-elle en contenant ses larmes.

– Qu'est-ce que vous faites ? s'inquiète son amie. Norah !

– Ça va ! lui crie-t-elle. On va monter vous rejoindre.

– Tu n'es pas en mesure d'escalader, Norah.

– Il le faut, pourtant. On doit trouver un moyen pour y arriver. Ensuite, on rejoindra le sentier balisé, et on tombera sur d'autres randonneurs qui pourront nous aider.

Si son optimisme m'épate, il n'est pas contagieux pour autant. Tristan nous a beaucoup éloignés du chemin et ce n'est pas avec une entorse ou une fracture de la cheville qu'elle réussira à avancer dans les passages escarpés que nous avons empruntés. Mais soit, fonctionnons par étapes.

– Bon, je vais te porter sur mon dos tant que c'est possible. On va essayer de se rapprocher d'Elif et Tristan autant qu'on le peut et espérer qu'ils arriveront à t'attraper les mains pour te hisser auprès d'eux quand ça deviendra trop dangereux.

– Merci, prononce-t-elle, au bord des larmes. Merci d'être descendu me chercher.

Je colle à nouveau mon front contre le sien et saisis son visage entre mes paumes.

– Hey, soufflé-je en caressant ses joues, c'est normal. Ne me remercie pas pour ça.

Elle hoche la tête en s'humectant les lèvres. Un sanglot lui échappe, malgré elle, avant qu'elle se reprenne en inspirant un grand coup.

– Allez ! C'est parti.

Avec précaution, je me positionne dos à elle, sans relâcher ses mains. Elle les noue ensuite autour de mon cou. Un juron étouffé me parvient.

– Ça va ? m'assuré-je.

– Oui… J'ai juste eu mal en bougeant mon bras pour m'accrocher à toi.

– Vas-y doucement. Si on se précipite… Crois-moi, on n'a pas envie de savoir ce qu'il adviendra dans ce cas.

Je la sens hocher la tête, prise de panique à l'idée de chuter à nouveau. Je me baisse un peu afin de lui permettre de grimper plus haut sur mon dos et me redresse en gardant mes avant-bras sous ses fesses.

– Essaie de passer tes jambes autour de ma taille, lui indiqué-je, car je vais devoir m'aider de mes mains pour escalader la paroi.

Elle s'exécute, non sans peine. J'entends à ses plaintes que ses membres la font souffrir le martyre.

– Super ! Voilà, la félicité-je. Tu crois que tu arriverais à nouer tes chevilles l'une sur l'autre pour me ceinturer ?

– J'ai vraiment trop mal à celle de droite.

– OK, ce n'est pas grave. Serre de toutes tes forces autour de mon cou quand je devrais te relâcher pour avancer. Ne t'inquiète pas de m'étrangler. Compris ?

– Compris.

Mes premiers pas sont timides. Je suis terrorisé à l'idée que l'on n'y parvienne pas. Ou pire, que l'on tombe ! Je chasse ces idées sombres de mon esprit et ne garde en tête que mon objectif : rejoindre Elif et Tristan.

Norah est légère, mais entre la peur qui me noue l'estomac et cette falaise à grimper, certains passages sont compliqués à appréhender. Norah a du mal à conserver ses bras bien serrés autour de mon cou, je crains qu'elle relâche son étreinte d'une seconde à l'autre. Dans notre malheur, nous avons la chance que la falaise ne soit pas trop raide. C'est sûrement ce qui a permis à Norah de ne pas avoir plus que des blessures superficielles. Cet accident aurait pu avoir des conséquences beaucoup plus dramatiques.

– Je les vois ! entendons-nous Elif s'écrier. Il ne vous reste plus grand-chose !

Encouragé par la jeune femme et le soulagement dans sa voix, je reprends mes efforts, malgré la difficulté et la dangerosité du périple.

– Tends ta main, Norah ! lui conseille le fautif de toute cette merde.

Je la sens hésiter. Si elle me lâche et qu'il ne l'attrape pas, on aura fait tout ça pour rien. Et Dieu seul sait ce qu'il adviendra de nous.

– Vas-y, la rassuré-je dans un murmure étouffé. Elif est là aussi, elle ne te laissera pas tomber.

La peur s'infiltre en moi à mesure que je sens son corps quitter le mien. Plus léger, mais encore plus inquiet le temps d'être certain qu'elle a rejoint la terre ferme.

Des mains m'agrippent les épaules et m'aident à finir la montée.

– Putain ! J'ai eu si peur.

Elif, en pleurs, tient Norah assise entre ses jambes. Je m'étale sur le dos pour reprendre mon souffle. Toutes ces sensations me rappellent bien trop l'état de confusion dans lequel j'étais alors qu'on attendait de savoir si mon frère allait s'en sortir, puis quelles seraient les séquelles de son accident de voiture. J'étais à côté de mes pompes cette nuit-là. Je déteste ressentir à nouveau ce sentiment d'impuissance, cette sensation de ne rien maîtriser.

– C'est bon, je vais bien, la rassure Norah qui a laissé ses larmes couler. Tout va bien, maintenant.

Je n'en suis pas aussi sûr qu'elle. Comment allons-nous faire pour retrouver notre chemin, alors qu'elle ne peut même pas marcher ? Il va nous falloir prendre des décisions et il vaudrait mieux pour nous qu'on ne se trompe pas. Un mauvais choix pourrait nous coincer sur cette maudite falaise pendant plusieurs heures. En plein cagnard, à quatre, avec à peine deux bouteilles d'eau, le compte n'est pas bon.

CHAPITRE 15

NORAH

– J'ai cru que je t'avais perdue, sanglote Elif.

– On ne se débarrasse pas de moi comme ça, tu devrais le savoir, rétorqué-je en serrant les dents à cause de la douleur de ma cheville qui m'élance.

Je minimise mon état pour ne pas l'affoler plus qu'elle ne l'est déjà. Si elle panique, elle va péter un plomb et nous avons assez de choses à gérer pour y ajouter une crisc d'angoisse.

Je dois avoir une bonne entorse, mais je suis assez lucide pour comprendre que je l'ai échappé belle. J'aurais pu finir ma chute tout en bas de la falaise, morte. Alors que les images de ce qui aurait pu se produire s'immiscent dans ma tête, sans que je m'y attende, je craque et fonds en larmes. Rien ne m'arrête. Pas même les bras d'Elif autour de moi, qui a pourtant l'habitude de me réconforter depuis notre enfance.

– Tu disais quoi tout à l'heure ? Qu'il allait peut-être nous arriver un truc incroyable ? Tu aurais dû préciser quelque chose de positif, si tu veux mon avis.

Je pouffe au milieu de mes pleurs. L'humour comme moyen de dédramatiser, rien de tel.

– Rappelle-le-moi la prochaine fois, lui dis-je en reniflant.

– Tiens, bois un peu, me propose Marco qui me semble bien trop calme.

Je le connais peu, mais je suis certaine qu'il camoufle ses émotions sous ce masque de contrôle. Je n'en reviens pas qu'il soit venu me chercher. Il a mis sa vie en danger en descendant. Il aurait pu donner l'alerte et attendre. J'ajoute « courageux » à la liste des qualités que j'apprécie chez lui.

J'avale quelques gorgées, bienvenues à cause de la chaleur étouffante, puis passe la bouteille à Elif qui doit avoir la trachée desséchée d'avoir tant crié.

– Comment te sens-tu ? me demande Marco en s'agenouillant face à moi. À part ta cheville, tu souffres d'un endroit en particulier ?

– Mon corps m'élance d'un peu partout, mais ça ira. C'est vraiment mon pied le problème, je ne peux pas prendre appui dessus.

– Génial ! Qui va mettre une ambiance de folie à mon mariage si tu ne peux pas danser ? s'offusque faussement mon amie.

– Même avec des béquilles, je serai ta chauffeuse de piste, aucune inquiétude.

Après un échange de regards avec Marco, Elif nous laisse et se rapproche de Tristan. Je ne donne pas cher de sa peau.

– Si seulement j'étais resté près de vous… constate Marco, l'air coupable.

– Hé, l'interromps-je en attrapant sa main tatouée. Tu n'as rien à te reprocher. Même si tu avais été là, tu n'aurais pas pu éviter ma chute.

– On n'aurait jamais dû le suivre. On aurait dû faire demi-tour quand on a compris qu'il n'avait pas emprunté le sentier balisé.

– Nous étions tous d'accord pour poursuivre. Tu ne m'as pas forcée à continuer de marcher. Tu n'es pas responsable de ce qui est arrivé !

– Tu te rends compte que tu aurais pu mourir si cette énorme pierre n'avait pas interrompu ta chute ?

– Mon dos l'a bien compris, je te rassure, maugréé-je pour tenter de le faire un peu rire.

– Encore une fois, je n'ai pas pris les bonnes décisions pour protéger les gens autour de moi.

Les yeux au loin, il doit ressasser des souvenirs douloureux.

– Marco, répété-je en inclinant son visage de façon qu'il me regarde, tu n'aurais pas pu prévenir ce qui vient de se passer. C'est la vie. Les accidents, ça arrive. Je m'en sors bien, c'est tout ce qui compte. L'important maintenant c'est de réussir à rejoindre Flavie et Yohan. Ensuite, tu me conduiras à l'hôpital pour qu'on me shoote aux antidouleurs. À ce stade, tu ne supporteras tellement plus de m'entendre me plaindre que tu t'enfuiras avant que je revienne du service radiologie.

– Il faudra appeler un agent de la sécurité pour que j'accepte de te quitter le temps de la radio, rétorque-t-il avec un sourire malicieux.

Voilà, je le préfère comme ça.

Elif et Tristan, en pleine engueulade, se rapprochent de nous.

– Ferme-la, tu veux ! Non seulement tu picoles pendant une randonnée alors que le soleil cogne, mais en plus t'es pas fichu de suivre un balisage.

– Ça va, je suis désolé, je ne pouvais pas prévoir qu'elle allait faire le saut de l'ange.

– Mais tu as conscience de ce à quoi elle a échappé ? Comment tu peux en plaisanter ? T'es vraiment débile !

Elif passe ses nerfs sur lui. Tristan ne l'a pas volé. Pour ma part, il est encore trop tôt pour que je lui dise quoi que ce soit. Certes, il ne pouvait pas se douter que je tomberais, mais s'il avait suivi ce fichu sentier, nous n'en serions pas là. Et j'ai bien trop mal pour le prendre à partie. Inutile de puiser dans ma réserve d'énergie pour lui.

– Ça va, vous deux, ça suffit ! Au lieu de vous engueuler, on devrait décider de ce que l'on va faire maintenant.

– On va faire demi-tour, répond Tristan comme si c'était simple.

– Qu'est-ce que tu ne comprends pas dans la phrase « Norah a une entorse à la cheville et elle ne peut pas poser le pied au sol ? », crache Elif.

– On va la porter, Marco et moi. Elle n'a qu'à enrouler les bras sur nos épaules et c'est réglé.

– Sur une route rocailleuse où l'on passe difficilement tout seul ? Raison pour laquelle Norah a chuté ? Si par miracle c'était gérable sur une courte distance, ça fait plus de deux heures qu'on marche, vous ne tiendrez pas si longtemps.

– On se sépare, dans ce cas. Avec Marco, on rebrousse chemin et on prévient les secours dès qu'on capte un signal.

– Hors de question que je laisse les filles seules, affirme Marco. De toute façon, on n'avait déjà pas de réseau au départ de la randonnée.

Je me rappelle que la photo qu'il a voulu envoyer à son frère n'est en effet pas partie.

– Alors, Elif et moi y allons ensemble et tu restes avec Norah.

– Tu penses franchement que je vais te suivre une nouvelle fois ? Même pas en rêve ! rétorque Elif, le visage déformé par la colère.

– Arrêtez, ça suffit ! soufflé-je, fatiguée par leurs échanges et par mes émotions. Je crois qu'on ne devrait pas se séparer. Ça me semble être une mauvaise idée.

Marco s'agenouille à nouveau à ma hauteur et pose ses mains sur mes jambes étendues. Ses yeux détaillent les entailles présentes sur tout mon corps.

– Qu'est-ce que tu proposes ? me demande-t-il doucement.

– Flavie et Yohan vont forcément s'inquiéter de ne pas nous voir revenir. Ils donneront l'alerte et des secours seront lancés à notre recherche.

– Sauf qu'ils vont suivre le sentier balisé pour nous trouver, souffle Elif avant de s'asseoir, dépitée.

– Ils finiront par comprendre qu'on l'a quitté, ajoute Marco, en hochant la tête à mon intention. Je pense que, pour le moment, rester ici est la décision la plus sage à prendre.

– Sérieux mec ? s'étonne Tristan. C'est n'importe quoi ! On est en plein soleil et on a moins de deux litres d'eau à disposition.

– Tu surjoues pas un peu le mélodrame ? Tu t'es cru dans *Lost* ? se moque Elif.

– Fais pas trop ta maligne, la prévient Tristan. Je veux bien ne pas répondre à chacune de tes attaques, mais y a un moment où faut savoir la fermer.

– Je suis bien d'accord avec toi, gronde la voix de Marco. Donc vous allez vous taire tous les deux parce que vous n'aidez en rien, à vous engueuler comme ça. Alors, posez vos fesses et prenez votre mal en patience. On attend ici.

Elif ne pipe mot et s'assied du mieux qu'elle peut. Tristan s'éloigne un peu pour ruminer dans son coin. Je lève les yeux vers Marco qui semble à nouveau perdu dans ses pensées. Lorsqu'il sent mon regard sur lui, il esquisse un sourire qui se veut rassurant, avant de se glisser derrière moi et de m'installer avec délicatesse entre ses jambes. Je colle mon dos contre son torse, il passe ses mains autour de ma taille.

– Tu crois qu'on va attendre longtemps ? lui demandé-je dans un murmure.

– Non, je ne pense pas qu'on soit si éloignés que ça du sentier. Yohan va commencer à s'inquiéter d'ici une heure et il ne tardera pas à donner l'alerte. Ensuite, tout ira vite et on en rira en dînant en tête à tête.

– Parce qu'on a prévu un tête-à-tête ?

– Même si ça doit être au distributeur automatique des urgences, ce soir, c'est juste toi et moi, m'assure-t-il en nouant nos doigts.

CHAPITRE 16

MARCO

Je devine à son inquiétude au sujet du temps à attendre les secours que Norah a fait comme si elle était sûre de sa décision de rester sur place pour ne pas effrayer davantage son amie. Elif est sur le point de péter un câble, si j'en crois ses soupirs incessants et le fait qu'elle se ronge les ongles. Norah tente de minimiser les conséquences de sa chute en nous masquant les douleurs qu'elle doit ressentir. Elle sourit beaucoup trop pour que ce soit naturel. De mon côté, je rumine mon impuissance face à la situation. Heureusement que Tristan n'a plus de bière, sinon j'aurais eu du mal à lutter pour ne pas en descendre une pour me détendre.

– Ça va, tu es bien installée, là ? demandé-je au creux de l'oreille de Norah.

– Si tu as un coussin pour mes fesses, je ne suis pas contre, ricane-t-elle.

– Norah, je suis sérieux. Tu n'as pas à me ménager, je ne suis pas Elif. On va quand même attendre plusieurs heures, je veux que tu souffres le moins possible. Donc si je peux faire quoi que ce soit pour te soulager, tu me dis !

Elle souffle un peu pour la forme avant de tourner la tête pour me scruter. Elle doit percevoir dans mon regard qu'elle n'a aucune chance de me baratiner.

– C'est surtout le soleil qui commence à me déranger. J'ai la sensation que les rayons ravivent mes plaies.

– OK, je vais aller voir si je trouve un coin d'ombre pas trop loin.

Elle acquiesce et décolle son dos de mon torse en grimaçant. Je me relève avec précaution pour ne pas la heurter.

– Tu fais quoi ? me lance Tristan en espérant sûrement que j'ai changé d'avis sur le fait d'attendre.

– Je pars chercher de l'ombre pour qu'on se mette à l'abri du soleil.

– Juste avant d'arriver ici, on est passés à un endroit où il y avait quelques arbres qui pourraient nous cacher un peu. C'est à quelques mètres seulement, me précise Elif.

Même cette courte distance va être compliquée à franchir pour Norah. Elif comprend le problème en me voyant observer son amie. Elle s'est accolée à la falaise et a fermé les yeux. Ça me rend malade qu'elle soit dans cet état. Peut-être que je devrais la porter tout de même ? Le plus longtemps possible. Pour essayer de rejoindre le sentier balisé…

– Elle peut passer un bras autour de vos épaules à Tristan et à toi, me glisse Elif qui s'est approchée. Sur une courte distance, je pense que ça ira.

J'inspire en hochant la tête. Nous n'avons pas tellement le choix, de toute manière. Je fais signe à Tristan de me suivre et nous rejoignons Norah. Elle ouvre les yeux en sentant notre présence.

– On va retourner un peu en arrière, à l'endroit où il y avait quelques arbres, tu te souviens ?

– Oui, c'est une bonne idée, il y avait effectivement un peu d'ombre là-bas.

– Je vais t'aider à te relever et tu passeras un bras autour des épaules de Tristan, puis des miennes. On y va doucement et à aucun moment tu ne poses ta cheville à terre, c'est compris ?

– Oui, chef ! plaisante-t-elle en esquissant un léger sourire, avant de grimacer de douleur.

– Cesse de faire la maline, ordonné-je d'une voix faussement autoritaire, car je sens qu'elle a besoin d'être rassurée.

J'attrape ses mains et l'attire vers moi pour l'aider à se mettre debout alors qu'elle ne prend appui que sur sa jambe valide. Elle glisse aussitôt un bras derrière la nuque de Tristan qui la soutient en entourant sa taille. Je me poste de l'autre côté, et fais de même. Norah retient sa respiration et serre les dents. Je suis certain qu'elle a beaucoup plus mal au dos qu'elle ne veut bien nous l'avouer.

– Elif, tu pars devant, annoncé-je pour que nous perdions le moins de temps possible dans cette manœuvre inconfortable pour Norah. On te suit. Chacun fait gaffe où il met les pieds, s'il vous plaît.

La mise en route est compliquée, car étant donné le peu d'espace offert par la roche, nous devons avancer de biais. Je sens Norah se tendre et inspirer brutalement. Au second appui, elle ne peut réprimer une plainte qui nous incite à nous immobiliser.

– Je suis désolée, sanglote-t-elle, mais avec les bras ainsi et les secousses de notre marche, c'est beaucoup trop douloureux au niveau de mon dos.

Tristan fait une tête de six pieds de long, l'air de dire qu'elle pourrait faire un effort. Il a la chance que je tienne fermement Norah, sinon, je lui aurais foutu mon poing dans la gueule.

– Ne t'excuse pas pour ça, rassuré-je Norah. On va faire autrement. Je vais te porter tout seul. Tu vas crocheter tes bras autour de mon cou et je vais passer une main dans ton dos et une sous tes genoux. Tu vas avoir mal le temps qu'on prenne la pose, mais ensuite, tu sentiras moins les mouvements de la marche. D'accord ?

– Oui, murmure-t-elle, ses grands yeux plongés dans les miens.

– À trois, tu t'accroches et je t'attrape les jambes. 1, 2, 3.

Le changement lui arrache un cri qui me tord les tripes. Elle enfouit son visage dans mon cou et je comprends quelques secondes plus tard que c'est pour masquer ses larmes à sa copine.

– Allez, on ne perd pas de temps et on avance, ordonné-je à Elif et Tristan qui ont l'air de ne plus savoir quoi faire.

Nous ne nous précipitons pas pour autant. Le pseudo chemin rocailleux ne s'est pas élargi par magie. Parfois, je passe de profil pour m'assurer de ne pas cogner les jambes de Norah à la paroi de la falaise. Elle finit par se détendre un peu entre mes bras. Elle sort son visage de mon cou et m'observe.

– Tout ce cinéma, pour que je te tienne contre moi, tu ne crois pas que tu y es allée un poil fort ? lui lancé-je pour la divertir, sans jamais quitter le sentier des yeux.

– En même temps, vu le temps que tu mets à nous faire conclure, il m'a paru opportun d'employer les grands moyens.

– Très drôle ! Et qu'est-ce que j'aurais dû faire, selon toi ? Je suis convaincu que tu n'aurais pas apprécié de finir sous la tente ou de passer en seconde partie de soirée dans la caravane, après ta pote.

– Bien vu, me répond-elle en pouffant.

Nous gardons le silence durant le reste du chemin. Heureusement pour moi, mon métier m'a habitué à soulever des charges. Norah ne pèse pas le poids d'un stère de bois, mais entre les conditions de progression et l'attention que je déploie pour la ballotter le moins possible, la tâche s'avère ardue.

Je fais preuve de la plus grande délicatesse possible, comme lorsque je dois déplacer une belle pièce que j'aurais fini de façonner.

Les quelques arbres ne tardent pas à nous faire face. Je suis soulagé de découvrir la grande étendue d'ombre que nous espérions. Je m'approche d'un tronc au diamètre important.

– Tiens-toi bien à mon cou, alerté-je Norah. Je vais me baisser pour m'asseoir sans te lâcher.

Elle resserre son étreinte et se colle tout contre moi. J'ai attendu impatiemment cette proximité ces derniers jours, mais j'aurais préféré la vivre dans d'autres circonstances. Je me laisse glisser le long du tronc jusqu'à ce que mes fesses touchent le sol. J'écarte les jambes et invite Norah à s'y installer. Comme tout à l'heure, elle s'adosse contre mon torse et nos mains se nouent sur son ventre. Essoufflé, je peine à calmer ma respiration. Pourtant, je suis satisfait de l'avoir amenée jusqu'ici sans encombre.

– Tu devrais boire un peu, me conseille Norah, en adressant un regard à Elif qui porte le sac.

Cette dernière sort la bouteille à moitié vide et me la tend. Je sais que nous n'en avons plus qu'une pleine en réserve, alors je me contente de deux gorgées. Je la referme et la propose à Norah. Elle s'autorise la même quantité que moi et la lance à son tour à Tristan, assis sur une pierre plate, en lui assenant d'un ton acerbe :

– Désolée, on n'a plus de bière !

Il a l'intelligence de ne pas répondre. Il se désaltère comme nous sans exagérer et rend la bouteille à Elif. Elle boit en prenant place près d'un arbre à son tour. Norah reprend ses caresses sur mon tatouage. C'est bête, mais je suis content qu'elle ne soit pas rebutée par mon doigt coupé. Du bout de l'ongle, elle trace la pointe et les extrémités des sapins. Son ventre émet un gargouillis peu charmant, ce qui nous fait rire.

– Peut-être pas ce soir, mais demain au plus tard, je t'emmène au restaurant, lui promets-je. Qu'est-ce qui te ferait envie ?

– Un plateau de fruits de mer.

– Dès que j'ai du réseau, je chercherai le meilleur resto du coin qui en propose.

Elle retrouve son sérieux en regardant autour d'elle :

– Tu crois qu'il y a des animaux dans les parages ?

– Je ne sais pas, avoué-je en haussant les épaules. Mais ne t'en fais pas, je te protègerai si un sanglier approche.

Elle pouffe, puis grimace dans la seconde qui suit.

– Ne me fais pas rire ! m'engueule-t-elle en me frappant la main. J'ai un peu peur de passer la nuit ici, pour tout te dire.

– Ça m'étonnerait que les secours mettent autant de temps à nous retrouver.

En réalité, je ne suis pas convaincu par mes propos. Tout dépend du moment où Flavie et Yohan déclencheront l'alerte. Ils ne le feront pas tout de suite, par crainte de faire du zèle. Ils ne s'inquiéteront qu'une fois qu'ils seront persuadés à cent pour cent que nous ne nous faisons pas que nous attarder sur le parcours. Et à ce moment-là, je pense que le début de soirée sera déjà bien entamé. Peu de chances que les secours se lancent à notre recherche, hors sentier, alors que la nuit pointera le bout de son nez.

CHAPITRE 17

NORAH

Gênée par un bruit, je tourne la tête pour essayer de me rendormir. Chaque geste m'est douloureux et je refuse d'ouvrir les yeux, de peur de découvrir que tout ça n'est pas qu'un horrible cauchemar, mais bien la réalité. Je ne cesse de revivre ma chute, à l'unique différence que rien ne vient l'interrompre. Je continue à tomber inlassablement dans le vide.

Un nouveau bruissement retentit. Mes paupières se soulèvent. La nuit qui nous enveloppe me fait frissonner de peur. Le seul avantage est que le soleil nous a enfin laissés tranquilles. La température est descendue peu à peu au fil des heures, l'air est désormais très frais.

Marco s'est assoupi aussi, si j'en crois le mouvement régulier de son torse qui monte et s'abaisse. J'oriente mon regard vers le bruit qui se répète un peu plus fort cette fois-ci. La lune éclaire suffisamment pour me permettre de distinguer Tristan. Debout, il semble chercher quelque chose.

– Qu'est-ce que tu fais ? l'interpellé-je alors qu'il fouille dans le sac à dos aux pieds d'Elif, endormie.

Ma voix réveille Marco et ma meilleure amie. Tristan descend deux goulées d'eau, finissant ainsi une des deux bouteilles, avant de me répondre.

– Je persiste à dire que ce n'est pas une bonne idée d'attendre ici.

– On ne peut pas discuter de ça au lever du jour ? marmonne mon amie, lassée par l'attitude du jeune homme.

– C'est au-dessus de mes forces de poireauter sans rien faire.

– Et donc ? C'est quoi ta solution ? lui lance Marco.

– Tu ne veux pas laisser les filles seules, je le comprends. Mais c'est une connerie de ne pas tenter de retrouver notre chemin.

– On a déjà eu cette discussion, tranche un Marco autoritaire.

– Écoutez, si on en est là, c'est de ma faute.

– Franchement, Tristan, désigner un coupable est le dernier de nos soucis, soufflé-je en grimaçant à cause de la douleur toujours présente au niveau de ma cheville.

– Je vais partir chercher des secours, lâche-t-il finalement.

– Mais qu'est-ce que tu racontes ? s'impatiente Marco.

– Restez ici tous les trois. Je retrouverai le sentier et pourrai indiquer votre position.

– Ce n'est pas la peine de jouer au héros, lui rétorque Marco. Si tu te perds, tu seras seul. Personne ne saura où te chercher !

– Je pense être en mesure de reconnaître le chemin que nous avons emprunté à l'aller.

Je ne peux pas nier qu'il est pour beaucoup dans la situation dans laquelle nous sommes empêtrés, mais de là à l'envoyer au casse-pipe…

– Tristan, tenté-je pour le faire changer d'avis, attends au moins un peu avant de te mettre en route. Les secours seront peut-être là dès les premières lueurs du matin. Si tu n'es pas avec nous, on n'aura rien gagné.

– Je préfère en profiter tant que le soleil n'est pas levé, justement, pour avancer plus facilement.

Ça se tient, même si je ne suis pas à l'aise à l'idée de le laisser partir seul.

– Tu es sûr de toi ? l'interroge Marco, tout à coup très sérieux.

– Ouais, mec. Je ne peux pas rester ici sans rien faire.

– Je persiste à penser que ce n'est pas une bonne idée.

– T'inquiète, ça va aller.

– Sois prudent surtout, lui recommandé-je.

Il nous sourit et à cet instant, je lui en veux déjà moins de nous avoir fait quitter le sentier balisé. Il se rattrape en prouvant son courage et en partant en solitaire à la rencontre des secours. Tristan a beau avoir été un mec un peu relou sur les bords jusqu'ici, il n'en reste pas moins qu'il montre une sacrée vaillance lorsque nous en avons besoin.

– Si tu vois que tu ne retrouves pas le chemin, tu reviens. On ne t'en voudra pas, lui assure Marco qui a également conscience que son pote est mature, sur ce coup-là.

– Tu devrais l'accompagner, lui soufflé-je alors que nous le regardons s'éloigner.

– C'est un grand garçon. Il sait ce qu'il fait. Il va réussir à retrouver le chemin.

Je m'apprête à répliquer quelque chose, mais il me coupe.

– Inutile d'argumenter, je ne t'abandonnerai pas au milieu de nulle part. C'est non négociable. Tu ne te débarrasseras pas de moi comme ça.

– Je ne comptais pas insister, l'informé-je en souriant. J'ai bien trop la frousse de rester ici sans toi.

Il resserre ses bras autour de moi dans un geste rassurant. J'approche mon visage du sien pour le remercier d'un baiser.

– Oh ! Les tourtereaux, nous interrompt Elif, ne commencez pas à vous lancer dans une discussion séduction. Ça va durer deux heures et j'ai pas envie d'entendre tout ça.

– Tu parles en connaissance de cause, la taquiné-je, en riant de la grimace de Marco, déçu de ne pas avoir pu m'embrasser. C'est vrai qu'avec toutes tes conversations téléphoniques avec Ohran, tu es une pro de la question.

Elle me sourit et ça me fait du bien. J'ai besoin de m'assurer qu'elle tient le coup.

– Vous devriez essayer de vous rendormir, nous conseille Marco. Il nous faudra des forces pour rentrer, quand les secours seront là.

Il dit ça comme s'il était encore serein. Pour ma part, je commence à avoir de sérieux doutes. Non seulement personne ne nous a trouvés, mais nous n'avons entendu aucun bruit. C'est le calme plat. Or, j'imagine que les sauveteurs crient nos prénoms quand ils sont à notre recherche. Ce silence signifie qu'ils ne sont pas dans notre zone. Alors combien de temps leur faudra-t-il pour ratisser tout un secteur avant de comprendre que nous n'y sommes pas ? Choisiront-ils ensuite le bon ? Notre eau suffira-t-elle jusque-là ?

– C'est tout de même flippant. J'espérais sincèrement qu'on allait être secourus hier.

– Les recherches ont dû être repoussées à cause de la nuit qui commençait à tomber. Dès le lever du jour, je suis certain qu'ils nous localiseront rapidement.

Elif et moi hochons la tête en même temps. J'ignore si ma meilleure amie est aussi sceptique que moi, et je préfère ne pas le savoir, là tout de suite.

– Et Tristan va se souvenir du chemin qu'il nous a fait prendre et retrouver le sentier. Il pourra ensuite indiquer où nous sommes. Ça fait donc une chance supplémentaire d'être secourus.

Le fait qu'il insiste et se montre un peu trop enthousiaste me laisse penser qu'il tente juste de nous rassurer. J'ignore s'il croit en ses paroles. Je reprends ma position contre son torse. Je ferme les yeux tandis qu'il dépose de légers baisers dans ma nuque pour essayer de me détendre. Il le fait avec un tel naturel que je me demande s'il se rend compte de son geste, mais je ne dis rien. Je profite de sa douceur et de sa tendresse. Elles font taire mes peurs et m'aident à tenir le coup. Pour l'instant.

CHAPITRE 18

MARCO

La fraîcheur de la brise matinale finit par me réveiller tout à fait. Même si, entre mon angoisse à propos des blessures de Norah et le départ de Tristan, on ne peut pas dire que j'ai réellement fermé l'œil.

Je vais continuer à faire semblant pour ne pas inquiéter les filles, mais je doute qu'elles m'écoutent encore tranquillement leur expliquer que nous serons secourus d'une minute à l'autre. Hier, j'ai réussi à les faire patienter en prétendant que je pensais possible que les sauveteurs nous retrouvent avant la tombée de la nuit, même si je n'en étais pas convaincu. Ce matin, ça va être une autre paire de manches.

Norah bouge un peu et me murmure un bonjour à peine audible. Après l'avoir embrassée sur le front, je la décale avec précaution afin de pouvoir me lever. J'ai besoin de m'étirer pour soulager mes muscles ankylosés.

Elle a les traits tirés et les cheveux en pagaille, ce qui n'enlève rien à sa beauté naturelle. Elif se réveille à son tour. Je m'approche de celle qui met mon cœur sens dessus dessous et m'agenouille face à elle. Ses plaies ne saignent plus, mais elles nécessiteraient d'être désinfectées. Et sur ses jambes sont apparus des bleus qui vont mettre des semaines à disparaître.

– Comment tu te sens ?

– J'ai connu mieux, élude-t-elle en haussant les épaules.

– Et ta cheville ? insisté-je en glissant mes doigts dessus avec délicatesse.

– Elle m'élance moins.

– Punaise ! Hier, on grillait à cause de la chaleur et ce matin on caille, se plaint Elif.

– C'est vrai qu'il fait frais, lui accorde Norah en se frottant les bras.

– Ne vous inquiétez pas, d'ici peu, le soleil pointera le bout de son nez, leur assuré-je.

Je frictionne Norah afin de l'aider à se réchauffer.

Elif se lève à son tour et commence à faire les cent pas.

– Quand je vois l'état de mon corps, j'ai peur d'imaginer mon dos, m'informe Norah en grimaçant.

– Tu veux que je jette un œil ?

– Tu ne serais pas en train de profiter de la situation ? minaude-t-elle en se décollant de l'arbre afin que je puisse soulever son tee-shirt.

– Je n'y avais même pas pensé, mais maintenant que tu en parles… la taquiné-je en retour. Putain, Norah !

Je n'ai pas pu me retenir. Un immense hématome violacé recouvre le bas de son dos. Cette pierre lui a sauvé la vie, mais elle aurait tout aussi bien pu lui briser la colonne vertébrale.

– Ce n'est pas joli, c'est ça ?

– Disons qu'après notre plateau de fruits de mer ce soir, on ne revisitera pas le Kamasutra.

Elle glousse tout en me donnant un coup en plein ventre.

– Je t'ai déjà dit de ne pas me faire rire !

Je ne résiste pas à l'envie de l'embrasser dans le cou tout en replaçant son haut correctement. Elle incline son visage vers le mien et nous nous observons quelques secondes, les yeux dans les yeux, en silence. Elle s'approche un peu en se pinçant les lèvres. J'anticipe son geste et passe une main derrière sa nuque.

– On fait quoi, maintenant ? s'écrie Elif, nous faisant sursauter. Vous voulez encore rester ici et attendre ?

Norah baisse la tête, dépitée, avant de m'adresser un sourire en coin.

– Qu'est-ce que tu en penses, toi ? demande-t-elle à son amie pour avoir son avis.

– Aucune idée, j'ai pas choisi survie en option au lycée, figure-toi.

– Oui, à l'époque on s'était dit que l'espagnol nous serait plus utile, c'est vrai !

– Arrête de tout tourner en dérision ! lui ordonne Elif, excédée. Je te connais par cœur et quand tu réagis comme ça, c'est parce que tu paniques.

– Mais bien sûr que j'ai peur, qu'est-ce que tu crois ? s'emporte Norah. J'essaie juste de ne pas me laisser dévorer par l'angoisse, même si je n'ai pas la moindre idée de ce qu'il convient de faire.

Si les deux commencent à s'écharper, on est foutus !

J'attrape les mains de Norah entre les miennes et les serre fort pour attirer son attention.

– On reste calmes, les filles. On va fonctionner par étapes. Pour l'instant, la priorité, c'est de nous réchauffer au plus vite. On va tenter de se déplacer au soleil. On ne s'éloignera pas trop de la zone où Tristan nous a laissés, pour entendre les secours si jamais il réussit à les prévenir. On verra par la même occasion comment tu arrives à bouger et si on peut envisager de rejoindre le sentier balisé.

– À condition qu'on le retrouve, me lance Elif sur un ton sec.

– Tu peux essayer d'être un peu plus optimiste, s'il te plaît ? la sermonne Norah.

– Avec tout ce qui se passe depuis hier, j'ai du mal.

– Je sais, mais j'en ai besoin. Ça ne sert à rien de nous disputer.

Elle hoche la tête et finit par lui offrir un petit sourire. En l'occurrence, ce serait plutôt à Norah d'être désagréable, mais elle est forte mentalement. Elle reste positive malgré les doutes et la douleur.

– Attendez là, je vais voir si je peux trouver un endroit ensoleillé avec un cours d'eau pas loin. On pourrait s'hydrater un peu en se baignant. Ça nous permettra peut-être d'économiser la dernière bouteille.

– Tu vas nous laisser seules ? me questionne Elif, qui ne semble pas sereine.

– Je ne m'éloigne pas trop.

– On va venir avec toi, me propose Norah. De toute façon, on finira par y aller, si tu trouves un ruisseau.

Je m'apprête à répliquer que moins elle marche, mieux c'est, mais son regard m'en dissuade. Elle le fait pour son amie. Elle comprend que mon départ angoisse cette dernière, mais qu'elle ne la laissera pas seule pour autant en me suivant.

Elif et moi soulevons Norah pour l'aider à se mettre debout. Elle grimace toujours autant. Sans en discuter pour qu'elle ne tente pas d'argumenter, je la prends dans mes bras, comme hier. D'instinct, elle noue ses mains autour de mon cou, et nous commençons à avancer.

– Merci de me porter, me murmure-t-elle à l'oreille.

– Je t'en prie, tu réalises mon rêve de gamin d'être un superhéros qui viendrait sortir des flammes la pauvre princesse en détresse.

– Avec le feu et la robe en moins.

Je ris à sa remarque. J'adore sa façon de me répondre. Elle a toujours les mots pour me détendre. On est paumés au beau milieu de nulle part, et nous parvenons à faire de l'humour.

– Regardez, nous interpelle Elif en pointant le doigt droit devant elle.

J'aperçois un ruisseau. Nous sommes bien moins haut que nous le pensions.

En approchant de la rive, nous découvrons que ce que nous prenions pour un canal est en réalité une espèce de bassin. Je dépose Norah sur une roche afin qu'elle puisse glisser ses jambes dans l'eau. La source qui se déverse rend le courant un peu vif. Des pierres et des branchages se mélangent ici et là, nous empêchant d'estimer la profondeur du méandre.

– Oh ! Merde, elle est super fraîche ! s'écrie-t-elle en riant.

– Ça aura le mérite de faire du bien à ta cheville, mais faites attention où vous mettez les pieds.

Elif s'éloigne un peu. Je n'aime pas trop ça, mais je comprends vite que c'est pour se faire un brin de toilette. Je la laisse s'isoler en toute intimité et pars vérifier si, par chance, nous captons le réseau.

Le message pour mon frère est toujours en attente d'expédition. Par acquit de conscience, j'essaie de joindre Yohan, mais sans surprise, l'appel ne passe pas. La galère continue donc. Je retourne auprès de Norah, qui profite des rayons du soleil pour réchauffer sa peau.

– Alors ? me lance-t-elle lorsque je prends place à ses côtés.

– Alors quoi ?

– Je sais que tu es allé vérifier si ton portable passait. Si tu ne l'avais pas fait, je t'aurais demandé d'essayer, donc, dis-moi.

– Tends l'oreille et d'ici quelques secondes, tu devrais entendre un hélicoptère survoler la zone. James Bond en descendra pour nous sauver.

Elle n'esquisse qu'un petit sourire à ma blague. Je comprends aussitôt que la peur commence à l'assaillir. Je passe mes doigts sous son menton et lui relève le visage afin qu'elle me regarde.

– Hey ! Même si nous n'avons pas de réseau, mon téléphone doit pouvoir être géolocalisé.

– Je n'avais même pas réfléchi à ça, c'est vrai !

Elle semble reprendre espoir.

– Tu vois, aucune raison de broyer du noir. Ce n'est qu'une question de temps avant qu'on nous retrouve, tenté-je de la rassurer.

– Tu disais déjà ça hier.

Ce n'est pas un reproche, elle émet juste un fait, sans m'en tenir rigueur. Elle se colle contre moi, cherchant par ce geste un peu de réconfort. Je passe mon bras dans son dos et la rapproche encore plus près.

– Ça va aller. On est certains que Flavie et Yohan ont donné l'alerte, maintenant, et on ne doit pas être les premiers à s'égarer. Les secours ont l'habitude et vont nous retrouver en un rien de temps. Peut-être même qu'on ira déguster ton plateau de fruits de mer pour le déjeuner.

J'exagère un peu, mais je tente le tout pour le tout afin qu'elle reste sereine. Je commence à être moi-même fébrile quant à l'issue de cette aventure, alors j'ai plus que jamais besoin que les filles me fassent confiance.

CHAPITRE 19

NORAH

L'eau froide a agi comme une poche de glace sur ma cheville, elle a apaisé ma douleur. Si seulement elle pouvait en faire de même contre l'angoisse qui ne cesse de se frayer un chemin dans mon esprit… Je n'arrête pas de m'interroger sur le délai d'intervention des sauveteurs. Pourquoi ne nous ont-ils pas retrouvés hier soir ? Sommes-nous si éloignés que ça ? Je vais bientôt me mettre à prier, si ça continue. Je me fiche bien de savoir quel dieu entendra ma prière, tant qu'il l'exauce. Heureusement que je peux compter sur Marco. Il est un véritable pilier dans ce périple. Fort, réfléchi et rassurant. Il fait son maximum pour me cacher son stress et je trouve cela attendrissant.

– Je peux te laisser quelques instants ? me demande-t-il puisque je suis collée contre son flanc après avoir eu besoin d'un câlin. Juste le temps de me baigner un peu.

– Bien sûr, vas-y. Ne me fais pas passer pour une victime capricieuse !

Il se marre avant de retenir son souffle à cause de la température du bassin.

– On fait moins le malin ! lui lancé-je en l'éclaboussant.

Il se venge en m'envoyant de l'eau à son tour, avant d'arrêter quand il voit que rire me fait souffrir.

– Je prendrai ma revanche une prochaine fois, me promet-il tout en retirant son tee-shirt.

Dire que si tout ceci n'était pas arrivé, j'aurais pu passer la nuit dernière avec lui et caresser son torse fin et musclé. Ma main aurait enfin pu s'aventurer dans ses cheveux afin de les replacer, exactement comme il le fait à cet instant. Il prend soin de mouiller sa nuque et ses pectoraux avant de piquer une tête.

Il ressort quelques brasses plus loin et secoue sa tignasse pour chasser les gouttes sur son visage. Un soupir de béatitude m'échappe. Pour réussir à baver sur le physique de Marco en ces circonstances, je me suis peut-être bien cogné le crâne plus fort que je ne le pensais.

Je me mords les lèvres quand il me surprend en train de le dévorer des yeux.

– Tu sais, j'ai réfléchi à ce que tu as dit tout à l'heure à propos de la géolocalisation, expliqué-je pour faire diversion. Tu crois qu'ils utiliseront ce service rapidement ?

– Je n'en ai aucune idée… Pourquoi tu te poses cette question ?

– Parce que Flavie va assurer aux sauveteurs qu'Elif et moi n'aurions jamais accepté de quitter le sentier balisé.

– Mais Yohan leur dira qu'il est possible que nous vous en ayons persuadées.

– Quand je pense qu'on va passer pour des petits cons qui ne respectent pas les règles, ça me fout en rogne !

– Pourquoi je ne suis pas étonné que tu sois le genre de fille à ne pas sortir des clous ?

– Parce que tu envies mon côté « modèle » ? le taquiné-je en lui tirant la langue.

– Ça doit être ça, ouais, rigole-t-il avant de retourner sous l'eau.

Je me fais la réflexion que je n'ai pas vu mon amie depuis quelques minutes maintenant.

– Où est passée Elif ? demandé-je à Marco dès qu'il refait surface.

– Elle s'est isolée pour se rafraîchir.

Ohran doit être mort d'inquiétude de ne pas pouvoir la joindre. Je m'en veux de nous avoir mises dans une telle situation. Une chose est sûre : elle n'oubliera pas son enterrement de vie de jeune fille…

– Tu devrais venir te baigner aussi, me propose Marco en revenant près de moi. Il va faire de plus en plus chaud et tu risques de regretter de ne pas avoir profité de l'eau fraîche.

– Tu as raison.

J'attrape mon tee-shirt pour le passer au-dessus de ma tête, mais une douleur me saisit dans le bas du dos.

– Attends, je vais t'aider.

Marco prend appui sur la pierre où je suis assise pour me rejoindre. Il s'accroupit devant moi et entreprend de retirer mon haut avec lenteur afin que je souffre le moins possible.

– Ce n'est pas comme ça que tu te voyais me déshabiller pour la première fois ? plaisanté-je avec un grand sourire.

– J'ai beaucoup d'imagination, mais j'avoue qu'elle ne m'avait pas emmené jusqu'à une chute vertigineuse dans les Gorges du Verdon.

Il glisse ses mains sous mes aisselles pour m'aider à m'immerger petit à petit. J'inspire et claque des dents alors que l'eau du ruisseau commence à me recouvrir. Les yeux de Marco dérivent vers mes tétons qui ne manquent pas de se dresser à travers mon bikini. Une fois l'étape difficile de la taille passée, je noue mes bras autour de son cou et me laisse aller contre son corps robuste. Mes jambes enlacent son bassin, me déclenchant un frisson de désir dans le bas ventre.

– Tu n'as pas trop mal ?

Il continue à s'inquiéter alors que, malgré la fraîcheur de l'eau, je sens grandir son excitation contre mon intimité.

– Je souffre, mais pas à cause de mes blessures, lui confié-je en frottant le bout de mon nez contre le sien.

– Norah, articule-t-il d'une voix rauque. Ne dis pas des choses comme ça.

Alors que je m'apprête à le tourmenter encore un peu, notre attention est attirée par un bruit sourd. Comme si on déversait d'un seul coup beaucoup d'eau. La tête d'Elif apparaît par-dessus de grosses pierres et je la vois grimper sur l'une d'elles.

– Sortez du bassin ! hurle-t-elle en trébuchant.

Il nous faut une seconde pour comprendre ce qui se passe. Une seconde de trop puisque le niveau monte subitement, sans nous laisser le temps de suivre le rythme.

– Vite, dépêche-toi !

Avec fermeté, Marco tente de me guider vers la rive pour m'extirper de là, mais le courant nous empêche de la regagner. Le torrent qui se déverse dans le bassin s'accroît encore. Mes jambes fatiguent et me font souffrir. Je commence à avoir du mal à garder la tête à l'air libre. Je réalise que le dédale des pierres disposées un peu partout forme plusieurs couloirs d'eau. Un retour de courant me frappe en plein visage, m'immergeant complètement. Ma main perd celle de Marco, me laissant seule pour lutter. Je peine à remonter à la surface. Elle me semble inatteignable. Je relègue la douleur de ma cheville au second plan et bats des pieds de toutes mes forces tout en bougeant les bras. J'inspire une grande goulée d'air aussitôt revenue à la surface et me sens tout de suite tirée vers l'avant. Je tousse et recrache de l'eau qui s'était infiltrée dans ma gorge.

– Norah ! me hurle Marco, bien que sa voix soit assourdie par le vacarme autour de nous, ne lâche plus jamais ma main !

– Où est Elif ? crié-je en agitant la tête de gauche à droite dans l'espoir de l'apercevoir. Elif !

– Ici ! entends-je mon amie répondre derrière moi.

Elle se tient sur la rive face à nous, accrochée à des branchages enchevêtrés pour ne pas être emportée.

– Tiens bon !

Je m'élance pour la rejoindre et lui prêter main-forte malgré toutes les douleurs qui ne cessent de se rappeler à moi. Plus rien ne compte à part mon amie d'enfance.

– Norah, me retient Marco en attrapant mon bras, monte sur la falaise et commence à grimper le plus haut possible.

À cet instant, je comprends qu'il veut me savoir en sûreté, car la situation nous prend de court et que ça craint, mais je m'en fiche.

– Je ne vais pas la laisser là !

– J'y vais, je lui serai plus utile que toi qui es déjà blessée, s'impatiente-t-il comme je ne lui obéis pas. Dépêche-toi ! Je ne sais même pas si tu vas être en mesure de monter pour te mettre à l'abri.

Je n'ai pas le temps de lui répondre que nous sommes à nouveau balayés par le courant. Les doigts de Marco me lâchent, nous perdons le contact. Quelques branches qui dévalent me heurtent à leur passage. L'une d'elles me rentre dans une côte, et s'ajoute à la liste de mes blessures. Je suis ballottée, telle une poupée de chiffon, de tous les côtés. Je lutte en nageant de toutes mes forces pour remonter à la surface, mais rien n'y fait, je reste inexorablement sous l'eau. L'air me manque et je n'arrive plus à bouger comme je le voudrais. Mes bras refusent de m'obéir tant ils sont lourds. J'ai l'impression d'avancer au ralenti alors que tout s'agite autour de moi. Mon corps est pris de spasmes tandis que mon esprit est tourné vers Elif. Je ne sais pas si Marco a pu la secourir. A-t-elle pu s'en sortir à temps ? Je ferme les paupières avec une dernière pensée pour ma mère. Si j'avais un ultime souhait à faire, ce serait que ma disparition ne la fasse pas tomber encore plus bas que ce qu'elle a déjà pu connaître à cause de l'alcool.

Pendant que je sombre dans le néant, je me sens tirée hors de l'eau, mais je n'ai plus assez de force pour ouvrir les yeux.

– Norah ! me parvient la voix paniquée de Marco.

Il me secoue et caresse mon visage. Ses lèvres se posent sur les miennes. Mon inconscience me permet enfin de l'embrasser. J'aurais préféré que cela arrive alors que j'étais en pleine possession de mes moyens, mais c'est mieux que rien. Je me laisse aller à fantasmer sur ses doigts parcourant mon corps quand un haut-le-cœur me tord l'estomac. Une quinte de toux m'arrache la trachée. Une main dans mon dos m'aide à me redresser. Prise de nausées, je vide mes poumons de l'eau avalée. *Ça fait un mal de chien !* Marco ne m'embrassait pas, mais me faisait du bouche-à-bouche pour me ramener parmi les vivants.

Petit à petit, je me calme et semble enfin en avoir terminé. À mes côtés, Marco paraît à bout de force. Son arcade sourcilière droite saigne et ses doigts sont écorchés. Il peine à reprendre une respiration normale, et moi à réaliser ce qui vient d'arriver. Pensant à mon amie, je scrute les environs, sans respirer. Je ne la vois nulle part.

– Où est Elif ? demandé-je après avoir dû m'éclaircir la voix à cause de ma crise de toux.

Marco ne me répond pas. Il serre juste encore plus fort ma main.

– Où est Elif ? répété-je, paniquée.

– Norah…

Refusant de l'entendre me dire ce qu'il s'apprête à m'annoncer, j'utilise le peu de forces que j'ai pour me lever. Ma cheville se rappelle à moi, mais je n'en ai que faire. J'observe l'endroit où nous nous rafraîchissions il y a quelques minutes à peine. Tout y est différent. Une grande étendue d'eau a recouvert les pierres et les branches qui nous avaient accueillis. Je m'aperçois que Marco nous a fait escalader la falaise pour échapper à la noyade. Nous avons dû monter l'équivalent de trois étages au moins pour nous extirper de là. Mon regard parcourt chaque recoin, chaque caillou qui n'a pas fini immergé, en espérant y trouver Elif. Aucune trace d'elle. Mon amie semble avoir disparu.

– Où est-elle ?

– J'y étais presque, mais elle a été emportée avant que je puisse l'atteindre, m'avoue-t-il d'une voix crispée.

– Il faut aller la chercher, aboyé-je en avançant d'un pas pour redescendre.

Marco m'attrape par le bras pour me retenir.

– C'est trop dangereux, me répond-il sans oser croiser mon regard. On doit rejoindre le haut de la falaise, Norah. L'eau continue à monter.

– Je ne vais pas la laisser ici !

– Il n'y a rien que tu puisses faire.

Il tire un peu plus fort sur mon bras pour m'éloigner du bord.

– Quand je suis tombée, tu es venue me chercher et tu m'as sûrement sauvé la vie. Comment peux-tu choisir d'abandonner maintenant ?

– Norah, on ne sait pas où elle est avec exactitude ! Elle a été emportée par le courant et est probablement déjà loin d'ici. Regarde où nous avons atterri ! On est à l'opposé de là où nous sommes entrés dans l'eau et à plus de huit mètres de hauteur au moins du chemin menant à ce bassin.

Il ne me dit pas qu'elle peut tout aussi bien être au fond de ce qui ressemble à un marécage maintenant. Elle peut ne pas avoir réussi à se tirer de là.

– N'imagine pas le pire, souffle-t-il en posant ses paumes sur mes joues. Elle nous a prévenus et c'est grâce à elle qu'on a gagné quelques secondes précieuses. Elle s'est sûrement laissée glisser dans le courant pour ressortir plus loin sur la rive. Il n'y a pas de raison pour qu'elle n'ait pas réussi à se mettre à l'abri.

Je lis dans ses yeux qu'il ne croit pas un mot de ce qu'il dit, mais à ce stade, nous avons peut-être besoin de nous mentir si nous voulons garder espoir.

CHAPITRE 20

MARCO

J'ai bien cru perdre Norah lorsque nos mains se sont lâchées. J'ai dû prendre une décision dans l'urgence : Norah était la plus proche de moi, donc la plus facile à mettre en sécurité. J'ai observé Elif avant de faire mon choix. Elle a compris et m'a donné son assentiment en hochant la tête. J'espérais qu'après avoir sorti Norah de l'eau, je pourrais encore la secourir. Mais quand j'ai regardé l'endroit où elle s'était accrochée tant bien que mal aux branches pour ne pas se noyer, elle n'était plus là. J'ai bien observé les alentours dans l'espoir de la repérer, mais sans succès. Alors, je n'ai plus eu qu'un seul but : nous mettre à l'abri avec Norah. Je l'ai portée le temps de gravir les marches naturelles creusées dans la roche, jusqu'à un point hors du danger immédiat, où j'ai pu l'allonger. J'ai perdu quelques années d'espérance de vie à cause du stress ressenti lorsqu'elle ne réagissait pas au bouche-à-bouche.

Maintenant qu'elle scrute le bas de la falaise, cherchant sa meilleure amie au beau milieu de l'eau qui a pris ses quartiers là où nous foulions le sol il y a quelques minutes, je ne me sens pas fier. J'aurais dû repenser aux avertissements de notre moniteur de canyoning. Au lieu de ça, j'ai flirté comme un ado, ce qui va peut-être coûter la vie à une jeune femme. Et je ne nous estime pas encore en sûreté, Norah et moi.

– Il faut qu'on continue à monter, lui répété-je avec précaution pour ne pas la braquer.

J'imagine que l'idée de s'éloigner du dernier lieu où elle a vu Elif doit être compliquée à gérer. Elle bouge la tête de gauche à droite, les épaules secouées par de nouveaux pleurs.

– L'eau grimpe encore, expliqué-je pour la presser. On ne doit pas rester ici.

– Je ne vais pas y arriver, murmure-t-elle en gardant le regard fixé en contrebas.

Je prends sa main dans la mienne puis l'incite à me faire face et passe mon index sous son menton afin qu'elle ne se détourne pas.

– On n'a pas le choix, Norah. On ne peut pas rester là. L'eau s'écoule moins vite donc ça nous laisse un peu de temps. Je vais t'aider, on va y aller petit à petit.

Elle ne me répond pas, mais accepte en serrant un peu plus fort mes doigts. Je reporte mon attention vers le sommet de la falaise. Notre ascension représente à vue d'œil cinq étages à gravir. Sur le papier, l'état de Norah ne permet pas de le faire, mais nous n'avons pas le choix.

– C'est beaucoup trop escarpé, constate-t-elle. Tu ne vas pas pouvoir me porter. Je vais essayer d'avancer, en épargnant le plus possible ma cheville.

– Prends appui sur l'avant de ton pied, ça te soulagera un peu.

Norah passe devant et ouvre la marche. Nous progressons ainsi à son rythme et je peux réagir si elle trébuche. Elle s'immobilise parfois tant la douleur la transperce. Elle laisse échapper des suppliques dues aux efforts qu'elle doit faire. La voir maintenir le cap, pas après pas, me donne la force pour continuer à la rassurer malgré l'épreuve que nous traversons. Elle aura encore besoin que je lui promette que nous allons être secourus. Et lorsque je lui répondrai, il ne faudra pas que mon angoisse transparaisse.

Pendant notre ascension, je me rends compte que j'ai pas mal morflé lors de ma tentative de sauvetage. J'ai mal au bras après avoir lutté contre le courant. Les branchages qui nous entouraient m'ont offert quelques égratignures, mais rien de bien méchant.

– Marco, souffle Norah en s'arrêtant net, on va rencontrer une complication.

Nous levons la tête dans un même geste. Pour arriver au sommet, il ne reste plus qu'à escalader la roche en s'agrippant aux creux créés par la nature au fil de temps. Pour moi, ça ne pose pas de problème. Pour Norah, ça va être un exploit, et une véritable torture.

– Je vais passer en premier. Je t'aiderai ensuite à grimper.

– Marco, c'est peine perdue. Laisse tomber.

J'attrape son visage entre mes mains et cloue mon regard dans le sien.

– On va réussir à grimper là-haut, lui certifié-je en essayant de lui insuffler le peu d'espoir que j'ai encore moi-même. Ensemble.

Elle hoche la tête timidement.

– Si tu n'y crois pas, c'est perdu d'avance. Est-ce que tu me fais confiance ?

– Comment pourrais-je ne pas le faire, alors que tu m'as déjà sauvé la vie deux fois ?

– Tu vas m'être tellement redevable quand on se sera tirés d'ici ! Faut que je commence à réfléchir à ce que je vais bien pouvoir te demander en retour.

Elle rit. D'un petit rire discret et des larmes plein les yeux, mais c'est déjà ça.

Je la contourne et ne perds pas plus de temps. Je m'accroche au rempart en vérifiant sa solidité. J'y vais par étapes, d'abord le haut du corps, puis je glisse mes jambes, avant de me hisser et de me mettre debout. L'espace est étroit, mais on y tiendra à deux. La distance entre Norah et moi n'est pas si énorme que ça, mais elle ne pourra pas me rejoindre sans prendre appui sur sa cheville. Je m'agenouille et lui tends les bras.

– Attrape mes mains. Tu vas pousser sur ton pied valide et je tirerai en même temps pour t'aider à grimper.

Elle inspire un bon coup avant de se lancer. Notre opération fonctionne et nous la réitérons à chaque montée, une pierre après l'autre. La difficulté s'accentue tandis que notre fatigue augmente. Norah ne dit rien, mais je vois bien qu'elle est éprouvée.

Par inadvertance, son tee-shirt a dévoilé son dos et j'ai pu constater que l'ecchymose due à sa chute a encore pris de l'ampleur. Le soleil cogne maintenant sans merci. Je crève de soif. J'essaie de me forcer à ne pas penser à notre bouteille, perdue dans le courant.

Lorsqu'enfin je parviens en haut de l'à-pic, je suis vidé. Je puise dans mes dernières réserves pour hisser Norah à mes côtés. Elle s'écroule contre moi en expirant un râle de douleur et reste serrée contre mon flanc. Après quelques secondes, je la sens agitée par des sanglots. Je l'entends murmurer le prénom de son amie. J'affermis mon étreinte autour de son corps, les yeux humides également.

Le soleil me paraît être à quelques centimètres de nous tant il me brûle.

– Il faut qu'on essaie de se mettre à l'ombre.

– Laisse-moi juste deux minutes, me répond-elle en reniflant.

Mes doigts se perdent dans ses cheveux pour la réconforter un peu. J'embrasse son front en tentant en mon for intérieur de trouver les mots adéquats pour me forger à nouveau un mental d'acier. Je dois continuer à y croire. Il le faut. *Les secours vont finir par nous tirer de là.* Je dois me le répéter comme un mantra pour m'en persuader.

– Tu pensais vraiment ce que tu m'as dit tout à l'heure ?

Norah redresse son visage vers le mien avant de préciser :

– Qu'Elif a pu ressortir plus loin ?

– Si on a réussi, pourquoi elle n'aurait pas pu ?

– Je n'aurais pas pu sans ton aide. Elle était seule.

– J'ai dû m'occuper de toi uniquement parce que tu es blessée. Elif est en pleine possession de ses moyens.

Elle abandonne la bataille. Heureusement, car elle finirait par comprendre mon inquiétude si elle poursuivait. Nous devrions bouger de là, mais nous en sommes incapables. Même si nous mourons de chaud, nous ne nous décollons pas l'un de l'autre. Comme si nous avions besoin de nous accrocher pour ne pas sombrer.

Je souhaite de tout mon cœur qu'Elif ait pu s'en tirer, mais si c'est le cas je n'ose imaginer ce qu'elle doit ressentir, seule, complètement perdue. Je baisse mon regard vers Norah. Elle a les yeux fermés et semble se calmer.

Je ne bouge pas. J'observe le ciel bleu. Mon frère finira-t-il par recevoir la photo que je lui ai envoyée ? J'en doute, vu que mon téléphone est probablement au fond de l'eau en ce moment. Mon portable était la dernière chose qui me donnait espoir d'être localisé dans la journée. Si, par chance, Tristan a retrouvé le chemin, il pourra guider les secours jusqu'à l'endroit où il nous a quittés. Hélas, avec le courant, nous nous en sommes considérablement éloignés. Et nous n'avons aucun moyen de retourner là-bas maintenant. Comment les sauveteurs pourront-ils nous repérer avec des indications erronées ?

Alors qu'un rayon m'éblouit, je comprends ce qu'Enzo s'évertuait à me dire. Si je devais ne pas revenir d'ici, je ne voudrais pas qu'il arrête de vivre.

CHAPITRE 21

NORAH

La langue collée au palais, j'ai du mal à ouvrir la bouche. J'ai si soif. Et si chaud. Je peine à soulever mes paupières. Du bout des doigts, je sens la chaleur sur ma peau rougie. Comme si mes blessures n'étaient pas suffisantes, il faut que je me tape en plus des coups de soleil. Désorientée, je cligne des yeux pour me situer. Mes derniers souvenirs ressurgissent. *Elif*. J'ai perdu ma meilleure amie. Je ne suis même pas certaine de savoir ce qui lui est arrivé, mais je me persuade qu'elle a pu s'en sortir, comme semble le penser Marco.

Soudain, je prends conscience de son absence. Il n'est plus à mes côtés. Je me redresse d'un coup, puis pousse un cri sourd. *Putain !* Mon dos n'a pas apprécié mon geste brusque et me fait souffrir le martyre. Un vertige me saisit et me file la nausée. Je scrute les alentours, mais pas de Marco en vue.

Assise au bord de la falaise, je regarde en contrebas. L'eau qui nous a pourchassés a disparu à présent. L'endroit est à nouveau un petit bassin à l'air tranquille. Paniquée à l'idée d'être perdue, je me lève avec précaution et avance en clopinant, pour solliciter le moins possible ma cheville, à la recherche de Marco. Il doit être dans les parages. Je sais qu'il ne serait pas parti sans moi.

À peine debout, je le repère un peu plus loin. Il semble être en quête de quelque chose sur les flancs d'une falaise qui s'élève encore plus haut que celle sur laquelle nous sommes. Ma progression jusqu'à lui est éprouvante. Chacun de mes membres me tiraille. Certaines de mes plaies aux jambes se sont remises à saigner. Je finis par trébucher et je tombe sur les genoux. Marco m'entend pousser un râle et se précipite dans ma direction.

– Il fallait m'appeler, me gronde-t-il d'une voix douce en m'aidant à me relever.

Je prends le temps de l'observer. Il est si beau. Ses cheveux partent dans tous les sens. Son visage est éraflé et ses lèvres desséchées. À travers son regard, je comprends qu'il a peur, tout comme moi. Mais je sais qu'il ne me le dira pas. Parce qu'il me fera passer avant lui. Pour me rassurer, il persistera à me dire qu'il est confiant. Quoi qu'il arrive, ici, il est mon protecteur. Pourrait-il être également celui sur lequel je pourrais m'appuyer dans la vie de tous les jours ?

– Ça va ? me demande-t-il en fronçant les sourcils face à mon mutisme.

Je hoche la tête en serrant les dents. Je veux moi aussi me montrer forte pour lui. Il n'a pas à porter le poids de notre mésaventure sur ses seules épaules.

– Qu'est-ce que tu étais en train de faire ?

– Je regardais s'il n'y avait pas un renfoncement dans la roche pour nous mettre à l'abri du soleil. On est en train de griller.

– Je ne sais pas si nous cacher est une bonne idée. Si un hélicoptère ratisse la zone, il pourrait ne pas nous voir. On devrait chercher une petite forêt, comme hier.

– Si un hélico passe par ici, on l'entendra, je pense. Et il n'y a aucun arbre dans le coin.

– Et ton téléphone ? On est beaucoup plus haut, peut-être que tu captes maintenant ?

– Il ne faut pas que tu restes debout, comme ça. On va t'installer contre la roche. Ça ne sera pas confortable, mais tu pourras allonger tes jambes et faire prendre appui à ton dos dessus.

Je relève qu'il n'a pas répondu à ma question, mais ne dis rien. Docile, je le suis et m'assieds, non sans mal, contre la pierre. J'inspire et expire pour calmer les élancements que je ressens dans tout mon corps. Je tuerais pour un antidouleur. Avant même d'espérer m'hydrater et rassasier mon estomac, je voudrais ne plus avoir mal.

– Je meurs de soif.

– Moi aussi, confirme-t-il en prenant ma cheville entre ses mains. Elle a encore gonflé.

Je grimace alors qu'il la fait pivoter.

– Inutile de la manipuler, lui lancé-je en tapant sur ses doigts enroulés autour. Ce n'est pas en jouant les Lara Croft que j'allais améliorer mon état.

Il essaie d'esquisser un léger sourire, mais échoue.

– Toi aussi, tu es blessé, maintenant, lui signalé-je en passant mon pouce sur sa pommette ouverte.

– Ce n'est rien, minimise-t-il en haussant les épaules.

– À ce qu'il paraît, il n'y a rien de mieux qu'une cicatrice pour attirer les filles.

Cette fois, je parviens à l'amuser.

– Et, juste pour savoir, au-delà des filles en général, toi, tu es susceptible d'apprécier les mecs balafrés ?

– Aucune idée, continué-je à jouer le jeu, je ne me suis jamais posé la question.

Il relâche sa tête entre ses épaules en se marrant. Parvenir à rire dans ces conditions est notre moyen de ne pas perdre la boule.

Marco se relève et chancelle sur ses pieds.

– Hey ! Viens t'asseoir ! ordonné-je en tirant sur sa main tatouée.

Il obéit et prend place à mes côtés, exténué par les derniers efforts et la chaleur.

– C'était juste un vertige.

– J'en ai eu un, moi aussi, en me réveillant.

– C'est normal. On crève de faim, de soif et de chaud. C'est pas une bonne combinaison.

– Tu ne m'as pas répondu à propos du téléphone.

– Je l'avais posé sur une pierre avec mon tee-shirt avant de me baigner.

Mon cerveau enregistre cette information avec lenteur, comme pour me laisser le temps de la digérer.

– Tu veux dire qu'on n'a plus ton portable ?

– Il est toujours en bas. Dans quel état, je ne sais pas, puisqu'il a fini dans la flotte.

– Oh ! Putain ! soufflé-je, paniquée. Tu crois que la géolocalisation fonctionne encore, même s'il est foutu ?

– Aucune idée, mais je l'espère.

– Il a très bien pu être emporté par le courant et finir à l'opposé d'où nous sommes !

– C'est une possibilité.

– En fait, ça ne va jamais s'arrêter ? C'est quoi la prochaine étape ? Un incendie va se déclarer dans le coin et on va devoir courir pour y échapper ? Une bande de macaques enragés va sortir de nulle part et nous sauter dessus ?

– Des macaques enragés ? C'est quoi cette imagination ?

– Tu n'as jamais regardé Hunger Games[1] ? Je te jure qu'ils sont flippants.

---

1. Trilogie adaptée à l'écran d'après les romans de Suzanne Collins.

– Calme-toi, énonce-t-il d'une voix douce en prenant mes mains dans les siennes. On doit garder notre sang-froid en attendant les secours.

– Ça fait deux jours que tu me dis que les sauveteurs ne vont pas tarder, mais y a personne. Ils ne vont jamais penser qu'on peut s'être autant éloignés du sentier. On n'a même pas entendu un hélicoptère, ne serait-ce qu'au loin ! Ils n'en ont rien à foutre de nous ou quoi ?

Je hurle à pleins poumons. Je lâche toute ma peur et la laisse me dévorer. Des larmes de terreur s'écoulent le long de mes joues, aussi vite essuyées par les doigts de Marco. Il pose son front contre le mien.

– Chut, souffle-t-il, sa bouche contre la mienne. Ne perds pas d'énergie pour ça. Flipper ne peut rien apporter. Garde ton sang-froid. On va s'en sortir.

– J'espère qu'Elif a déjà été prise en charge. Peut-être qu'elle est tombée sur une équipe de sauvetage… C'est vrai, nous, on ne fait que grimper, alors qu'elle, si elle a été emportée, elle est redescendue. Comme personne n'est dans le secteur, ils étaient peut-être plutôt en bas de la vallée.

– Je l'espère aussi.

– Elle pourra leur signaler où nous étions avant de devoir nous réfugier en haut de cette crête.

– Que le dieu des secouristes t'entende !

Il a raison, nous devons positiver. Je peux choisir de ne voir que les problèmes ou imaginer des solutions. Perdue sur cette falaise désertique, je préfère penser que ma meilleure amie est déjà hors de danger et saura renseigner les sauveteurs sur l'endroit où nous sommes. D'ici quelques jours, nous rirons de tout ça avec Elif et Flavie. Enfin, plutôt d'ici quelques semaines ou même quelques mois, le temps de me remettre physiquement et émotionnellement.

CHAPITRE 22

MARCO

Norah tente de positiver en imaginant qu'Elif a pu s'en tirer et tomber sur les secours. Peut-être est-ce à cause du contrecoup de toutes les épreuves qui se sont enchaînées, mais je n'arrive plus à y croire.

– Le soleil commence à passer derrière la falaise, me signale Norah pour combler le silence.

– Ouais, je pense que d'ici deux heures à peu près, on devrait être totalement à l'ombre.

– Non, d'ici deux heures, on aura été extirpés d'ici.

Ma bouche se déforme, affichant mon scepticisme.

Norah ne doit pas y prêter attention, car elle trace à nouveau le contour de mon tatouage. J'ai remarqué qu'elle aimait bien faire ça.

– Ce n'est pas normal qu'on n'entende rien. Pas un son, pas même l'écho de gens criant nos prénoms.

Elle parle sans quitter des yeux la forêt dessinée sur ma main. Je la retourne et entrelace nos doigts.

– Non, tu as raison. Je sais que depuis le début, je n'arrête pas de te dire que les secours vont arriver, et je suis désolé de t'avoir donné de faux espoirs.

– Ne t'excuse pas, me reprend-elle en posant sa tête sur mon épaule. Tu voulais simplement m'éviter de paniquer.

– J'aimerais encore pouvoir le faire… Je pensais vraiment que, tôt ce matin, on aurait pu être localisés. Puis, l'eau a monté et tout est parti en vrille.

– Tu crois qu'ils ont contacté nos proches ?

– Bonne question… Peut-être pas hier, mais dans la journée, voyant qu'on ne nous retrouvait pas, j'imagine que Yohan a dû prévenir mon frère au moins.

– Ça me rend folle d'attendre, sans rien faire.

– Qu'est-ce que tu voudrais tenter ?

– Crier pour signaler notre présence ?

– Si on ne les entend pas, c'est qu'ils ne sont pas dans le coin, ça ne sert à rien de te fatiguer avec ça.

– Alors quoi ? On patiente ici jusqu'à la fin des temps ? On ne va pas baisser les bras et attendre de crever de soif !

– Tu n'es pas en état de marcher et il fait beaucoup trop chaud.

– Crois-moi, je suis prête à y laisser ma cheville, si ça peut me sortir de cet enfer. Pour la chaleur, on commencera à chercher un chemin quand le soleil déclinera. Ça nous donnera un peu de temps avant que la nuit tombe.

– Ce n'est pas une très bonne perspective d'arpenter les falaises alors qu'il ne fera pas clair.

– La première mauvaise idée a été de quitter le sentier. Maintenant, on doit en retrouver un. À nous d'assumer.

– Bien, cheffe ! Pose ta cheville sur ma jambe pour la surélever. Il faut que tu la sollicites le moins possible d'ici à ce qu'on lève le camp, si tu veux pouvoir marcher un peu.

Elle s'exécute en se collant davantage à moi.

– Si tu as trop chaud, tu me le dis.

– Ne dis pas de conneries, lui réponds-je en passant un bras autour de ses épaules.

– Ma mère va péter un plomb si Flavie l'a prévenue. Elle semblait aller mieux depuis quelques semaines. J'ai peur qu'elle se remette à boire à cause de moi.

Je suis bien placé pour savoir qu'on ne boit pas à cause de quelqu'un en particulier. On boit parce qu'on ne parvient pas à faire face, de manière globale. Mais je m'abstiens de le lui dire. Je n'ai aucune envie que Norah me voie comme un pauvre type qui est incapable de résister à l'appel de la bouteille.

– Ce ne sera pas de ta faute si elle choisit de boire parce qu'elle a peur pour toi. Et quand on sera sortis de là, tu devrais discuter franchement avec elle pour savoir où elle en est.

– En fait, je réalise que, peu importe ce qu'elle fait, je m'inquiète pour elle. Qu'elle boive ou pas, je ne suis pas tranquille.

– Ça lui fera peut-être plaisir d'apprendre que tu as remarqué qu'elle ne boit plus.

Je me rappelle très bien la fierté dans les yeux d'Enzo lorsqu'il a compris ma décision. Prise trop tard, hélas…

– Je crains juste de me faire à nouveau des illusions et d'être déçue.

Moi-même, j'ai cru flancher mille fois. Mais les souvenirs des évènements de ce soir-là parviennent à évacuer la tentation.

– Enfin… Flavie doit être abattue, toute seule, déclare-t-elle pour changer de sujet.

– C'est sûr que pour finir les vacances, on fait flipper tout le monde. Mais Yohan est un gars bien, il va veiller sur elle.

– Comme tu le fais avec moi.

– Oh non ! Il ne m'arrive pas à la cheville, mais il fera de son mieux, ce qui est déjà pas mal, plaisanté-je pour calmer nos angoisses. Tu sais ce qui est drôle ?

– Euh… Là tout de suite, absolument pas, raille-t-elle.

– S'il a été prévenu de notre disparition, mon frère doit tenter de m'appeler comme un fou. J'ai attendu ça tous les jours depuis notre départ de Lyon, et maintenant qu'il le fait sûrement, je n'ai plus mon portable.

– C'est con, en effet ! J'espère que la dernière fois que vous vous êtes parlé, vous ne vous êtes pas engueulés.

– On a échangé par message.

– Tu te rappelles le dernier qu'il t'a envoyé ?

– Oui, et tu n'as pas envie de savoir ce qu'il a écrit, me marré-je.

– Pourquoi ? s'étonne-t-elle en se redressant un peu pour me regarder. Tu es obligé de me le révéler maintenant !

– Il m'a certifié que je n'avais pas intérêt à rentrer sans avoir conclu avec la jeune femme des photos.

– Tiens donc, ajoute-t-elle avec un grand sourire. Et qu'est-ce qu'il veut dire exactement par « conclure » ?

– Tout le monde sait ce que ça signifie, Norah, lui lancé-je en jouant avec mes sourcils, ce qui la rend hilare.

– Ne me fais pas rire ! m'engueule-t-elle avec une légère grimace à cause de son dos, sans parvenir néanmoins à dissimuler un sourire en coin.

– C'est toi qui as insisté ! me défends-je avec un air innocent.

– Ce n'est pas perdus au milieu des Gorges du Verdon et blessés, en prime, qu'on risque de conclure quoi que ce soit.

Norah ou l'art de faire redescendre sur terre. Elle a raison. On plaisante pour passer le temps et atténuer la peur, mais cet accident vient de pourrir nos vacances. J'espère qu'il n'y aura pas plus de conséquences que ça. Qu'une fois retrouvés, ils nous rassureront tout de suite à propos d'Elif et que nous pourrons vite oublier cette mésaventure.

– Tu habites encore chez ta mère, si j'ai bien compris ? relancé-je la conversation.

– Oui, je pourrais prendre mon propre appartement, ce n'est pas ça le problème. J'ai peur qu'en la laissant seule, elle replonge.

Sa mère a beaucoup de chance. Norah a beau détester son comportement, ça ne l'empêche pas de l'aimer de toutes ses forces et de vouloir être présente pour elle, même dans les périodes plus sombres.

– En partageant notre toit, elle veille à être à peu près sobre quelques fois dans la semaine, continue-t-elle. Ça m'a d'ailleurs coûté ma dernière relation.

– Comment ça ?

– Il souhaitait qu'on emménage ensemble, et je n'étais pas prête.

– Vous étiez en couple depuis longtemps ?

– Un an. C'est peu et beaucoup à la fois. S'installer ensemble quand ça devient sérieux, c'est ce que font les gens de notre âge qui ont un boulot et les moyens…

– Ce n'est pas parce que tout le monde fait quelque chose qu'on est obligés de le faire.

– Il n'a pas compris que je veuille attendre, et on s'est séparés. Le pire, tu vois, c'est qu'après coup, je me suis rendu compte que je n'avais pas été affectée plus que ça par notre rupture. C'est donc que je ne l'aimais pas autant que je le pensais. Avec le recul, je sais que j'ai bien fait de ne pas tout remettre en question pour lui. Enfin bref, cette page est tournée et je n'ai pas du tout envie de parler de lui ici.

– Je me retrouve un peu dans ce que tu traverses avec ta mère, lui confié-je à mon tour, même si elle n'imagine pas que j'ai certains points communs avec cette dernière.

– Sauf que c'est avec ton frère… Tu vis avec lui ?

– Oui. On avait pris un appart' ensemble bien avant son accident. Et je me vois mal déménager et le laisser seul.

– Même si c'est ce qu'il voudrait ?

– Difficile de répondre à ça. S'il décidait de partir, je ne le retiendrais pas. Déjà parce qu'il ne m'écoute pas. Mais de là à ce que ce soit moi qui m'en aille… Ma vie est en quelque sorte sur pause, le temps que j'apprenne à la vivre sans tout partager avec Enzo.

– Tu sais, je vais me permettre de te dire un truc dur, mais étant donné les circonstances, si jamais tu trouves que je dépasse les bornes, tu me pardonneras en mettant ça sur le compte de ma chute, de ma presque noyade ou du soleil qui aura tapé trop fort sur ma tête, bref, tu as le choix, mais merde, ton frère n'est pas mort ! Il est toujours là, bien vivant, donc continue à profiter de la vie avec lui. Ton frère a besoin que tu sortes encore avec lui pour faire des choses un peu folles et c'est tout à fait possible en fauteuil ! Ça te demande juste plus d'organisation…

Norah a raison, je le sais. Elle n'est pas la première à me faire remarquer que j'ai tendance à dramatiser la situation. Au contraire d'Enzo, qui a choisi de se battre et se compose une nouvelle vie avec son handicap. C'est à moi de déterminer si je souhaite en faire partie en m'adaptant à mon tour. Il aura fallu que je me retrouve isolé et perdu au beau milieu des roches pour prendre conscience que je dois changer, et vite.

CHAPITRE 23

NORAH

Je ne saurais dire combien de temps s'est écoulé depuis notre arrivée sur ce promontoire. Nous avons fini par nous assoupir un peu, abrutis par le soleil. Ma peau desséchée me tiraille. Je dois ressembler à une tomate bien mûre. Heureusement, nous sommes cachés par la falaise à présent. Nous accueillons l'ombre comme le Messie.

– Tu penses qu'il est quelle heure ? demandé-je à Marco d'une voix éteinte.

– Je dirais qu'on est en fin d'après-midi.

Et toujours rien. Pas un bruit. Mais ça, je le garde pour moi.

– Bon, si tu m'as caché jusqu'ici que tu t'entraînes en secret pour Koh-Lanta, sache que c'est le moment pour te lancer.

Son corps se met à bouger un peu contre moi, signe que je le fais rire.

– OK ! Que dois-je faire pour t'impressionner ?

– Rien de compliqué : un petit feu et trouver du manioc parce que j'ai les crocs.

Il rit franchement cette fois-ci.

– Dire que j'avais prévu de t'emmener au resto en rentrant du canyoning et d'éventuellement nous réserver une chambre quelque part, si tu avais été d'accord, pour pouvoir enfin être tous les deux.

– Ce programme m'aurait bien plu, avoué-je en le regardant. Et si on faisait comme si on était dans un gastro ?

– Comment ça ? me demande-t-il, sceptique, en plissant les yeux.

– Pour commencer, si tu m'avais invitée à sortir, je me serais apprêtée pour l'occasion. J'ai emporté dans ma valise une robe sublime qui aurait fait son petit effet.

– Dis-moi qu'elle dévoile tes jolies jambes.

– Il se peut qu'elle soit assez courte, tout à fait.

– Attends, laisse-moi fermer les yeux et t'imaginer avec. Elle est de quelle couleur ?

– Dans les tons pêche, avoué-je avec un grand sourire sur le visage.

– Un fruit aussi doux que ta peau, j'en suis sûr.

Je poursuis mon jeu sans relever.

– Une fois sur place, je t'aurais probablement fait du pied de façon discrète pour te torturer un peu durant le repas.

– J'aime assez l'idée de toi en train de me malmener, plaisante-t-il, toujours les yeux fermés.

– Au dessert, je t'aurais demandé de goûter le tien. J'en aurais profité pour me pencher sur la table pour lécher la cuillère que tu m'aurais tendue. J'aurais fermé les paupières et poussé un petit gémissement de satisfaction pour t'allumer encore un peu plus et être certaine que tu ne penses plus qu'à une chose : « conclure », pour reprendre les mots de ton frère.

– À ce moment-là, me dit-il en ouvrant à nouveau les yeux pour me regarder, je n'aurais pas résisté au besoin de m'avancer à mon tour pour te voler ton soupir et t'embrasser enfin.

Ma main, autour de sa taille, monte se poser sur sa joue. Elle est un peu râpeuse à cause de la repousse de sa barbe. Une des siennes vient se loger dans mes cheveux à l'arrière de mon crâne. Avec lenteur, nos visages s'approchent l'un de l'autre, sans jamais rompre le contact visuel. Lorsqu'enfin ses lèvres touchent les miennes, j'oublie tout. Où nous sommes. Comment nous en sommes arrivés là. Il n'y a plus que Marco et moi. Et ce baiser tant désiré. Sa langue s'invite dans ma bouche et joue avec la mienne. J'ai la sensation de reprendre mon souffle, de retrouver une part de l'oxygène qui me manquait jusqu'ici. Je tire un peu sur les cheveux courts de sa nuque pour lui en réclamer plus. Il comprend et approfondit encore notre baiser. De timide, il passe à langoureux. Mon cœur s'emballe et mon rythme cardiaque s'affole. J'ai déjà conscience que ça ne va pas me suffire. Sans délaisser sa bouche, je me redresse, oubliant toutes mes douleurs, et m'assieds à califourchon sur lui.

– Norah, attends, ton dos…

– Chut, grondé-je en mordillant sa lèvre inférieure.

J'ai besoin d'être plus proche de lui. Mes mains glissent sous son tee-shirt et découvrent ses abdominaux. Marco passe les siennes le long de mes cuisses, elles finissent leur course sur mes fesses. Sentir ses caresses est salvateur. Mon bassin remue contre lui. Je perçois la preuve de son excitation gonfler contre mon intimité. Je ne résiste pas à l'envie de la toucher à travers son short pour accentuer mon effet. Marco grogne dans ma bouche tout en la dévorant de baisers devenus sauvages. Il tire un peu sur mes cheveux pour que je lui offre mon cou. Sa bouche s'en empare, il me mordille et m'embrasse en même temps, me déclenchant des frissons. Sa main libre se faufile sous mon haut juste avant que je ne sente son pouce passer sur mes tétons dressés. Nous perdons pied dans notre étreinte alors que nous sommes en pleine nature, paumés. Mais là tout de suite, ça n'a plus aucune importance. Je déboutonne son short pour pouvoir le toucher, mais les doigts qui me prodiguaient des caresses divines il y a quelques secondes arrêtent mon geste.

– Attends, souffle-t-il en posant son front contre le mien. On ne peut pas faire ça dans ces conditions.

– Pourquoi ? C'est ce que nous ferions si nous étions allés au resto.

– Hélas, on est ici. Tu es blessée. Ce n'est pas une bonne idée. Imagine que les secours arrivent et nous trouvent dans une situation compromettante.

– Si ça peut les faire venir, raison de plus pour passer à l'action.

– Je te jure que s'arrêter maintenant est une épreuve de plus pour moi. J'ai envie de te faire l'amour depuis que je t'ai croisée au marché, mais je ne veux pas faire ça comme ça. Pas avec toi qui as mal au dos, avec ta cheville en vrac. On a déjà attendu, on n'est pas à un jour près.

– Pourquoi faut-il que tu sois raisonnable ? me lamenté-je en quittant ses cuisses pour reprendre ma place à ses côtés contre la falaise.

– Parce que je suis un gentleman, mais je compte bien me rattraper quand on sera de retour à Lyon.

– Serais-tu en train de me proposer de nous revoir ?

– Non, je t'affirme qu'on se reverra.

– Tu me sembles bien sûr de toi pour un type qui n'a plus mon numéro de téléphone.

– J'en connais suffisamment sur toi pour te retrouver, même dans une ville de plus d'un million d'habitants.

Je ne sais pas depuis combien de temps nous ne parlons plus. La fatigue, la soif et la faim ont eu raison de nous. Je dois m'être assoupie à un moment donné si j'en crois la luminosité qui a décru. Je me redresse lentement pour apprivoiser le vertige qui ne tardera pas à me saisir. Mon regard se porte autour de nous, puis sur l'horizon. Les falaises dans notre dos nous surplombent. Un sentiment d'enfermement m'étreint sans prévenir. Plutôt ironique alors que je suis en pleine nature. Personne ne viendra jamais nous chercher jusqu'ici. Comment pourraient-ils imaginer que nous sommes montés si haut ? Si, en plus, Tristan les a informés que je suis blessée, ils n'y penseront certainement pas. Tous les éléments jouent contre nous. Soudain, je sens la panique me submerger. Elle grimpe à l'intérieur de moi et prend de plus en plus de place. Mon estomac se tord, mon rythme cardiaque s'accélère et ma gorge se serre. Mes mains se mettent à trembler et l'air a du mal à entrer dans mes poumons. J'inspire fort pour me forcer à respirer et souffle ensuite pour essayer de me calmer, mais rien n'y fait. Mon corps se recourbe sur lui-même et ma tête tourne. Mon champ de vision se rétrécit et je ne tarde pas à voir flou.

– Norah ? Qu'est-ce qu'il y a ? s'inquiète Marco, qui a dû entendre que je faisais un malaise.

Il se colle à moi et prend mon visage entre ses mains. Il constate que je suis en pleine hyperventilation.

– Calme-toi, me recommande-t-il en caressant mes joues. Souffle doucement.

Il inspire et expire pour me montrer l'exemple.

– Reste avec moi, me supplie-t-il, désemparé.

Je fais mon maximum pour me caler sur son rythme. Petit à petit, ma respiration reprend normalement et, après quelques secondes, je parviens à m'apaiser. Marco me serre contre lui.

– Putain, tu m'as fichu une sacrée trouille !

– J'y arrive plus, balbutié-je entre deux sanglots.

– Hey ! Parle-moi, insiste-t-il en me dégageant de son étreinte pour m'étudier.

– Tu ne comprends pas ! m'exclamé-je, ne contenant plus mes craintes. Personne ne va venir nous chercher. Regarde un peu où nous sommes !

– Ça va aller.

– Non, m'écrié-je en reculant mon visage. Je ne peux plus faire semblant, Marco, je suis désolée. C'est au-dessus de mes forces de faire comme si on y croyait encore. Tu doutes toi aussi qu'on puisse être sauvés. Ce n'est pas normal que personne ne vienne.

– C'est vrai, m'avoue-t-il en serrant ma main dans la sienne, mais on doit tenir le coup. On n'a pas le choix.

– Si on l'a ! On doit partir d'ici et retrouver ce fichu sentier.

– Tu n'es pas en état de marcher.

– J'avancerai coûte que coûte. Je vais devenir folle à attendre.

– OK, abdique-t-il face à ma détermination. On va tenter de retourner vers le sentier, mais on patientera jusqu'au petit matin. La nuit est en train de tomber, ce n'est pas raisonnable de nous lancer maintenant.

– Tu ne comprends vraiment pas, affirmé-je d'une voix paniquée. Je suis en train de perdre pied. Il ne fait pas encore très noir. Commençons à avancer et on s'arrêtera quand on n'y verra plus rien. Dormir ici ou ailleurs, c'est pareil.

– C'est de la folie, Norah, tente-t-il de me raisonner.

Je sais que la prudence voudrait qu'on reste là jusqu'au lever du jour, mais ma patience a atteint ses limites.

– Je te promets de ne plus insister pour continuer dès que ça deviendra trop dangereux et que la visibilité sera trop réduite.

Son regard se porte au loin pour peser le pour et le contre. S'il était seul, il n'hésiterait pas une seconde, j'en suis certaine, mais il est anxieux pour moi. Je dois lui démontrer que je suis capable d'avancer afin qu'il accepte. Avec précaution, je me lève. Je me colle contre la falaise pour rester debout, le temps d'appréhender les douleurs que je ressens dans tout mon corps. Je dois faire peur à voir, mais je donne le change en lui souriant. Il secoue la tête, comprenant certainement que je ne reculerai pas.

– Je vais essayer d'immobiliser ta cheville. Ça t'aidera à moins souffrir quand on marchera, m'explique-t-il en s'éloignant à la recherche de quelque chose.

– OK, acquiescé-je sans trop savoir ce qu'il compte faire.

Ce n'est pas comme s'il allait trouver une pharmacie au détour d'un rocher. Il se dirige vers un arbre esseulé au milieu de cette nature. Il est mort, brûlé par le soleil quotidien de cette zone aride. Marco lui assène le coup de grâce en lui arrachant quelques branches.

Il revient dans ma direction et s'abaisse devant moi. Sans un mot, il soulève ma jambe et dépose mon pied sur sa cuisse. Il défait mon lacet et ouvre ma basket le plus possible. Concentré, il colle les deux branches le long de mon mollet, en insère l'extrémité dans ma chaussure, et les ajuste en les cassant afin de les tailler comme il le souhaite. Quand il semble satisfait, il utilise mon lacet pour les attacher. Avec douceur, il bouge mon articulation pour vérifier si sa fabrication tient ses promesses, mais si j'en crois ses sourcils froncés, il est mécontent du résultat.

– Je ne suis pas certain que ça serve à quelque chose, énonce-t-il, agacé.

– Ça sera mieux que rien, constaté-je pour qu'il ne change pas d'avis. Ma cheville sera tout de même un peu moins mobilisée grâce à ça, MacGyver !

– En route, Cendrillon, plaisante-t-il en retour pour masquer ses inquiétudes.

CHAPITRE 24

MARCO

Nous avançons sans idée de l'endroit où nous allons. Si ça se trouve, nous sommes en train de nous éloigner encore plus. Je n'ai pas pris à la légère la crise d'angoisse de Norah. Elle a besoin d'être maîtresse de son destin en bougeant. Ce qu'elle ignore, c'est que je ne suis pas certain d'être en mesure de parcourir une longue distance. Je suis bien trop mal pour ça. La soif et la faim sont en train d'avoir raison de moi. Je suis à bout de force, mais je compte bien le lui cacher aussi longtemps que cela me sera possible. Je ne veux pas l'inquiéter. Elle a suffisamment à gérer avec ses propres angoisses sans que je lui fasse part des miennes.

Nos pas sont ralentis et rythment des grimaces de douleur sur nos visages. J'ai pris quelques branches dans les côtes en nous sauvant de la noyade. Elles se rappellent à moi sans ménagement. Chaque geste puise dans mes dernières ressources.

La pénombre s'épaissit, freinant encore notre avancée. Ce n'est pas plus mal. Ça me permet de donner le change auprès de Norah. Je vois bien qu'elle minimise aussi ses souffrances pour que je ne l'oblige pas à s'asseoir. Mais ni elle ni moi ne sommes en capacité de parler. Nous gardons nos dernières forces mentales pour mettre un pied devant l'autre. Seul notre but compte, à ce stade. *Marcher. Avancer. Quitter cet endroit. Trouver le sentier. Boire. Manger.* Je me répète ces mots pour ne pas flancher. *Surtout ne pas s'arrêter maintenant.* Je ne pense pas que je serai en mesure de me relever si nous faisons une pause.

Soudain, un croassement se fait entendre dans le ciel et son écho résonne contre les falaises. Nous levons la tête pour en découvrir l'origine. Soit ces deux rapaces sont à basse altitude, soit nous sommes encore plus haut que ce que nous imaginions. Deux vautours décrivent des cercles au-dessus de nous tout en communiquant entre eux. Peut-être s'interrogent-ils sur notre présence ici ? Nous les distinguons bien d'où nous sommes. Ils possèdent de longues ailes et une collerette blanche. Je suis étonné d'en apercevoir à cette heure-ci, car ils ont pour habitude de chasser aux heures les plus chaudes. Le rire de Norah attire mon attention. Elle se marre en observant les rapaces faire des allers-retours.

– Qu'est-ce qui te fait rire comme ça ?

– L'idée que tu aurais mieux fait de fabriquer une arbalète qu'une attelle vient de me traverser l'esprit, m'explique-t-elle en se marrant encore. Je crois que la faim me fait perdre la boule.

Sa pensée m'amuse, mais je ne parviens pas à lui sourire. Ma tête devient lourde. Mes jambes trop légères. Des points blancs entachent ma vision. Il me semble entendre Norah crier alors que tout tangue autour de moi. Je ne peux plus lutter et me laisse tomber au sol.

Je cligne des yeux et avec difficulté, je reprends mes esprits. *Putain, je me suis évanoui !* Norah est agenouillée à mes côtés, son front est posé sur mon torse.

– Marco, murmure-t-elle en pleurant.

Dans un effort, je lève ma main et caresse ses cheveux pour tenter de la rassurer. Elle se redresse et m'observe.

– Tu m'as fait peur, m'avoue-t-elle, le visage ravagé par les larmes. Je suis désolée, c'est dc ma faute.

– Chut.

Elle se blottit contre moi. Encore plus perdus que tout à l'heure si c'est possible, nous restons là, sans bouger. Ce n'est plus dans nos capacités. Nous n'avons plus qu'à espérer être secourus. Au plus vite.

CHAPITRE 25

NORAH

Lorsque j'ouvre les yeux, il fait nuit et j'ai froid. Des bruits me parviennent au loin. Je n'arrive pas à comprendre de quoi il s'agit. J'ai peur tout à coup qu'un animal nous attaque. Il faut croire que mon histoire de macaques enragés a laissé des traces. Un faisceau de lumière apparaît une seconde avant de disparaître. Je tapote le bras de Marco pour le réveiller.

– Je viens d'apercevoir une lueur là-bas, lui expliqué-je, pleine d'espoir, en pointant l'endroit du doigt.

Marco se redresse, observe l'horizon et tend l'oreille. À nouveau, des bruits résonnent, mais ils ne semblent pas proches.

– Il faut que j'aille voir ! s'écrie Marco en se levant tant bien que mal. Tu ne bouges pas de là, c'est compris ? Même si je mets un peu de temps à revenir, tu restes ici.

Après l'espoir, c'est la panique qui m'étreint. Être seule, dans le noir, m'effraie.

– Je veux venir avec toi.

– Je ne m'éloigne pas trop, c'est promis. Mais je dois essayer de signaler notre présence.

La perspective que les secours se rapprochent lui redonne un peu d'énergie.

– OK, mais s'il te plaît, sois prudent.

Je relâche ses mains, que je tenais pour l'empêcher de partir. Il se met à avancer dans la seconde. Heureusement que la lueur de la lune lui permet de distinguer ce qui l'entoure.

– Oh ! Hé ! On est là ! l'entends-je crier plusieurs fois jusqu'à ce que sa voix s'amenuise.

Tremblante de peur et de froid, j'attends pendant ce qui me semble être une éternité. Et s'il tombait et ne revenait pas ? Ou s'il ne retrouvait plus le chemin jusqu'ici ? Je pleure, partagée entre l'euphorie d'être peut-être bientôt secourue et l'angoisse de finir seule ici.

Quelques longues minutes plus tard, je vois Marco me rejoindre, tout sourire.

– C'est terminé, ça y est ! m'annonce-t-il en réapparaissant près de moi, suivi par trois sauveteurs.

Il prend mon visage entre ses mains et m'embrasse rapidement.

– Eh bien, on peut dire que vous vous êtes bien paumés, tous les deux ! nous lance l'un des hommes. Vous n'avez pas été faciles à localiser.

Je crois que je tremble encore plus qu'avant. Mes émotions s'entrechoquent dans mon cœur et se traduisent par une crise de larmes. Un secouriste s'agenouille devant moi pour vérifier mon état de santé.

– Elle s'est tordu la cheville et a fait une sale chute. Son dos a pas mal morflé, l'informe Marco.

– Oui, sa copine nous a prévenus.

– Ma copine ? murmuré-je en reprenant mes esprits.

– On l'a retrouvée hier. Elle a été emportée par le courant alors que nous concentrions nos recherches près de la rive.

– Alors elle va bien ?

– Physiquement ça va, mais elle ira encore mieux quand on vous aura amenés à l'hôpital.

Je m'écroule dans les bras de Marco, tandis qu'un secouriste défait mon attelle improvisée pour évaluer les dégâts. *Elif est en vie* ! Je viens de passer ces dernières heures à essayer de ne pas penser à elle pour ne pas perdre complètement la raison et imaginer le pire. La savoir saine et sauve me soulage d'un poids dont je m'étais efforcée de ne pas prendre la mesure.

Les sauveteurs se concertent sur la meilleure façon de nous sortir de là avec mes blessures.

– Mademoiselle, votre cheville est vraiment trop gonflée. On va vous installer sur le brancard mobile et on vous portera le temps de la descente jusqu'au véhicule de secours.

J'accepte tout ce qu'ils veulent, tant que c'est pour partir d'ici. Ils se mettent à trois pour me hisser afin de me faire le moins mal possible en m'immobilisant sur la civière. Plusieurs ceintures maintiennent mon corps en place.

Ils ne perdent pas plus de temps et se mettent en marche.

– Attendez ! m'écrié-je. Marco ? l'appelé-je, ne sachant pas où il est.

– Je suis là, me rassure-t-il en prenant ma main. Je suis juste derrière vous, d'accord ?

– Tu fais attention, hein ?

– Promis, m'assure-t-il en embrassant mes doigts avant de me relâcher.

CHAPITRE 26

MARCO

Une fois à l'hôpital, tout va très vite. Je n'ai même pas le temps de dire un mot à Norah avant qu'elle soit emmenée pour passer des radios. Une infirmière vient prendre ma tension et me pose mille questions pour connaître l'origine de mes blessures et mon degré de douleur. Je finis dans une chambre des urgences, avec une perfusion pour me réhydrater et un plateau-repas. La soignante m'a promis de revenir d'ici peu pour désinfecter mes quelques égratignures, mais je m'en tape. Tout ce que je veux savoir, c'est comment va Norah.

– Putain, mec, tu nous as fait une sacrée peur ! s'exclame Yohan, à peine a-t-il posé un pied dans la chambre.

Nous nous étreignons tels des hommes des cavernes. *Merde ! Ça fait du bien de le revoir.* Je remarque que Tristan est présent également.

– Comment tu vas ?

– Ça va, je n'ai rien, les rassuré-je aussitôt. Tu as fini par retrouver le sentier ?

– Ben ouais, mec, me répond un Tristan vantard, je t'avais dit que j'y arriverais. Fallait pas douter de moi.

– On n'a pas douté de toi, le corrigé-je, on avait peur pour toi.

– Alors pourquoi vous n'êtes pas restés à l'endroit où on s'était séparés ? Vous auriez été secourus depuis longtemps.

– Je ne crois pas que ce soit le moment de discuter de ça, le coupe Yohan qui me sent prêt à en découdre.

Il ne manque pas de culot celui-là ! À peine sommes-nous de retour qu'il ne se gêne pas pour ouvrir sa grande gueule. Il a su faire preuve de courage en partant seul, mais il n'en reste pas moins que je n'apprécie pas son caractère.

Mon pote me tend son téléphone portable, affichant déjà le contact d'Enzo. J'appuie sur la touche et je n'ai même pas l'occasion d'écouter une seule tonalité que mon frère décroche.

– T'as des nouvelles ? s'exclame-t-il, plein d'espoir.

– À ta voix, je pourrais presque imaginer que tu t'inquiètes pour moi, lui lancé-je pour plaisanter.

– Putain, Marco ! crie-t-il, soulagé de m'entendre.

– Je vais bien, plus de peur que de mal, le rassuré-je aussitôt.

– Je savais que tu étais jaloux de toute l'attention qui m'est portée depuis mon accident, mais franchement, disparaître pendant deux jours, c'est too much, tu ne trouves pas ?

J'explose de rire, soulagé de retrouver mon pote et d'entendre la voix de mon frère. Je prends conscience de la peur qui m'a étreint un peu plus à chaque heure passée dans les gorges. Je me le suis caché pour ne pas effrayer Norah et garder la tête froide, mais j'ai bien cru y laisser ma peau.

– En même temps, tu as placé la barre très haut. Dur de rivaliser avec un fauteuil roulant.

Il y a un blanc au bout du fil. Mon frère ne doit pas se remettre du fait que j'ai pu plaisanter de son handicap.

– Bordel ! Dis-leur de te faire une IRM cérébrale, tu as dû te cogner le crâne super fort pour me sortir un truc pareil.

À cet instant, je sais que notre complicité est retrouvée. Le reste de la conversation est un peu plus sérieuse : je le rassure sur mon état et celui de Norah, dont il ne manque pas de me demander des nouvelles. Il m'ordonne de rentrer au plus vite, mais également de m'arranger pour garder contact avec Norah.

– Tu devrais essayer de te reposer, maintenant, me conseille Yohan en reprenant son téléphone. Tu as une tête à faire peur.

– Je veux d'abord savoir comment va Norah. C'est pour elle qu'il faut s'inquiéter, pas pour moi.

La porte de ma chambre s'ouvre alors que je m'apprête à quitter mon lit pour la retrouver.

À peine ai-je le temps de reconnaître Flavie qu'elle se jette dans mes bras.

– Merci d'avoir veillé sur mes amies, balbutie-t-elle avec des trémolos dans la voix.

Yohan sourit tout en observant la scène, puis la prend par les épaules pour la décoller de moi, vu qu'elle ne semble pas se rendre compte de la durée de son étreinte.

– Je crois qu'il a compris que tu es reconnaissante, ma belle, c'est bon.

Elle se réfugie alors contre son torse et se met à pleurer à gros sanglots. Je prends conscience que, lorsque nous perdions espoir là-haut sur cette falaise, nos proches devaient également commencer à douter. Flavie est aussi exubérante dans la tristesse que dans la joie : elle n'arrive pas à arrêter ses larmes. Mon pote la réconforte en lui frottant le dos et en lui embrassant les cheveux. Je ne lui connaissais pas cette patience, mais en ces circonstances, on se découvre certainement tous en partie.

– Tu as pu voir Norah ? Tu as des nouvelles ? lui demandé-je dans l'espoir d'être rassuré.

Elle rit en reniflant, avant de se tourner à nouveau vers moi.

– Qui crois-tu qui m'envoie ? me répond-elle avec un léger sourire. J'ai juste eu le temps de la croiser avant qu'elle ne monte au service des radios. L'interne m'a prévenue qu'elle en a pour un petit moment, mais elle s'inquiète aussi pour toi. Elle m'a fait jurer de venir te voir tout de suite.

J'aimerais déjà être rassuré sur son état. Ça me contrarie d'être là, branché à une perfusion, et d'attendre sans pouvoir être avec elle. On vient de passer deux jours et presque deux nuits isolés du monde, j'ai un peu de mal à être séparé d'elle maintenant.

Ma porte s'ouvre à nouveau pour laisser apparaître Elif, et celui que je suppose être son mari. L'émotion de revoir Elif alors que je l'ai abandonnée dans le courant me saisit et je dois mordre l'intérieur de ma joue pour ne pas me mettre à chialer à mon tour. Elle le comprend et vient aussitôt m'étreindre.

– Tu as fait ce qu'il fallait, me murmure-t-elle à l'oreille. Ne te sens pas coupable. Je vais bien, vous êtes là, tout est rentré dans l'ordre. C'est tout ce qui compte.

Elle se recule, submergée elle aussi par l'émotion. Je renifle en inspirant et me frotte le visage pour effacer les quelques larmes qui m'ont échappé.

– Merci pour ce que tu as fait, me lance son mari en me tendant une main que j'accepte.

– J'ai pas fait grand-chose, minimisé-je, ne souhaitant pas passer pour un héros. Au contraire, je nous ai emmenés direct dans l'endroit le plus dangereux qu'il devait y avoir à des kilomètres à la ronde.

– Tu n'as rien à te reprocher, Marco, m'assure Elif. Aucun de nous ne s'est posé de questions quand on a vu ce petit bassin. Comment imaginer qu'il y aurait une brusque montée des eaux ?

– Allez, ça ne sert à rien de ressasser avec des « si on avait fait ça ou ça », nous lance Flavie qui s'est reprise. On va laisser Marco souffler un peu, parce que Dalila ne va pas tarder à débouler ici pour le rencontrer afin de voir qui est le mec qui a disparu avec sa fille pendant qu'on était morts d'inquiétude.

J'ai hâte et je redoute à la fois de faire la connaissance de celle dont m'a tant parlé Norah.

– On était aussi angoissés que vous, si ce n'est plus, hein, cherché-je à me défendre alors qu'ils se marrent tous en sortant de ma chambre.

CHAPITRE 27

NORAH

Enfin, je ne ressens plus rien. Les médicaments qui me sont injectés par perfusion ont fait disparaître mes douleurs. J'étais prête à supplier un des secouristes pour qu'il me procure n'importe quoi, pourvu que ça agisse vite !

Je me sens un peu perdue, ballottée de couloir en couloir, assise dans un fauteuil roulant. J'ai passé une radio en urgence, je culpabilise d'être passée avant d'autres personnes qui patientaient sûrement depuis plus longtemps que moi. Quoi que, ça fait deux jours que je l'attends cette radio, et pas installée sur un siège avec un distributeur de boissons chaudes à proximité.

Le médecin de garde a opté pour une imagerie complète afin de s'assurer que je n'ai rien de cassé, même si mes explications sur la montée de la falaise l'ont rassuré quant à l'éventualité d'une fracture.

Auquel cas, je n'aurais pas été capable d'escalader, aussi piteuse soit ma façon de l'avoir fait.

Une infirmière me place en salle d'attente et me prévient qu'on reviendra me chercher dès que le médecin pourra me recevoir dans son bureau. Je voudrais protester afin qu'elle me ramène aux urgences pour retrouver Marco et voir Elif de mes propres yeux, mais elle s'éloigne avant que j'aie le temps d'ouvrir la bouche. Elle doit être sacrément débordée. Je ne lui en tiens pas rigueur, même si être seule tout à coup me paraît étrange.

– Norah ! entends-je la voix de ma mère s'écrier au bout du couloir.

Elle me rejoint en courant, les joues ravagées par les larmes.

– Tu n'aurais pas dû venir jusqu'ici, sangloté-je à mon tour alors qu'elle se penche pour m'enlacer.

Elle recule son visage pour me regarder, l'air grave.

– J'aurais ratissé moi-même chaque centimètre de ces foutues gorges s'il l'avait fallu !

Nous nous étreignons une nouvelle fois. Son parfum familier me fait un bien fou. J'ai comme la sensation d'être rentrée à la maison et de n'avoir jamais vécu ces derniers jours horribles, même si quelques souvenirs sont plus doux. Ma mère n'est pas parfaite, mais qu'est-ce que je l'aime !

Un raclement de gorge nous rappelle que nous ne sommes pas seules.

– Ravi de te savoir revenue parmi nous. Tiens, on t'a pris un café à la cafétéria, avec ta mère. On s'est dit que ça te ferait du bien.

Hamza, l'épicier de notre quartier, est là, dans ce couloir du service radiologie. Il s'adresse à moi comme s'il me servait régulièrement des cafés. Je regarde ma mère, puis lui, puis encore ma mère.

– C'est Hamza qui m'a conduite ici, me dit-elle comme si ça expliquait tout.

– Elle n'était pas en état de conduire quand elle a appris ta disparition. Il était hors de question que je la laisse prendre la route seule, précise-t-il alors qu'ils échangent une œillade complice.

OK, là, je crois que j'ai loupé un épisode. Est-ce qu'à trop vouloir fermer les yeux sur le comportement de ma mère de peur d'être déçue, je n'aurais même pas remarqué qu'elle fréquentait quelqu'un ? Et pas n'importe qui ! Le seul mec qui lui a tenu tête face à la boisson en refusant de lui vendre de l'alcool, qu'il a pourtant à foison dans son épicerie.

– Merci beaucoup, finis-je par lui répondre, me rappelant toutes les fois où, avec les autres gosses de la cité, nous lui avons volé des bonbons avant qu'il ne nous courre après.

– Laisse-moi te regarder, s'exclame ma mère en faisant pivoter mon visage vers la gauche puis la droite, avant de détailler mes bras et mes jambes.

– Je suis entière, pas d'inquiétude.

– Ne me refais plus jamais un coup pareil, souffle-t-elle en prenant place sur un siège. J'ai perdu au moins dix ans d'espérance de vie en deux jours.

– Tu es arrivée quand ? Est-ce que tu as pu voir Elif ?

– Elle va bien, ma puce, me rassure-t-elle en posant sa main sur ma cuisse. Elle a eu très peur, mais elle s'en sort sans une égratignure. Les filles t'attendent en bas, aux urgences. Ils ne nous ont pas laissé tous monter.

Je respire mieux en entendant ça. Même si les secouristes m'ont déjà dit qu'Elif avait été retrouvée, j'ai besoin d'être certaine qu'elle va bien.

– Tu devrais aller te reposer, maman. Je suis là maintenant, je vais bien. Enfin, mieux depuis qu'ils m'administrent ce médicament, précisé-je en indiquant la perf, mais je ne crains plus rien.

– Je ne te quitte plus d'une semelle pendant au moins les dix prochaines années.

Je ris à sa remarque tandis qu'Hamza esquisse un léger sourire.

– Vraiment, j'insiste, tu as unc sale tête, maman.

– Tu peux parler, tu n'as pas vu la tienne ! Tu vas faire une syncope en te découvrant dans un miroir.

Je lui lance un regard scandalisé avant de rire avec elle.

Le radiologue nous coupe en venant me chercher pour m'annoncer mes résultats.

C'est rassurée que je redescends au service des urgences. Je souffre d'une belle entorse de la cheville qui va nécessiter plusieurs dizaines de séances chez le kinésithérapeute. Pour ce qui est de mon dos, rien de cassé, simplement un hématome impressionnant causé par ma chute. Il mettra du temps à disparaître et à ne plus me faire souffrir, mais n'aura pas d'autres conséquences. Le médecin me préconise donc du repos, du repos et encore du repos.

Accompagnée d'antidouleurs à cause de ma crainte d'avoir à nouveau trop mal une fois la perfusion terminée, je vais enfin retrouver les filles. Et Marco. Être séparée de lui après avoir passé toutes ces heures rien que tous les deux me procure une impression bizarre. Comme s'il me manquait quelque chose d'essentiel.

Ma mère pousse mon fauteuil dans les couloirs, Hamza à ses côtés. C'est perturbant de voir cette figure du quartier, qui me connaît depuis toute petite, veiller sur elle. Depuis quand se fréquentent-ils ? Pourquoi me l'avoir caché ? J'ai une tonne de questions à poser à ma mère, mais ça attendra, car deux folles furieuses se ruent dans ma direction. *Carambolage dans 3, 2, 1.*

– J'ai cru que j'allais faire une crise d'angoisse en ne vous voyant pas revenir, m'engueule Flavie entre deux sanglots, tout en m'étranglant tant elle me serre fort contre elle.

Elif, pudique comme à son habitude, se joint à notre câlin sans rien dire. On a traversé une partie de cette épreuve ensemble, les mots ne sont pas nécessaires.

– J'ai eu si peur pour toi après la montée des eaux en ne t'apercevant plus, lui confié-je en pleurant à nouveau.

Ma mère a raison. Je dois avoir une tête de zombie avec cette aventure en pleine nature et toutes ces crises de larmes.

– J'ignorais aussi si vous aviez pu vous sortir de là.

– C'est grâce à Marco uniquement.

– Nous qui voulions garder un bon souvenir ensemble avant le mariage d'Elif et Ohran, ironise Flavie, elle aussi avec une mine affreuse.

– On va se faire une promesse, nous propose Elif : pas de vacances avant les évènements importants. Ça ne nous réussit pas.

Nous nous sourions en validant cette idée.

Les filles me relâchent pour laisser la place à Ohran. Je ne suis pas étonnée de le voir ici. Je le connais assez pour savoir qu'il a dû sauter dans sa voiture dès qu'il a appris que nous n'étions pas rentrés de notre balade.

– Je suis content que tu sois saine et sauve, me dit-il en m'embrassant sur le front.

– Merci.

Puis c'est au tour de Yohan de me serrer dans ses bras et de me dire à quel point ils ont eu peur avec Flavie. Du coin de l'œil, je repère ma mère en profiter pour avancer vers Marco, que je n'avais pas encore remarqué. Il est debout, tel un surhomme, tout de même perfusé.

– Je ne vous remercierai jamais assez d'avoir veillé sur ma fille pendant ces quelques jours.

– C'était normal, lui répond-il en m'accordant un regard en biais.

Un silence prend place au sein de notre troupe. L'attention de chacun oscille entre Marco et moi.

– OK, s'exclame Yohan, je vais me chercher un café, qui m'accompagne ?

Il appuie son regard en direction de Flavie. Cette dernière capte tout de suite le message.

– Oui, bonne idée ! Allons tous nous prendre quelque chose à boire. Allez, Dalila, vous n'avez rien avalé depuis que vous êtes là. Vous allez finir par vous évanouir et on n'a aucune envie de rester à l'hôpital.

Tout le monde percute et comprend que Marco et moi avons besoin d'être seuls.

Une fois qu'ils sont tous hors de notre vue, je roule avec mon fauteuil jusqu'à lui. J'espère de tout mon cœur qu'il ne transfère pas l'image de son frère sur moi et qu'il ne va pas se renfermer. Le sourire qui étire sa bouche me rassure tandis qu'il se baisse afin d'être à ma hauteur. Les petits moments de légèreté que nous nous sommes créés là-haut me reviennent en mémoire. Retrouver nos proches nous replonge dans la réalité, un peu comme si tout était déjà loin. Alors je grave ces instants dans mon cœur, pour ne jamais oublier ce bel homme courageux, maintenant que nos vacances prennent fin et que la vie va reprendre son cours.

CHAPITRE 28

MARCO

Le temps est comme suspendu. On a rêvé d'être secourus. Maintenant que c'est fait, il va falloir que je lui dise au revoir. Après ces deux jours qui nous ont soudés à jamais, j'ai du mal à m'imaginer sans elle. Sans entendre son rire chantant ni croiser ses yeux charmeurs, le retour à la réalité n'est pas aussi bienvenu que j'aurais pu le penser. Flavie m'a prévenu que sa mère l'a chargée de s'occuper des affaires de Norah restées au camping, car elle compte rentrer chez elle dès que sa fille pourra sortir, ce qui semble être le cas.

– Tu connais un bon kiné sur Lyon ? *A priori*, je viens de gagner un nombre incalculable de séances de rééducation pour ma cheville.

– Je demanderai à mon frère, il doit avoir ça dans son carnet d'adresses, plaisanté-je à nouveau, à mon plus grand étonnement. Et pour ton dos ?

– Rien de grave, c'est juste le coup qui a été rude. Le repos atténuera la douleur.

– Je suis soulagé de savoir que tu n'as rien d'inquiétant. Je suis vraiment désolé pour tout ça. J'aurais dû faire plus attention au chemin qu'empruntait Tristan.

– Hey, m'engueule-t-elle en attrapant mes mains dans les siennes, on ne va pas commencer à chercher un responsable maintenant. On s'en sort tous, c'est le principal.

Je pose mon front contre le sien. Nos regards se croisent. Nous sommes passés à peu de chose de tout perdre, cela remet en perspective ce qui est essentiel dans la vie : nos familles et nos proches, peu importent leurs faiblesses. Ils sont notre force.

– Je retiendrai ça de nos vacances : nous deux. Rien d'autre, murmure-t-elle du bout des lèvres, comme si le dire tout haut risquait de briser notre bulle.

J'incline le visage pour poser ma bouche sur la sienne. Nous nous embrassons avec délicatesse. Nos langues s'enroulent presque timidement tant nous oscillons entre des sentiments mitigés. Nous sommes heureux de rentrer chez nous, mais tristes de nous quitter.

Quand sa langue vient taquiner la mienne, je ne résiste plus à libérer mon envie d'approfondir ce délicieux échange jusqu'à en perdre haleine. Je ne me voile pas la face, je souhaite prolonger cet instant parce que j'adore sa manière de répondre à mes baisers.

Son souffle se fait plus rapide et de petits gémissements lui échappent, me laissant imaginer ceux qu'elle pourrait pousser si nous allions plus loin. Mes mains remontent dans ses cheveux décoiffés, pour l'approcher encore plus de moi. Je crois que je pourrais rester ici des heures à continuer de l'embrasser.

– Euh… désolée de vous déranger, nous interrompt une Flavie espiègle, ta mère est déjà inquiète de ne pas te voir rappliquer. Hamza se charge de l'occuper le temps que tu viennes.

– J'arrive, répond-elle en souriant à son amie.

Flavie repart, puis se tourne à nouveau vers nous.

– D'ailleurs, faudra qu'on discute de ta mère et l'épicier, je suis complètement chamboulée de les imaginer en couple.

Norah pouffe avant de l'envoyer balader d'un geste de la main, l'air de dire que ce n'est pas le moment d'en parler. Ce avec quoi je suis bien d'accord.

– Tu rentres à Lyon, si j'ai bien compris.

– C'est le programme, me confirme-t-elle. Je ne me sens pas trop de retourner au camping. J'ai besoin du confort de mon lit.

– Je pense qu'avec Yohan et Tristan, on va aussi lever le camp et prendre la route.

– Tu as pu joindre ton frère ?

– Oui, il était soulagé d'apprendre qu'on s'en sort bien.

– Comment va-t-il réagir quand il va savoir que tu n'as pas conclu ? lance-t-elle avec son petit air coquin qui me fait craquer.

– Oh ! Je vais en entendre parler pendant des semaines !

Elle me sourit. Nous restons quelques instants les yeux dans les yeux. C'est incroyable de penser ça, mais Norah aura toujours une place particulière dans mes souvenirs. Elle a démontré une telle force, autant physique que mentale, durant notre mésaventure, qu'elle m'a beaucoup impressionné.

– Allez, file avant que l'épicier ne vienne te chercher, plaisanté-je, récoltant un dernier baiser au passage.

Elle hésite à dire quelque chose, puis se ravise. Elle fait rouler son fauteuil, s'éloignant de moi. Je préfère ne pas l'accompagner jusqu'à leur voiture et elle l'a compris. Je ne suis pas un adepte des scènes d'adieu. J'ignore si nous nous reverrons. Ce n'est pas le moment pour penser à ça. Elle doit d'abord se remettre physiquement et aplanir sa relation avec sa mère. De mon côté, j'ai un gros travail sur moi-même à faire vis-à-vis de mon frère. Je suis prêt, désormais, à reprendre ma vie là où je l'ai laissée le jour où le diagnostic est tombé. Et je vais rattraper le temps perdu avec Enzo.

Norah s'arrête près de l'accueil et discute avec une infirmière. Cette dernière lui donne un papier et un stylo. Après avoir gribouillé quelque chose, elle roule à nouveau vers moi. Elle me tend la feuille. Son nom de famille, son prénom, son pseudo Facebook et son compte Instagram sont inscrits dessus, ainsi que son numéro de portable.

– Comme tu as perdu ton téléphone et que je veux être certaine que tu puisses me recontacter…

Je me baisse à sa hauteur.

– J'étais sérieux quand je disais que je te retrouverais juste avec ton prénom. J'ai des indications sur ton travail, l'endroit où Flavie va ouvrir un nouveau salon… Même si je pense que Yohan a son numéro, tout simplement.

– Je nous fais gagner du temps, c'est tout, me répond-elle en haussant les épaules.

– La seule raison pour laquelle je ne t'embrasse pas une nouvelle fois, c'est parce que je risque de ne plus pouvoir m'arrêter, dis-je en reprenant ses mots d'après le feu d'artifice.

Je comprends à son regard qu'elle s'en rappelle parfaitement. Je la laisse repartir et disparaître au bout du couloir. Je chasse cette impression étrange que ce que nous partagions prend fin.

Je scrute le sol usé de l'hôpital. J'hésite à la rejoindre. Pour faire quoi exactement, je ne sais pas, mais la quitter ainsi me fait une drôle de sensation. Un coup d'œil à ses coordonnées me rassure. *On se reverra.* Je suis tellement crevé qu'il n'y a que des conneries qui traversent mon esprit.

– Bon, mec ! Tu seras heureux d'apprendre qu'on peut foutre le camp de cet endroit ! m'alpague Yohan en venant me rejoindre.

– Sérieux ? T'assures ! J'ai qu'une envie, c'est de me tirer d'ici pour rentrer chez moi.

– Alors, allons trouver une infirmière pour te retirer cette perf', et en route !

Nous nous dirigeons vers le bureau des soignants, mais je sens le regard appuyé de Yohan sur moi.

– Qu'est-ce qu'il y a ?

Il s'arrête, souffle en secouant la tête avant de me faire une accolade.

– J'ai vraiment flippé !

Je lui rends volontiers son geste. J'ai aussi eu très peur. Si nous étions restés perdus encore un jour de plus, sans boire ni manger, je n'ose imaginer dans quel état nous serions. Il me relâche et je lui souris pour le rassurer.

– Alors, et toi, avec Flavie ? Ça a donné quoi pendant ces deux jours ?

– J'ai jamais vu une nana pleurer autant. Elle aurait pu être scénariste pour des films-catastrophes dignes d'Hollywood tellement elle a élaboré des plans loufoques.

– Norah aussi m'a sorti quelques théories insensées, plaisanté-je en repensant à tout ce qu'elle m'a dit.

– Mec, Flavie a eu peur que vous vous fassiez bouffer par des gorilles ! Des gorilles ! Dans les Gorges du Verdon !

– Tu n'as jamais vu Hunger Games ? lui lancé-je en repensant à la réplique de Norah.

– Oh merde ! Elles sont aussi fêlées l'une que l'autre.

Nous rions et je prends alors conscience de cette chance que j'ai de compter des personnes telles que Yohan parmi mes amis. On se comprend en quelques mots, en un regard… Il est presque comme un frère. Je sais que je l'ai également déçu ces derniers temps.

Je vais rentrer chez moi aujourd'hui, mais c'est un autre Marco qui revient. Je ne suis pas encore forcément prêt à tout accepter, comme le souhaiteraient Enzo et mon pote. En revanche, je me fais enfin à l'idée de me secouer pour ne plus couver mon frère et l'étouffer. Ça ne va pas être facile, mais je ne veux plus de cette vie où l'on se dispute.

CHAPITRE 29

NORAH

J'ai dormi durant tout le trajet jusqu'à Lyon. Ma mère ne m'a réveillée qu'une fois Hamza garé au bas de notre immeuble.

Je sors ma carcasse douloureuse de l'habitacle. Il faut dire que c'est d'un lit dont j'ai besoin. Somnoler mal installée dans une voiture n'est pas l'idéal, même si c'est toujours mieux que le dos contre une falaise.

À l'aide de béquilles louées à la pharmacie, mission dont s'est chargé l'épicier que je connais depuis toujours, j'avance au rythme d'un escargot jusqu'à notre palier, au troisième étage.

Ma mère ferme la porte de notre appartement derrière moi et se rend dans la cuisine. *Qu'est-ce que ça me fait du bien de rentrer chez moi !* Un sentiment de reconnaissance envers la vie me saisit soudainement et je ravale les larmes qui menacent de couler. *Je suis vivante. Je n'ai rien de grave.*

– Tu veux manger un petit quelque chose ? me questionne ma mère en venant voir ce que j'ai à traîner dans notre entrée.

Je lui réponds par l'affirmative d'un signe de tête. Par pudeur, je ne souhaite pas qu'elle entende mon émotion.

– Un sandwich thon mayonnaise avec salade, tomates et un soda ?

Elle connaît parfaitement mes goûts, et sait comment me procurer un peu de réconfort quand je vais mal.

– Avec un antidouleur en dessert, s'il te plaît.

– OK, va te coucher, j'arrive avec tout ça.

Avant de retrouver ma chambre, je fais l'effort de passer par la salle de bains. Je dois absolument me doucher, même si je souffre à nouveau le martyre. Je dormirai mieux propre, après un petit repas et un médicament.

Seigneur ! Mon reflet dans le miroir donne raison à ma mère à propos de ma tête. Je suis sale et j'ai les cheveux en pétard. Des cernes géants me dévorent le visage. Sans compter les égratignures sur mes joues et mon front.

Je m'assieds sur le rebord de la baignoire et me déshabille. Retirer le tee-shirt est l'étape la plus compliquée, à cause de mon dos. Une fois sous l'eau, je ne m'attarde pas, même si j'aimerais pouvoir le faire. Tenir sur une jambe, pour ne pas prendre appui sur ma cheville blessée, s'avère difficile. Je m'enroule dans une serviette, saisis une brosse et file dans ma chambre tant bien que mal, avec mes béquilles.

Je m'affale dans mon lit double, soulagée d'y être enfin. Je ne suis pas près de le quitter.

Ma mère entre dans la pièce, chargée d'un plateau, alors que je démêle mes cheveux.

– Tiens, avale tout de suite ton médoc, me propose-t-elle en ayant sûrement dû m'entendre me plaindre sous la douche.

Je ne me fais pas prier. La boisson gazeuse sur mon palais me fait un bien fou.

– Tu veux que je t'aide à enfiler un pyjama ?

– Non, je vais dormir comme ça. Je n'ai plus la force de faire quoi que ce soit.

– Sauf de manger ! me taquine-t-elle alors que je croque dans le sandwich qu'elle m'a préparé.

Je lui souris en retour, la bouche pleine, et tapote la place vide à mes côtés afin qu'elle s'allonge avec moi.

– Alors, commencé-je après avoir fini de mâcher et avaler, Hamza et toi, vous êtes… ?

– Je viens de te retrouver après deux jours sans nouvelles et toi tu veux parler de l'épicier ?

– Oh ! Non, non, ça ne marchera pas le coup de « l'épicier » ! Comme s'il n'était pas plus ! À ce que je sache, Hamza ne propose pas ses services de taxi et je vous ai vus tous les deux, il y a plus entre vous qu'une simple relation de vendeur à client !

Elle rougit et son regard devient fuyant, telle une adolescente qui se ferait démasquer.

– Et tu crois que je ne t'ai pas vue, moi, avec ton grand gaillard, à vous dévorer des yeux ? Je me demande bien ce qui a pu se passer alors que vous étiez seuls au milieu de nulle part !

– Et maintenant, tu cherches à détourner la conversation… Tu t'enfonces, maman !

– Peu importe ! s'exclame-t-elle en se relevant. Tu as besoin de dormir, pas de découvrir ma vie privée.

Je ris de sa gêne alors qu'elle referme la porte derrière elle.

Je rêve ! Je ne comprends pas pourquoi elle en fait toute une histoire. Si elle est bien avec Hamza, ça ne me pose aucun problème. J'en discuterai avec elle à mon réveil. Elle doit avoir des doutes et je tiens à la rassurer.

Les filles et moi nous sommes quittées sur le parking de l'hôpital, repartant dans des voitures différentes. Elif et Ohran ont embarqué Flavie avec eux. Nous avons prévu de nous retrouver demain dans l'après-midi. Je pressens que je vais avoir droit à un interrogatoire digne de la police.

J'attrape mon téléphone que Flavie a pris de soin de charger avant de le glisser dans mon sac à main. J'ai des tonnes d'appels en absence et des messages non lus. Je les fais défiler rapidement.

Ils proviennent en grande majorité de Flavie et de ma mère.

Mes yeux tombent sur celui que je me suis envoyé depuis le portable de Marco, le soir du feu d'artifice. Blottis l'un contre l'autre, nos sourires sont rayonnants. Qu'est-ce que j'aimerais pouvoir lui téléphoner et m'endormir en discutant avec lui, comme nous l'avons fait alors que nous étions perdus. Est-ce que ce serait aussi plaisant dans la vraie vie ?

La lumière du jour s'infiltre dans ma chambre alors que je suis réveillée depuis une demi-heure. Mon mal de dos s'est rappelé à moi, malgré cette bonne nuit dans le confort de mon lit. Je fais l'effort de me lever uniquement parce que j'ai trop besoin d'avaler mon cachet contre la douleur.

J'avance jusqu'à mon armoire avec mes béquilles et passe un short tant bien que mal, avec un haut ample pour moins galérer quand il faudra l'enlever.

Alors que j'ouvre la porte de ma chambre pour aller dans la cuisine prendre mon petit-déjeuner, une délicieuse odeur me parvient.

– Oh ! Tu te réveilles juste à temps pour manger chaud, m'accueille ma mère en faisant glisser une omelette sur une assiette.

Je m'assieds à notre petite table, sur laquelle il ne reste plus une place pour poser quoi que ce soit.

Des croissants, des bananes, et des céréales sont servis en plus des œufs.

– Tiens, il sera meilleur que celui de l'hôpital, plaisante-t-elle en me tendant une tasse de café.

– Merci, maman, lui dis-je en attrapant sa main.

Je suis touchée qu'elle prenne soin de moi de la sorte. Elle n'a pas beaucoup été présente, mais durant ses périodes de sevrage, elle a toujours été une mère dévouée. Je ne lui en voulais que plus de ne pas rester sobre. Je chasse ces idées de ma tête. Ce n'est pas le moment de lui adresser des reproches.

Elle prend place en face de moi et trempe une viennoiserie dans sa boisson chaude.

– Tu dois travailler aujourd'hui ? lui demandé-je, devinant qu'elle a dû s'absenter à la dernière minute pour descendre dans les Gorges du Verdon.

– Oui, mais uniquement cet après-midi. Tony a compris que je devais partir, mais il m'a demandé de revenir dès qu'on t'aurait retrouvée, car la gamine qui fait des extras de temps en temps ne tient pas la route.

– Tu le remercieras de ma part. Ça m'a vraiment fait du bien de t'avoir à l'hôpital.

– C'est normal, Norah. Je… Quand Flavie m'a appelée, j'ai cru que… enfin, j'ai revu toutes mes erreurs du passé et j'ai eu peur tout à coup de ne pas avoir le temps de les rattraper.

– Maman, soufflé-je en la devinant au bord des larmes, je suis tirée d'affaire. Et je te l'ai déjà dit, ce n'est pas pour moi que tu dois t'en sortir. Tu dois le faire pour toi, avant tout.

– Je sais, je sais, répond-elle en inspirant un bon coup pour ne pas se mettre à pleurer. Je vais mieux. Je ne voulais pas t'en parler parce que ces confessions sonnent faux à force de te les répéter. Je ne pourrais pas t'expliquer pourquoi, mais cette fois-ci, je sens que c'est différent. Comme si j'avais enfin saisi que l'alcool pouvait me faire tout perdre d'un jour à l'autre.

– Est-ce qu'Hamza a un rapport avec cette prise de conscience ?

Le sourire qui prend vie sur son visage est éloquent.

– Tu sais, Hamza et moi, on se côtoie depuis un moment. Notre relation a connu des hauts et des bas.

– Ça fait longtemps que vous vous fréquentez ? m'exclamé-je, sidérée de ne pas l'avoir compris.

– Tout dépend de ce que tu entends par « fréquenter ». Hamza m'a toujours fait un peu de charme lors de mes passages à son épicerie. Il est également un client assidu du bar-tabac, donc on se voit souvent sur mon lieu de travail. Mais mon addiction l'empêchait d'envisager quoi que ce soit. J'avais tendance à boire avant même ta naissance, tu le sais. Et chaque fois qu'Hamza me croisait et que j'avais un verre de trop au compteur, il m'ignorait, purement et simplement. Il faisait comme s'il ne me connaissait pas. Même lorsqu'il venait jouer au tiercé. Durant toute ma grossesse, et pendant quelques années après, il ne m'a presque pas adressé la parole. Il m'en voulait de gâcher ma vie. Notre vie. Celle qu'on aurait pu avoir. J'ai réussi à le faire réagir en allant acheter de la vodka chez lui. Jusque-là, j'avais eu assez de respect pour moi-même pour ne pas l'affronter à la caisse avec de l'alcool. Mais, j'avais entendu dire dans le quartier qu'il fréquentait la nouvelle voisine du septième étage. Je sais qu'il a connu des femmes durant ces années, mais j'avais cru comprendre que cette fois c'était sérieux entre eux. Ça ne me concernait pas, il faisait bien ce qu'il voulait de sa vie, mais j'ai eu la sensation de le perdre à jamais. Ça m'a mise en colère, alors je suis descendue comme une furie et j'ai posé quatre bouteilles de vodka sur son tapis roulant.

Elle rit à ce souvenir. J'attends la suite, accrochée à ses lèvres.

– Tu aurais dû voir sa tête ! Avec le recul, je me dis que j'aurais dû faire ça bien plus tôt.

– Comment il a réagi ? Moi, je sais juste qu'il refusait de te vendre de l'alcool.

– Tu as eu la version soft, rougit-elle. Ce jour-là, il a pris les bouteilles que je voulais acheter et les a explosées par terre. Il était dans une telle colère après moi… Lorsque je suis rentrée, tu étais dans ta chambre et tu m'ignorais, comme tu le fais quand je suis soûle. J'ai pris conscience qu'à l'intérieur de toi, tu devais bouillir, comme Hamza, et avoir envie de me jeter un tas d'objets au visage. J'ai compris que si je ne faisais pas quelque chose pour changer, pour de bon, tu finirais par me quitter, pleine de rancœurs. Je me demande d'ailleurs pourquoi tu ne l'as pas encore fait.

– Parce que je t'aime, lui expliqué-je de but en blanc. Tu es ma mère et même si je déteste te voir quand tu as bu, je ne serais pas sereine en te sachant seule ici.

– C'est mon rôle de prendre soin de toi, pas l'inverse.

– Qui décide de ça ? Et puis, tu prends soin de moi, là, la rassuré-je en voyant à quel point elle culpabilise de ne pas avoir été à la hauteur. Et donc avec Hamza, vous en êtes où, maintenant ?

– Je n'achète que du soda chez lui, rit-elle avant de continuer à se confier, en comprenant qu'elle ne s'en sortira pas avec cette pirouette. On est ensemble depuis quelques mois. Quand je ne suis pas ici, je suis avec lui, au lieu de traîner à boire des verres après le travail. Il est venu me chercher chaque soir après que je lui ai demandé son aide. Ça n'a pas été facile de le faire, mais je veux m'y tenir, cette fois-ci. J'ai perdu tant d'années avec toi et avec lui. Ce bonheur et cet amour, c'est ce qui me permet de ne pas toucher à une bouteille. Mais ta disparition… J'ai cru qu'on me punissait pour toutes mes mauvaises actions.

– Vois mon retour comme une récompense, lancé-je d'un air malicieux pour apaiser sa tristesse.

– Je t'aime, Norah. N'en doute pas. Tu es une femme forte, et ce uniquement grâce à toi. J'espère qu'il n'est pas trop tard pour que tu me pardonnes de t'avoir laissée si souvent te débrouiller toute seule.

Je me lève de table, mais ma mère m'arrête d'un signe de la main. Elle s'approche et nous nous serrons fort dans les bras. Je redeviens, l'espace de quelques instants, cette petite fille qui avait besoin que sa maman vienne la consoler après un cauchemar, mais qui restait seule tandis que sa mère cuvait ou dormait profondément. Grâce à cette confession et à ce câlin, ma mère referme les plaies de nombreuses blessures qu'elle m'a infligées, et qui me faisaient souffrir bien plus que toutes celles que j'ai récoltées durant ma mésaventure.

CHAPITRE 30

MARCO

Assis à la table de la cuisine, je fais tourner mon nouveau téléphone portable entre mes mains. Enzo m'a accompagné pour en acheter un ce matin, après notre petit-déjeuner.

Hier soir, à mon retour, mon frère m'attendait sur le seuil de notre appartement. Nous n'avons pas eu besoin de mots pour exprimer ce que nous ressentions. J'ai eu l'impression de le retrouver, non après ces quelques jours, mais après cet accident qui l'a cloué dans un fauteuil et m'a laissé anéanti. Je suis prêt à accepter son état, et je ferai ce qu'il faut pour qu'il le sache. La culpabilité sera toujours présente, mais je l'ignorerai du mieux que je peux.

Yohan est resté dormir chez nous, et nous avons passé une bonne partie de la nuit à tout raconter dans les détails à mon frère.

Je finis ma tasse de café tout en rédigeant un message à Norah. Je préfère ne pas l'appeler, car j'ai peur de la déranger. Enfin, je dis ça, mais en vérité, j'ai la trouille de ne pas savoir quoi lui raconter.

Bien rentrée ? Comment te sens-tu ?

Une fois le SMS envoyé, je me sermonne en constatant que j'aurais pu la saluer d'abord et être un peu moins froid. Je suis toujours aussi nul pour m'exprimer à travers des mots.

Norah : Mais qui êtes-vous ?

Il lui suffit d'un message pour me donner le sourire.

Marco : L'homme à qui tu dois la vie.
M'aurais-tu déjà oublié ?

Norah : Même si je le voulais
(ce qui n'est pas le cas), ma cheville
se souvient encore bien
de notre périple. Preuve à l'appui.

Son texto est accompagné d'une photo prise en plein exercice de rééducation chez un kinésithérapeute.

Marco : Tu as réussi à avoir
un rendez-vous rapidement !
Tu vas pouvoir danser au mariage
d'Elif, à ce rythme.

Norah : Ça sert d'avoir conçu les plans
de la maison d'un kiné. J'ai plutôt

intérêt à me rétablir sinon elle m'en voudra à vie. Comment tu vas, toi ?

Marco : Maintenant que j'ai mangé comme un ogre, beaucoup mieux. Et les filles, elles sont remises de leurs émotions ?

Norah : J'ai rendez-vous avec elles après ma séance, je te donnerai des nouvelles.

Marco : Tu es en arrêt maladie ?

Norah : Oui, pour une semaine, mais je ne vais pas tenir, à rester enfermée tout ce temps. Je vais me la couler douce encore un jour ou deux, ensuite je retournerai au bureau. Et toi, c'est quoi le programme ?

Marco : Je compte faire un saut à mon atelier tout à l'heure. Ça va me faire du bien.

Norah : Je dois te laisser, le kiné revient. On se reparle plus tard.

Marco : OK.

Elle me manque. Ça me paraît surréaliste de le penser, mais c'est vrai. On ne se connaît pas depuis longtemps, mais ce qui nous est arrivé n'est pas banal.

– Alors comment va la demoiselle en détresse ? me lance Enzo en me rejoignant après sa douche.

– Elle a commencé des séances de kiné pour sa cheville.

– Bien, tu la revois quand ?

– Je ne sais pas, réponds-je nonchalamment.

Je ne peux pas m'empêcher de penser que je ne suis pas un homme pour Norah. Si elle connaissait ma part sombre, elle me fuirait, c'est certain.

– C'est quoi le souci ? Elle te plaît, non ?

– Oui, mais à la base, c'était juste un flirt de vacances…

– Tu vas me faire croire que si les choses avaient été différentes, tu n'aurais pas gardé le contact à ton retour ?

– Honnêtement, je ne pense pas. Tu sais que je bosse comme un dingue et que j'ai trop peu de temps à accorder à une nana pour que notre relation fonctionne.

– OK, mais ça ne s'est pas passé comme ça. Le fait de vous retrouver perdus vous a fait partager quelque chose de plus fort, je me trompe ?

Face à mon air sceptique, il continue :

– Si j'ai bien compris ce que tu m'as dit hier, vous vous êtes confiés l'un à l'autre sur pas mal de sujets sur lesquels vous êtes discrets d'ordinaire.

Je hoche la tête et l'invite à poursuivre sa théorie. Je garde pour moi que je n'ai pas tout révélé à Norah.

– Donc vous avez créé un lien particulier. Tu ne peux pas faire comme si de rien n'était juste parce que vous êtes de retour chez vous et que les choses ne devaient pas se dérouler ainsi.

– On ne s'est pas fait de promesses.

– Et ce bout de papier où il ne manque que son numéro de sécurité sociale, c'est quoi à ton avis pour elle ?

– On a commencé à se draguer parce qu'on pensait qu'à la fin de la semaine, on ne se reverrait plus. Je ne sais pas trop comment gérer la situation si ça doit être plus que ça. J'ai peur de gâcher nos souvenirs, à l'un comme à l'autre.

– Encore et toujours ta peur… Faut que tu te secoues, mec ! Elle ne t'a pas filé son numéro pour juste prendre des nouvelles, mais parce qu'elle a envie de plus. Donc, arrête de faire le con et propose-lui un rencard.

Il me laisse sur ces mots, déjà en retard pour son rendez-vous médical de suivi. Ça fait longtemps qu'il n'accepte plus que je l'accompagne.

– C'est quand ton prochain rendez-vous ? lui demandé-je avant qu'il ne parte.

– Dans un mois.

– Inutile de prévoir le taxi, c'est moi qui t'emmènerai.

Il pivote avec son fauteuil et me fixe. Il comprend que j'ai passé un cap et suis prêt à aller de l'avant.

– Ça marche, accepte-t-il, un air heureux sur le visage de sentir que je suis enfin là pour lui comme il le faut.

Après son départ, je file à mon tour sous la douche. J'ai des courbatures dans les jambes et les bras, mais rien de plus à signaler. Je peux m'estimer chanceux.

Lorsque je retourne dans la cuisine, Yohan émerge à peine.

– Tu vas bosser ? s'étonne-t-il en me voyant prêt à partir.

– Ouais. Ça va me permettre de me vider l'esprit.

– Mec, désolé de te dire ça, mais si deux jours perdus dans la nature n'ont pas pu le faire, tu n'y arriveras jamais.

– Ah ! Ah ! Très drôle !

– J'ai entendu votre conversation avec Enzo. Il a raison. Tu te voiles la face si tu penses que Norah n'aurait été qu'une passade. Je vous ai vus ensemble, moi : vous aviez déjà une complicité particulière avant de vous paumer.

– Si tu le dis, raillé-je avant de le saluer.

– Si c'était que pour du cul, tu l'aurais chopée au camping.

– Je n'en ai pas eu l'occasion, je te signale.

– Pas à moi ! Si tu ne l'as pas fait, c'est parce qu'elle te plaisait déjà au-delà du sexe et que tu ne voulais pas juste le faire vite fait dans la tente ou dans la caravane.

Qu'est-ce qu'il peut m'énerver quand il a raison !

– Tu claqueras la porte derrière toi ! lui lancé-je en prenant mes clés.

Je l'entends baragouiner un oui avant de quitter l'appartement.

Retrouver mon atelier et me perdre dans le travail va me permettre de réfléchir. Bien sûr, j'ai envie de revoir Norah, mais c'est ce que je souhaite à propos de nous qui n'est pas clair dans mon esprit. Est-ce que je veux poursuivre ce début de relation ? En a-t-elle envie, elle ? Enzo a sûrement raison, si elle m'a laissé son numéro, c'est bien pour s'assurer que l'on garderait contact. Peut-être qu'elle se pose les mêmes questions que moi maintenant qu'elle est de retour chez elle ? J'ai conscience que nous avons partagé des confidences particulièrement intimes et je ne souhaite pas gâcher ça en nous revoyant dans nos petites vies tranquilles. Si je décide de tenter quelque chose, il va me falloir être honnête avec elle, quitte à prendre le risque qu'elle s'enfuie en courant.

CHAPITRE 31

NORAH

Devant mon placard, j'hésite à choisir une robe pour la soirée henné qu'organise Elif. Après une dizaine de jours, mes jambes témoignent encore de ma chute, mais je sais que mon amie et ses cousines seront toutes apprêtées. Je finis par me décider pour un pantalon noir trois quarts et un chemisier gris en soie. Je coiffe mes cheveux avec une natte sophistiquée, comme me l'a appris Flavie. Elle sera ravie de constater que ses cours portent leurs fruits.

Je sors de ma chambre pour me décider sur la paire de chaussures que je vais bien pouvoir enfiler. En une semaine de rééducation, l'état de ma cheville s'est nettement amélioré, mais je peux tout de même oublier les talons hauts. Mon kiné m'a recommandé de laisser tomber les béquilles et d'y aller progressivement.

J'opte pour une paire plate, vernie, qui s'assortit avec ma tenue.

– Tu vas chez les Yilmaz ? m'interroge ma mère en me rejoignant dans l'entrée.

– Oui, une des amies d'Elif vient pour nous tatouer au henné avant le mariage. Et toi, tu as quelque chose de prévu ? lui demandé-je en constatant qu'elle a passé une jolie robe et qu'elle a fait un effort côté maquillage.

– Oh ! Hamza m'invite au restaurant ce soir.

– Et pas au fast food du bout de la roue, si j'en crois ton élégance.

– Il n'a pas intérêt, en tout cas, s'exclame-t-elle en riant.

– Si c'était le cas, en te voyant, il changera forcément ses plans.

Je ris avec elle, avant de l'embrasser et de quitter notre appartement.

Elif et moi vivons dans le même immeuble, j'arrive donc à la soirée en quelques secondes, le temps que l'ascenseur me fasse monter quelques étages. Je toque et la porte s'ouvre aussitôt sur Myriam, la mère d'Elif, qui se réjouit dans sa langue maternelle tout en me serrant fort contre elle.

– Tu m'as fait peur, ma fille ! finit-elle par me dire en français. Laisse-moi te regarder ! Promets-moi de ne plus jamais disparaître comme ça.

– Je ferai mon maximum, la rassuré-je en souriant avant de l'embrasser sur les deux joues.

Je pénètre dans l'appartement et me faufile parmi les femmes présentes. Je salue celles que je connais, des cousines d'Elif en majorité. Ça sent bon le thé et la nourriture orientale.

Guidée par mon estomac, je me dirige vers la cuisine et y retrouve Flavie et Elif.

– Voilà la disparue ! m'accueillent-elles, fières de m'affubler de ce surnom.

Elif porte un caftan dans les tons de vert et de pourpre. Ses cheveux sont remontés dans un chignon strict qui met en valeur son cou fin, et son maquillage est discret, mais lui fait un teint incroyable.

– Tu es sublime, la complimenté-je en la faisant tourner sur elle-même. Comment tu te sens à l'approche du jour J ?

– Stressée, parce que chaque fois j'y songe, je pense à ce qu'il nous reste encore à faire ! Mais ça va aller. Ce n'est pas comme si j'avais le choix, souffle-t-elle en respirant un grand coup. Et toi ? Tu vas bientôt pouvoir courir un cent mètres ?

– Un cent mètres, je ne sais pas, mais je serai prête pour le halay[2], pas d'inquiétude !

– Faut absolument que tu me réapprennes les pas, d'ailleurs, s'exclame Flavie. Je ne me souviens plus du tout comment ça se danse.

– C'est comme le vélo, ça ne s'oublie pas ! la rassure Elif. Dis-moi, Norah, je suis tombée sur

2. Danse traditionnelle turque lors d'un mariage

ta mère et Hamza dans l'ascenseur hier, c'était… Comment dire ?

– Bizarre ? propose Flavie. Je les ai croisés à l'épicerie, moi, et mon cerveau les a imaginés en train de…

– Beurk, stop ! la coupé-je, horrifiée. Ne glisse pas dans mon esprit des images de ma mère et lui ensemble.

Nous partons dans un fou rire avant de nous reprendre, car nous attirons les regards sur nous.

– Il faut tout de même avouer que c'est grâce à son soutien que ma mère parvient à ne plus boire.

– Trinquons à sa santé, alors ! propose Flavie.

Elif et moi approuvons d'un signe de tête. Elle me sert du jus de pomme, avant que nous entrechoquions nos verres.

– À Hamza, commence Flavie, le seul vendeur d'alcool qui n'aime pas ceux qui en consomment !

Je ris en levant les yeux au ciel, reconnaissante au fond de mon cœur que le destin ait placé cet homme sur le chemin de ma mère.

– Bon, on va aller au salon, sinon toutes les cousines d'Elif vont nous doubler et on ne passera jamais pour le henné.

Lorsque nous arrivons dans la grande pièce, les mères de famille présentes viennent m'étreindre les unes après les autres. Elles me connaissent toutes, habitant pour la plupart dans la cité. Elles remercient Dieu de m'avoir permis de m'en sortir.

– On a entendu que tu t'étais perdue avec un homme, me glisse une de filles du quartier, avide de détails.

– Oui, c'est vrai, approuvé-je de façon laconique.

– Tu vas venir au mariage avec lui ? me questionne une autre.

– Je ne sais pas…

– Tu ne comptes pas le revoir ? insiste la première.

– On vous demande, nous, si vos pères sont au courant que vous fricotez avec les mecs du bâtiment 3 ? Non ! Donc, lâchez-la, intervient Flavie.

Sa réplique a le mérite de les faire taire. Je ris sous cape avec mes amies. Nous attendons notre tour dans un coin de la pièce, à l'abri des oreilles indiscrètes.

– Tu sais que Marco est le bienvenu au mariage si tu souhaites venir avec lui ! murmure Elif comme si elle marchait sur des œufs.

– C'est gentil, mais je ne pense pas qu'il m'accompagnera.

Je hausse les épaules tout en feignant d'être intéressée par les arabesques que trace la jeune femme préposée au henné sur la main d'une invitée, comme si le reste n'avait aucune importance.

– Y'a un souci ? m'interroge Flavie, me connaissant par cœur.

– Non, aucun.

– Vous avez bien gardé contact ? Tu nous as dit qu'il t'avait envoyé des messages dès le lendemain de notre retour.

– Oui, on s'en envoie toujours.

– Et donc ? Pourquoi tu ne lui demandes pas de venir au mariage ?

– Je ne sais pas… Je ne crois pas qu'il ait envie qu'on se revoie, lâché-je finalement à mes amies en les regardant à nouveau.

– Qu'est-ce qui te fait penser ça ? s'étonne Elif.

– On échange des messages tous les jours, mais il n'a jamais proposé de rendez-vous.

– Vous parlez de quoi dans ce cas depuis une semaine ? m'interroge Flavie, surprise.

– De nos boulots, de mon dos, de ma cheville et de choses complètement futiles.

– Il ne t'a pas invitée à boire un verre ?

– Non…

– Raison de plus pour lui proposer de t'accompagner au mariage d'Elif !

– À vrai dire, j'ai peur qu'il refuse.

– Tu seras fixée, au moins.

– S'il me sert une excuse pour ne pas venir, tout sera terminé.

– Tout quoi ? Vos échanges de messages d'une banalité affligeante ? Arrête, tu veux, peste Flavie.

– Je suis d'accord avec Norah. C'est à lui de faire le premier pas pour un rencard, me soutient Elif.

– Pourquoi ? s'insurge Flavie. Parce que c'est lui le mec ? Hé oh ! On est en 2021, les femmes peuvent prendre les devants.

– Ce n'est pas ça, calmé-je mon amie. À la base, Marco et moi avons flirté ensemble le temps des vacances. Il n'était pas question d'un après.

– Mais tout est différent à cause des évènements ! Vous vous êtes rapprochés plus que prévu…

– C'est ce que je pensais, mais peut-être que Marco n'est pas de cet avis. Maintenant qu'il est de retour chez lui, peut-être que la magie des vacances l'a quitté et qu'il ne souhaite pas me revoir. Peut-être aussi que ça lui rappellerait de trop mauvais souvenirs, mais que par respect pour ce qu'on a partagé, il ne me met pas un vent clairement… Il préfère attendre que je me lasse.

– Je suis étonnée par son comportement, avoue Elif en y réfléchissant. Il ne semble pas être le genre de mec à ne pas dire ce qu'il pense.

– Ce n'est pas grave, affirmé-je, autant pour moi que pour elles. Il y a quinze jours, je ne le connaissais même pas, donc je devrais m'en remettre rapidement. Tu n'as pas non plus de nouvelles de Yohan et tu n'as pas le cœur brisé. C'est pareil pour moi.

– Rien à voir ! Yohan et moi, c'était clair dès le départ, me lance Flavie. Tu ne nous feras pas croire que toi, tu t'en fous. Tu as eu un crush pour ce mec au camping. Il a un petit quelque chose qui t'incite à le laisser t'approcher.

– Je ne prétends pas le contraire. Je dis juste que je ne vais pas le supplier de m'accorder un rendez-vous.

– Mais tu ne le supplies pas puisque tu ne lui as même pas encore proposé. Prends ton téléphone et envoie-lui tout de suite un message pour l'inviter au mariage d'Elif et Ohran, insiste Flavie.

– Je crois qu'elle a raison, finit par lui accorder notre future mariée. À quoi ça sert de continuer à vous parler par texto s'il ne souhaite pas te revoir ? Au moins, tu sauras à quoi t'en tenir.

Je les observe tour à tour. Il est clair que je ne vais pas y échapper. J'ai beau tenter de faire comme si l'attitude de Marco ne m'atteignait pas, elles ne sont pas dupes. *Quelle mauvaise comédienne je fais !*

– OK ! abdiqué-je en sortant mon portable de la poche de mon pantalon.

Je déverrouille l'écran et découvre un message non lu.

Marco : Il me semble que ta cheville
est assez remise pour te conduire
à un resto de fruits de mer.
Tu es dispo samedi ?

CHAPITRE 32

MARCO

– Ça y est, c'est envoyé ! Vous me foutez la paix, maintenant ?

Enzo et Yohan me tannent depuis le début de la soirée pour que je contacte Norah. Pourquoi leur ai-je avoué que j'hésitais à la revoir ? Je suis vraiment con, parfois. Je descends une nouvelle gorgée de mon soda, fébrile, dans l'attente de sa réponse. Je me voile la face en faisant comme si me contenter de quelques messages me convenait. Pour autant, je n'ai pas envie de lui donner de faux espoirs. Norah n'est pas comme sa pote Flavie, elle attend plus qu'une soirée dans les draps d'un mec. Et moi, je ne sais pas ce que je veux. Avec n'importe quelle autre fille, c'est clair, je cherche juste un peu de plaisir, mais avec Norah, c'est différent. Et elle ne connaît pas tout de moi. Elle ignore le genre de personne que j'étais avant l'accident de mon frère. Je représentais tout ce dont elle a horreur.

Je parle au passé, mais je ne suis pas certain d'avoir complètement tourné cette page de ma vie. Et c'est ce qui m'effraie le plus.

J'ai peur de ne pas être à la hauteur. Même si j'accepte mieux l'état de mon frère, l'idée de démarrer une relation alors que j'ignore s'il trouvera une nana prête à s'engager malgré son fauteuil m'empêche de me projeter dans l'avenir. Je ne voudrais pas que Norah en fasse les frais.

Toute la semaine, j'ai pris de ses nouvelles. De son côté, elle a continué à m'envoyer des photos de sa cheville qui a dégonflé et même une mini vidéo d'elle en train de marcher dans la rue pour me montrer ses progrès. Mais pas une fois, elle n'a évoqué le fait de nous revoir. Elle a compris qu'il ne fallait pas me brusquer. Son comportement bienveillant me démontre que j'ai raison et que je dois veiller à ne pas faire machine arrière si nous allons plus loin.

Je n'ai pas le droit d'inviter mes démons dans son quotidien…

– Je ne te lâcherai pas avant que le rencard soit fixé, me prévient mon frère. J'arrive pas à comprendre quel est ton problème !

– C'est juste une nana que j'ai rencontrée en vacances, y a pas à chercher plus loin, m'emporté-je en énonçant le pire des mensonges.

Enzo ne sait pas que Norah ne touche pas à l'alcool à cause de sa mère. Il ne peut donc pas cerner toutes mes peurs. J'évite d'aborder ce sujet, car je sens que j'aurais une envie irrépressible de me descendre une bière pour supporter la discussion.

– Non, mais tu t'entends parler ? Norah a réussi à te faire bouger ton cul sans que tu te sentes coupable. Rien que pour ça, elle mérite une médaille. Je devrais peut-être lui proposer un rencard, moi, si tu es trop con pour comprendre qu'elle a quelque chose de spécial.

– Trop tard ! le nargué-je en lui balançant à la tronche le bouchon de mon soda. Elle vient de me répondre.

– Dieu merci, elle, au moins, ne tergiverse pas pendant des heures.

Norah : Je prépare la petite robe
couleur pêche dont je t'avais parlé ;)

– Qu'est-ce qu'elle dit ? me demande mon curieux de frangin.

– Tu veux peut-être faire la discussion à ma place ? lui lancé-je, n'ayant aucune envie qu'il sache ce qu'elle vient d'écrire.

– Ça irait sûrement plus vite qu'en te laissant aux commandes !

– Très drôle !

– Ça te ferait les pieds qu'elle refuse, tiens ! se marre Yohan avec mon frère.

Je leur lance un regard noir, malgré le sourire en coin que je tente de réprimer. Ces deux-là ont décidé de me faire chier !

Marco : Je me souviens
de chaque détail que tu as mentionné
sur cette possible soirée.
Ne change rien au scénario, surtout.

– Et si elle était différente dans la vie normale ? laissé-je échapper à voix haute.

– Mec, souffle Yohan, vous vous êtes tournés autour au camping avant de vous paumer. Et vous étiez déjà très complices. Ça crevait les yeux qu'il y avait une alchimie entre vous.

– Arrête de chercher des excuses ! Depuis quand tu es un trouillard ? me lance Enzo. Et puis, il n'y a qu'une façon de le savoir : vous revoir.

– Tu lui as proposé quoi ?

– On avait évoqué l'idée de se faire un plateau de fruits de mer quand on avait la dalle là-haut, donc j'ai relancé ce projet.

– Et c'est pour quand ? Pas le mois prochain, j'espère ! se moque encore Enzo.

Il sait qu'en faisant ça, je vais vouloir lui prouver qu'il a tort.

– Ce samedi.

– Je te préviens tout de suite que je ne te laisserai pas te défiler, m'assure-t-il d'un air sérieux. Bon, je file me coucher, j'ai une séance de rééducation demain à la première heure.

– C'est pas l'après-midi normalement ?

– Plus depuis que j'ai remarqué qu'une jolie patiente était plutôt du matin.

J'observe mon frère quitter la pièce en me disant que celui qui a le plus de raisons de craindre pour son avenir amoureux, c'est lui. Yohan se lève à son tour pour partir.

– Je vais rejoindre des potes dans un bar, si ça te tente.

Une réponse de Norah rallume l'écran de mon téléphone.

– Je vais rester ici, décliné-je, n'ayant pas envie de sortir et de voir du monde.

– Comme tu veux, à plus ! Et mec, cette fille te plaît, alors ne fais pas tout foirer pour des raisons obscures. Laisse-toi porter…

– Rappelle-moi à quel moment tu es devenu un spécialiste en amour, toi ?

Yohan se marre et claque la porte derrière lui sans me répondre.

J'éteins les lumières et me dirige vers ma chambre. Je m'allonge sur mon lit et déverrouille l'écran pour lire le dernier message arrivé.

Norah : Je préfère le changer
pour te surprendre.

Je suis vraiment un imbécile. Pourquoi je repousse ces retrouvailles ? Norah m'effraie, mais d'une bonne façon. Je sens qu'elle peut modifier ma vision des choses sur le futur que j'avais imaginé pour mon frère et moi. Je sais que j'en ai besoin, alors pourquoi hésiter ? Je ne dois pas me laisser guider par la peur de voir ressurgir les spectres de mon passé.

Marco : Je connais un restaurant
qui sert les meilleures huîtres de tout
Lyon, dans le 6e arrondissement.
Un gentleman aurait fait
le déplacement vers ton côté
de la ville… Mais si tes jolies jambes
sont suffisamment remises pour venir
jusqu'à mon quartier, crois-moi, tu ne
seras pas déçue tant tu vas te régaler.

Norah : Samedi me semble loin, tout
à coup. Uniquement parce que j'ai
très envie de fruits de mer, bien sûr…
À quelle heure dois-je être là ?

À moi aussi, ces échanges donnent l'impression que le temps jusque-là va être long. Mais je décide de n'en rien laisser paraître.

Marco : À 20 heures,
rendez-vous sur place.

Norah : OK. À samedi, alors.

Je n'ai pas envie d'interrompre notre conversation, mais je ne sais pas comment la faire durer. En même temps, mes réponses n'incitent pas Norah à approfondir. Je ne peux en vouloir qu'à moi-même. Ça m'apprendra à avoir joué au con toute cette semaine.

Marco : À samedi.

CHAPITRE 33

NORAH

Après une heure de route, mon GPS m'annonce que je suis arrivée. La devanture du restaurant ressemble à s'y méprendre à une cabane de pêcheur. Des lattes de bois, peintes en bleu, recouvrent les murs extérieurs. Des filets et d'énormes coquillages ornent les fenêtres.

Je me gare sur une place, à quelques pas de là, avec seulement cinq minutes de retard. Je suis si stressée qu'on pourrait croire que c'est la première fois que je me rends à un rendez-vous galant. J'ai imaginé mille scénarios ces derniers jours quant au déroulé de cette soirée. Flavie et Elif ne m'ont pas été d'une grande aide, elles n'étaient d'accord sur aucune de mes indécisions.

Seigneur, je ne sais même pas comment le saluer en arrivant. Dois-je l'embrasser ? Lui faire la bise ? Je ne sais pas où nous en sommes ni même si nous avons commencé quelque chose. Est-ce que ce qui s'est passé dans les Gorges du Verdon doit rester dans les Gorges du Verdon ?

En activant le verrouillage automatique des portières, je m'oblige à être un peu plus courageuse. J'ai survécu à une chute vertigineuse et à deux nuits en pleine nature hostile, ce n'est pas un dîner qui aura raison de moi !

Je repère tout de suite Marco. Il m'attend devant le restaurant. Le bruit de mes talons hauts qui claquent sur le bitume attire son attention. En voyant son regard balayer mon corps, je remercie mentalement Flavie d'être venue à ma rescousse quant au choix de ma tenue. Nous avons opté pour une robe rouge un peu bohème qui dégage mon décolleté et s'arrête juste au-dessus des genoux. Elle est élégante, sans tomber dans le chic démesuré.

– Salut ! lancé-je avec trop d'enthousiasme pour que ça ne trahisse pas mon état de nervosité.

– Salut, me répond-il avec un léger sourire.

Mes mains se crispent autour de la pochette qui me sert de sac, les siennes restent enfoncées dans les poches de son jean. Notre naturel n'est plus au rendez-vous ce soir. C'est ce que je redoutais.

– On devrait entrer avant qu'ils donnent notre table à quelqu'un d'autre, finit-il par proposer.

Il m'ouvre la porte du restaurant et me laisse y pénétrer la première. Un serveur se presse à notre rencontre.

– Bonsoir, est-ce que vous avez une réservation ?

– Oui, au nom de Galliano, lui répond Marco.

– Tout à fait. Suivez-moi, je vous en prie.

Nous nous dirigeons vers une table pour deux personnes située du côté gauche de la salle, près d'une fenêtre. Le serveur tire un peu ma chaise en arrière pour me permettre de m'installer.

– Puis-je vous servir un apéritif ?

– Est-ce que vous avez des cocktails sans alcool ? lui demande Marco.

– Bien entendu, nous avons un punch et un virgin mojito.

– On en commande un de chaque ? me propose-t-il.

– Ça me va.

– Parfait, nous lance le serveur avant de repartir vers le bar du restaurant.

Le silence plane quelques secondes avant que Marco reprenne la parole, ses yeux posés sur mes bras.

– Je vois que tu as aussi un tatouage sur la main, maintenant !

– Oh ! m'exclamé-je en tournant le poignet pour mieux lui montrer le dessin. C'est du henné, ce n'est que temporaire.

– Je trouve ça très joli.

– Merci. On en met pour porter chance aux futurs mariés, dis-je pour lui expliquer la signification de cette tradition. Tu viens souvent ici ?

– On ne peut pas dire que je suis un habitué. J'y suis venu trois ou quatre fois et j'ai toujours très bien mangé. Comment va ta cheville ? J'ai constaté que tu ne boites plus du tout.

– Non, la rééducation a bien fonctionné. C'est en bonne voie de guérison.

Nous avons déjà évoqué tout ça durant nos échanges de messages, mais il faut croire que nous avons besoin de passer par ces banalités. Ça m'attriste de penser que nous avons perdu notre façon naturelle de communiquer.

– Et ton dos ? L'hématome est toujours là ?

– Il n'est plus douloureux, mais il n'a pas encore entièrement disparu.

– Peut-être que j'aurai l'occasion de le constater par moi-même un peu plus tard… me lance-t-il l'air de rien avec un léger sourire.

Je lui fais les gros yeux, feignant d'être choquée par son allusion. Le serveur, en refaisant son apparition avec nos cocktails colorés, m'empêche de répondre.

– À qui je sers quoi ? questionne-t-il.

– Posez-les au milieu, lui demandé-je. Nous allons les partager.

Une fois seuls à nouveau, nous prenons chacun un verre en main pour trinquer.

– Aux macaques enragés qui vivent reclus dans les Gorges du Verdon.

Je ris à gorge déployée tandis qu'il cogne sa boisson contre la mienne. Je n'arrive pas à croire qu'il se rappelle ce moment.

– J'allais proposer « aux filles maladroites qui chutent », mais je préfère ton toast.

Nous sirotons les cocktails à l'aide de notre paille, sans nous quitter des yeux. L'atmosphère commence enfin à se détendre, je suis soulagée.

Son portable, posé devant lui, se met à vibrer. Il vérifie qui le contacte en déverrouillant l'écran d'accueil.

– C'est un message de mon frère, m'indique-t-il en le consultant.

– Qu'est-ce qu'il a bien pu t'écrire qui te donne un tel sourire ?

Pour me répondre, il glisse son téléphone sur la table et l'oriente de mon côté de manière à ce que je puisse lire.

Enzo : Alors, tu l'as embrassée ???

– Je ne savais pas trop comment te saluer, m'avoue-t-il, un brin mal à l'aise.

– Ah bon ? Ça ne s'est pas du tout ressenti ! m'exclamé-je, ironique.

– Je pense tout de même avoir bien fait en ne l'écoutant pas sur la manière de faire.

– Il t'a conseillé quoi ?

– Qu'on conclue directement sur la banquette arrière de ma bagnole.

J'éclate de rire, avant de boire à nouveau quelques gorgées de cocktail pour cacher mon trouble. Je repense à l'instant où je me suis assise sur lui, alors que nous étions perdus. S'il n'avait pas freiné mes ardeurs, je serais allée jusqu'au bout, ce soir-là.

– Tes joues sont presque aussi rouges que la nappe, me lance-t-il avec un clin d'œil.

– Et donc, tu as opté pour un autre extrême ? Pas d'accolade, de petit bisou, nada, rien ?

– Je pensais pouvoir me reposer sur ta spontanéité naturelle.

– Quelle excuse pourrie ! Je me suis déjà jetée dans le vide pour que tu me tiennes dans tes bras, il me semble en avoir assez fait. C'est à ton tour de te mouiller, maintenant.

– Tu as raison, admet-il en reculant sa chaise.

Il saisit son téléphone, et se penche au-dessus de la table pour se rapprocher de moi. Je comprends qu'il souhaite prendre un selfie de nous lorsqu'il tend son bras en l'air. Je souris à l'objectif en collant ma tête contre la sienne, mais sa main libre oriente mon visage dans sa direction. Ses lèvres se déposent sur les miennes et nous nous embrassons comme des adolescents. Le temps pour lui de prendre une photo.

Lorsqu'il se rassied et pianote sur son téléphone pour envoyer la photo à son frère, j'en profite pour tenter de calmer les battements de mon cœur. Je n'irais pas jusqu'à dire que j'aurais accepté un petit tour dans sa voiture avant le restaurant, mais je m'embrase au moindre de ses contacts.

Son portable vibre à nouveau au moment même où il le repose. Nous lisons ensemble la réponse de son frère.

Enzo : Ça, c'est mon frère !

Nous échangeons un regard complice. À cet instant, je sais que nous avons retrouvé l'évidence qui nous a liés durant ces vacances. Il nous reste à découvrir si nous parviendrons à la faire perdurer. J'espère que c'est ce qu'il souhaite, car je m'imagine bien partager encore beaucoup de choses avec lui.

CHAPITRE 34

MARCO

Son rire mélodieux résonne encore alors que nous terminons nos desserts. Chacun de ses gestes, de ses mots et de ses sourires tout au long du repas m'a à nouveau séduit. Durant ces quelques jours sans elle, j'avais réussi à me persuader que Norah m'avait touché uniquement parce que je m'étais montré plus ouvert pendant ces vacances. Mais ici, dans ma ville, dans mon quotidien, elle m'attire toujours autant. Elle est naturelle, drôle et spontanée, ce qui la rend irrésistible. Je redoute déjà l'instant des au revoir, car je n'ai aucune envie de mettre fin à cette soirée.

– L'addition, s'il vous plaît, interpellé-je le serveur avant de reporter mon attention sur Norah. Ça te dirait de venir voir mon atelier ?

– J'espérais que tu le proposerais…

Elle se mord la lèvre pour retenir un sourire. Si elle savait à quel point je la trouve ravissante chaque fois qu'elle m'en offre un, elle ne le retiendrait pas.

L'employé du restaurant dépose la note sur la table. Norah tente de s'en saisir, mais je suis plus rapide qu'elle.

– Ne me fais pas le coup du mec galant qui invite la nana, par pitié.

– Pas du tout, je voulais simplement m'assurer que tous les tarifs étaient justes.

Elle pouffe en levant les yeux au ciel.

– Je suis sérieuse. Je tiens à ce que chacun paie sa part, Marco. Il n'y a aucune raison pour que ce soit l'homme qui règle d'office l'addition. Nous ne sommes plus en 1950 !

– Très bien, si tu y tiens.

J'apprécie qu'elle défende ses idées. Norah est une femme au caractère fort, contrasté par un cœur tendre. Je pense que c'est une des raisons pour lesquelles je ne suis pas insensible à son charme.

– On peut rejoindre mon atelier à pied, si tu veux. Il est à un tout petit plus de dix minutes de marche, lui proposé-je après que nous avons payé, alors que nous nous retrouvons sur le trottoir. Ça ira pour toi ?

– Je te suis, ça me fera de l'exercice pour assouplir ma cheville, le kiné sera ravi !

Je lui tends mon bras afin qu'elle s'y accroche. Elle ne se fait pas prier et nous entamons notre balade. Les rues sont assez fréquentées, la nuit commence à peine. Les fêtards se pressent dans les bars et restaurants aux alentours. J'ai hâte que nous soyons arrivés à l'atelier. Depuis que l'on se connaît, nous n'avons jamais pu profiter d'un moment rien que tous les deux, à part lorsque nous étions paumés au milieu de nulle part.

Norah se serre contre moi alors que nous avançons. Je l'observe et rencontre ses yeux pétillants. Je la prends de court en lui volant un baiser léger, sans m'arrêter. Son sourire attise encore mon désir. Je me rends compte d'à quel point elle m'a manqué depuis qu'on s'est quittés.

– C'est là, annoncé-je en ralentissant le pas tout en sortant les clés de la poche de mon pantalon.

Elle observe la devanture vierge de toute inscription. Rien n'indique l'activité que j'exerce ici. Je n'ai aucune envie d'être dérangé lorsque je travaille sur une pièce.

– Après vous, m'exclamé-je en lui faisant signe d'entrer.

Elle pénètre dans les lieux avec un regard curieux. Ses yeux se promènent partout. Je referme derrière nous à double tour, comme j'en ai l'habitude lorsque je suis seul.

Elle s'approche de la pièce sur laquelle je suis en train d'officier. Ses mains jouent avec les burins qui traînent sur l'établi, avant d'attraper le rabot à bois et de l'observer sous toutes ses formes.

– Ça sert à retirer du bois de façon régulière, lui expliqué-je.

– Et ça ?

– C'est une pince à angle droit. Ça permet de fixer plus facilement plusieurs planches ensemble afin de les maintenir collées le temps que ça prenne.

Elle continue sa découverte de mon univers. J'aime la voir s'intéresser aux objets et aux petits meubles qui patientent ici, soit parce qu'ils n'ont pas encore trouvé preneur, soit parce que je n'ai pas souhaité les vendre à cause d'un défaut.

Nos regards se croisent et le même sourire se dessine sur nos visages. Nous sommes conscients que nous n'avons envie que d'une seule chose à présent, mais que nous nous retenons. Pour une raison qui m'échappe, d'ailleurs.

– C'est maintenant que tu m'avoues n'avoir jamais amené une fille dans ton antre, histoire que je me sente spéciale ? me lance-t-elle, espiègle.

– Tu serais déçue d'apprendre qu'au contraire c'est mon repère pour faire disparaître les petites culottes ?

– Je ne sais pas… Peut-être…

– Je ne sais pas si ça suffira à ce que tu te sentes spéciale, mais je peux t'assurer que depuis le jour où je t'ai rencontrée, tu as effacé toutes les femmes que j'ai connues auparavant, énoncé-je de façon théâtrale en posant une main sur mon cœur.

Elle rit en attrapant un ciseau à bois.

– Ne jamais se moquer d'une femme armée ! me menace-t-elle en affichant un air faussement contrarié.

– Dans les téléfilms, ce type de déclaration fonctionne toujours, me défends-je en m'approchant d'elle.

– Mais nous sommes dans la réalité et le fait que tu m'as sauvé la vie t'autorise à faire l'impasse sur ce genre de pseudo romantisme, argue-t-elle alors que je récupère le ciseau à bois.

Je le dépose sur l'établi avant de faire disparaître la distance qui nous sépare. Mes mains entourent sa taille pour l'attirer contre moi. Elle ne me lâche pas des yeux tandis que son souffle se saccade, à l'image du mien.

Ma bouche fond sur la sienne. Les souvenirs de nos quelques baisers échangés me reviennent en mémoire, me réclamant d'en créer de nouveaux. Nos langues se taquinent, décuplant mon désir. Mes mains descendent sur l'arrondi de ses fesses alors que je colle mon bassin contre le sien. Un gémissement léger lui échappe, j'y réponds par un grognement. Ses doigts tirent sur la racine de mes cheveux, rendant mon souffle erratique. Norah prend le contrôle de notre baiser et l'approfondit comme pour me signifier qu'elle a besoin de plus. Ce soir, contrairement à lorsque nous étions perdus, je ne compte pas l'arrêter. Je descends la fermeture au dos de sa robe et redécouvre la douceur de sa peau du bout des doigts. Repensant à sa chute, je mets fin à notre baiser et la fais pivoter pour vérifier par moi-même l'état de son dos. Face à son regard interrogateur, je la rassure.

– J'avais besoin de voir de mes propres yeux que ton hématome s'est résorbé.

J'embrasse l'arrondi de ses épaules délicates. Ma bouche se perd sur le haut de son dos, jusqu'à sa nuque. Je fais glisser les fines bretelles de sa robe le long de ses bras. Elle tombe au sol dans un mouvement fluide, me révélant les courbes avantageuses de Norah. Je retiens mon souffle en découvrant qu'elle ne porte pas de soutien-gorge. Mes mains remontent sur son ventre puis longent sa taille. Elles terminent leur course sur sa poitrine dénudée. Je mémorise ses formes à l'aide de mes caresses, et le goût de sa peau grâce à mes baisers.

Elle laisse retomber sa tête contre moi et je profite qu'elle m'offre son cou pour le mordiller.

– J'essaie de me retenir pour ne pas précipiter les choses, mais tu ne me facilites pas la tâche, lui confessé-je en roulant ses tétons dressés entre mes doigts.

– Je pense qu'on a assez attendu, tu ne crois pas ? me répond-elle en me faisant face à nouveau.

À ses mots, je ne refrène plus mes ardeurs. J'ai bien trop envie d'elle depuis ce fameux soir, lors du feu d'artifice. Je la soulève et la dépose sur l'établi, après avoir envoyé valdinguer mes outils qui heurtent le sol dans un bruit assourdissant. Elle rit de ma précipitation soudaine, avant que je ne reprenne nos baisers, encore plus impatients que les précédents.

Ses mains s'activent pour me libérer de mon pantalon. Quand elle y parvient et se met à caresser mon membre tendu, je mords sa lèvre pour tenter de la calmer, mais ça ne fait que l'encourager dans ses mouvements.

Je pose mon front contre le sien pour savourer cet instant. Nos souffles se répondent et se mélangent. Nos regards se rivent l'un à l'autre tandis que je la déleste de son unique sous-vêtement. Elle m'aide en se dandinant sur le plan de travail avant de crocheter ses jambes autour de ma taille pour me rapprocher d'elle. Je m'efforce de prendre mon temps pour m'immiscer en elle, mais Norah me fait comprendre qu'elle a besoin de plus en mordillant à son tour mes lèvres.

Message reçu cinq sur cinq. D'une poussée, je la pénètre jusqu'à la garde. Son intimité se contracte autour de mon sexe pour mon grand plaisir. Nos lèvres se retrouvent et se dévorent, comme prises d'une frénésie soudaine. Mon bassin démarre des mouvements de va-et-vient que je maîtrise à peine. Je ne suis plus en mesure de gérer quoi que ce soit. C'est bien trop bon d'être en elle, de sentir qu'elle perd pied tout comme moi.

Je ne loupe aucun des gémissements qu'elle me souffle au creux de l'oreille. J'accélère encore quand sa respiration commence à se faire plus courte et ses plaintes plus fortes. Je la sens proche du point de non-retour. Ma bouche se perd dans son cou. Je le goûte et le lèche pour lui déclencher des frissons, alors que mes assauts ne faiblissent pas. Elle incline son visage de façon à pouvoir m'embrasser encore. Mes mains remontent dans son dos pour la plaquer contre moi, comme si je craignais qu'elle m'échappe. Je ne veux pas rompre ce moment. Je n'en ai pas fini.

– Ne t'arrête pas, me souffle-t-elle entre deux baisers.

Elle le crie même quand l'orgasme l'emporte. Elle est sublime, ravagée par le plaisir. Elle me le répète alors qu'elle reprend pied dans la réalité. Je succombe au plaisir en soudant une nouvelle fois nos lèvres et en poursuivant ma conquête de son corps.

Cette première fois valait toutes nos occasions manquées. Norah et moi avons trouvé un nouveau domaine dans lequel nous sommes complices. Nos corps se répondent comme s'ils se connaissaient déjà. Je ne sais peut-être pas encore avec exactitude ce que je souhaite que l'on devienne, mais je suis certain de ne plus craindre de découvrir ce que notre relation pourrait donner. Je dois me faire confiance et laisser le passé là où il est.

CHAPITRE 35

NORAH

Mon corps est soulagé de la tension accumulée ces deniers jours. Mes doutes se sont envolés au fur et à mesure de la soirée. J'ai retrouvé le Marco dont je suis tombée sous le charme en vacances. Une fois à l'abri des regards dans son atelier, il nous a été impossible de refréner nos ardeurs. J'ai aimé le sentir perdre pied et ne plus pouvoir attendre pour me faire l'amour.

Debout devant son établi, j'observe le croquis qu'il a élaboré pour créer un lit avec bureau et bibliothèque intégrés. Le sommier est en hauteur pour laisser la place en dessous à une planche de travail ainsi qu'à des compartiments et des tiroirs. Quelques marches permettent de grimper pour se coucher. Tout autour, il a prévu une bibliothèque qui atteint le plafond. Il a pensé à ajouter un système de voilages de façon à pouvoir s'enfermer dans un petit cocon.

– C'est pour l'anniversaire de la fille d'un de mes clients de longue date. Il possède une boîte de rénovation et me confie toujours l'aménagement de ses véhicules pour que ses employés puissent ranger leurs outils correctement, m'explique-t-il tout en remontant la fermeture Éclair de ma robe.

– Elle a beaucoup de chance. Tu lui as créé tout un univers.

– Je me suis surtout montré présomptueux. Ça va me demander beaucoup d'heures de travail et j'ai plutôt intérêt à finir pour la date prévue si je ne veux pas la décevoir.

– Tu as combien de temps ?

– Cinq mois. Si je n'avais que ça à faire, ça pourrait aller, mais ce n'est pas le cas.

– Je suis certaine que tu adores passer tes nuits ici.

– Tu as raison. Bosser sur ce projet me passionne, même si les conditions ne sont pas idéales. Imaginer des pièces et les concevoir est ce que je préfère.

Marco dégage quelques mèches de cheveux de mon cou et m'enlace en restant dans mon dos. Il pose son menton sur mon épaule. J'en profite pour lui voler un baiser.

– Il se fait tard, je vais devoir y aller, constaté-je alors que je n'en ai aucune envie.

– Il fait nuit noire maintenant, ce n'est pas raisonnable de conduire.

– Je ne suis qu'à une heure et je te promets que je ne risque pas de m'endormir…

– Je ne serai pas tranquille de te savoir sur la route.

– Je t'appelle dès que je suis chez moi.

– En quoi est-ce censé me rassurer ? Est-ce que ça te mettra en sécurité pour autant ? Si tu ne m'appelles pas, qu'est-ce que je fais ? Reste dormir chez moi, tu partiras demain matin.

Je grimace et reprends un peu mes distances.

– OK… Alors je comprends que tu ne sois pas à l'aise à l'idée de me laisser rentrer dans ces conditions, je me doute que ça va t'inquiéter à cause de l'accident de ton frère, mais je refuse que tu m'invites chez toi pour cette raison. Dans ce cas, pour te rassurer, j'appelle un taxi et je me débrouillerai pour récupérer ma voiture un autre jour.

Je me dirige d'un pas décidé vers mon sac à main. J'aurais apprécié passer la nuit avec lui, mais pas faute de meilleure solution.

– Norah, souffle-t-il en revenant vers moi. J'ai été maladroit. Bien sûr que je souhaite que tu viennes chez moi parce que j'ai encore envie d'être avec toi.

– Ce n'est pas ce que tu as expliqué. Tu me proposes de dormir chez toi uniquement parce que tu ne veux pas que je reprenne la route.

– Disons que cette excuse m'a semblé parfaite pour ne pas te révéler que je ne veux pas que tu partes. Parce que j'ignore si tu désires rester et que j'ai eu peur de me prendre un râteau.

– Donc tu penses que je suis venue pour un resto, m'envoyer en l'air et basta ?

– C'est sûr que dit comme ça…

– Ce qui m'a décidée, c'est l'envie de te voir, lui avoué-je. Si tu m'avais proposé un plateau télé chez toi, ou même simplement de boire un café, ma réponse aurait été la même.

– Alors, reste, s'il te plaît, me demande-t-il en attrapant mes mains et en croisant nos doigts. J'avais aussi envie de te revoir, peu importe l'endroit et ce qu'on aurait fait. J'ai juste eu du mal à le formuler. Mais je n'attends que ça de passer la nuit avec toi. On pourra profiter du confort d'un lit pour une fois, en plus.

Je souris à sa remarque. Il est vrai que le confort n'est pas ce qui caractérise nos rapprochements jusqu'à maintenant.

– J'espère que tu as un *king size* parce que je gigote beaucoup.

Il se met à rire avant de me déposer un léger baiser sur les lèvres.

Nous quittons son atelier et reprenons la route à pied.

– Donc ici, c'est ton quartier, si je comprends bien. Tu vis et tu travailles ici.

– Ça m'évite de perdre mon temps dans les bouchons. Enzo et moi avons emménagé ensemble il y a deux ans. Quand j'ai vu l'annonce pour louer le local à quelques rues, je n'ai pas hésité.

À l'époque, je passais plus d'une heure dans les embouteillages tous les jours.

– Ton frère sera là ?

– Oui, tu le croiseras sûrement demain matin.

Enzo a une place plus qu'importante dans la vie de Marco, et j'ai déjà tellement entendu parler de lui que j'ai hâte de le rencontrer.

Marco nous fait pénétrer dans un petit immeuble qui semble bien entretenu. Nous longeons le couloir du rez-de-chaussée jusqu'à la porte du fond, qu'il ouvre à l'aide de sa clé. Le silence nous accueille et Marco me fait signe de ne pas faire de bruit. Il prend ma paume dans la sienne et me guide jusqu'à ce que je suppose être sa chambre.

Une fois à l'intérieur, nous n'y voyons pas grand-chose, mais Marco n'allume pas pour autant. Je distingue sa silhouette s'approcher de moi, avant qu'il ne passe ses mains dans mes cheveux.

– On en était où, déjà ? murmure-t-il à mon oreille, me déclenchant un frisson.

– À profiter du confort d'un lit, il me semble, rétorqué-je dans un souffle alors que ses doigts soulèvent ma robe.

***

Je quitte la salle de bains dans laquelle je viens de faire un brin de toilette après une nuit torride dans les bras de Marco. Je l'entends s'affairer pour nous préparer un petit-déjeuner quand une porte du couloir s'ouvre pour laisser sortir un jeune homme en fauteuil roulant.

– Tu dois être Norah ! s'exclame-t-il, tout sourire.

– Et toi, Enzo.

Il roule jusqu'à moi tandis que je parcours le reste de la distance. Nous nous arrêtons sur le seuil de la cuisine. Je me baisse à sa hauteur pour lui faire la bise, de façon spontanée, comme je le fais avec mes amis. Après tout, j'ai un peu la sensation de le connaître. Marco nous observe en déposant une troisième tasse sur la table.

– C'est bizarre, je m'étais imaginé que vous vous ressembliez.

– Heureusement pour moi que je ne me tape pas la même tête que lui tous les jours ! lance Enzo en entrant dans la pièce. Avoue que je suis beaucoup plus beau que lui, quand même.

Je ris en m'avançant à mon tour. Marco me fait signe de m'installer sur une chaise.

– Ne fais pas attention, c'est un jeu depuis qu'on est adolescents. Il tient le compte précis de celles qui le préfèrent à moi.

– Et qui remporte les suffrages jusqu'ici ?

– Moi, évidemment ! m'assure Enzo. Comme s'il pouvait y avoir un doute !

– Même avec ma voix du côté de Marco ?

– Ça, c'est uniquement parce que tu l'as rencontré avant moi, sinon, c'est certain, tu m'aurais choisi.

– Je ne crois pas, réfuté-je en faisant osciller mon attention de l'un à l'autre. Il y a quelque chose chez toi de rédhibitoire, Enzo.

Je sens Marco se tendre subitement.

– J'ai toujours préféré les mecs un peu mystérieux, au regard sombre, qui semblent en vouloir à la Terre entière. Tu es beaucoup trop solaire pour me plaire.

Son frère se met à rire franchement, alors que Marco se détend. Je saisis sa main tatouée et serre ses doigts entre les miens. Je ne prends pas mal qu'il ait eu peur que je dise quelque chose de blessant. Nous avons encore beaucoup de choses à découvrir l'un sur l'autre. Il apprendra que jamais je ne me moquerais de qui que ce soit.

– Norah, tu es officiellement la meilleure petite amie que Marco m'ait jamais présentée.

Je rejette de façon théâtrale une mèche de cheveux dans mon dos avant de leur sourire.

– Je vais me confectionner une écharpe à la façon des miss, avec écrit dessus « Meilleure petite amie de Marco Galliano, validé par Enzo ».

Alors que nous rions, Marco secoue la tête, dépité.

– J'aurais dû prévoir que vous seriez infernaux ensemble.

Nous entamons notre petit-déjeuner tous les trois dans la bonne humeur. Je m'active un peu pour ne pas trop tarder. Je dois rejoindre Flavie et Elif pour les aider à finaliser quelques préparatifs pour le mariage.

– Bon, je vous laisse, finit par nous lancer Enzo, la bouche encore pleine. J'ai été ravi de te rencontrer, Norah. J'espère te revoir bientôt.

– Idem.

– Tu vas où un dimanche matin ? l'interroge Marco en fronçant les sourcils.

– Faire un jogging.

– Très drôle ! lui répond-il en m'adressant un regard réprobateur, car je n'ai pu m'empêcher de pouffer.

Nous entendons la porte de sa chambre se refermer et je ne peux retenir mon sourire.

– Moque-toi, va, me taquine Marco en me donnant une légère tape sur la cuisse.

Je termine mon café et me lève pour déposer ma tasse dans l'évier. Je suis un peu stressée à l'idée de ce que je m'apprête à lui demander, même si les heures que nous venons de passer m'ont rassurée.

– Dans deux semaines, c'est le grand jour pour Elif et Ohran. Ça te dirait de m'y accompagner ?

Il réfléchit avant de répondre.

– C'est un évènement prévu depuis longtemps, les invitations doivent être envoyées aussi depuis belle lurette.

– Tu sais, ils ne sont pas à quelques personnes près vu le nombre d'invités. Et j'ai le feu vert des futurs mariés pour venir avec un cavalier.

– J'imagine que ta famille sera là…

– Famille, c'est un bien grand mot. Il y aura ma mère et Hamza, que tu as déjà rencontrés, et la famille d'Elif, qui est un peu comme la mienne.

– Ça fait officiel tout ça, non ?

Il me prend de court avec toutes ses questions. Je me sens ridicule. *Il faut que je parte d'ici avant de m'enfoncer !* J'esquisse un pas vers la chambre pour récupérer mes affaires, mais Marco me retient par la main.

– Je plaisante. Je suis très content que tu me proposes de t'accompagner.

– Ce n'est pas drôle de me faire ça ! l'engueulé-je alors qu'il se marre.

– Disons que c'était ma petite revanche, vu comme tu t'es moquée de moi à la remarque de mon frère.

– C'est mesquin, grogné-je, faussement en colère.

Il tire un peu sur mon bras pour me faire asseoir sur ses genoux. Il efface ma grimace en m'embrassant.

– Promets-moi juste une chose, me demande-t-il, l'air sérieux.

– Quoi ?

– N'attrape pas le bouquet de la mariée.

Je lève les yeux au ciel en souriant, puis reprends notre baiser. Je ne sais pas ce que l'avenir nous réserve, mais je suis heureuse que le destin nous ait permis de nous rencontrer, peu importe ce qui arrivera.

CHAPITRE 36

MARCO

L'alarme de mon téléphone résonne dans l'atelier. Je l'ai activée afin qu'elle retentisse à 18 heures. Tous les jours de la semaine, j'ai bossé tard pour avancer sur le lit de la fille de mon client, mais aujourd'hui, pas question de traîner. J'ai prévu une surprise pour Enzo et il nous faudra être à l'heure si on ne veut rien louper. J'ai aussi beaucoup travaillé pour être libre ce week-end afin de pouvoir profiter de Norah. Nous avons pris conscience qu'il va être compliqué de nous voir en semaine avec nos emplois du temps respectifs et l'heure de route qui nous sépare, mais nous allons trouver un rythme, j'en suis certain.

À peine ai-je posé un pied chez nous que j'appelle mon frère.

– Enzo ! hélé-je en jetant mes clés au milieu du bazar qui recouvre le meuble d'entrée.

– Ouais, je suis dans la cuisine.

Il est en train de battre des œufs au milieu d'un joyeux bordel. De la farine, du sucre ainsi que plusieurs ustensiles sales traînent sur la table et le plan de travail.

– Qu'est-ce que tu fous ?

– Je prépare un gâteau au chocolat.

– Et pourquoi ça ?

– Pour impressionner une fille, bien sûr !

– Évidemment, j'aurais dû m'en douter. Tu as besoin d'un coup de main ?

– Non, je gère.

– Ce n'est pas le sentiment quc tu donnes… Et il va falloir te grouiller parce que je t'emmène quelque part ce soir.

Il lève enfin ses yeux de son saladier pour me dévisager.

– Qu'est-ce que tu nous as prévu ? me demande-t-il avec l'air curieux.

Je me suis promis d'aller de l'avant et de ne plus prendre comme excuse le handicap de mon frère. Alors, hier, lorsque j'ai entendu à la radio qu'un groupe local que nous apprécions donnait un concert en plein air sur le parking géant d'une zone commerciale, je n'ai pas hésité. Je nous ai réservé des billets. J'ignore si ce sera le parcours du combattant pour mon frangin à cause de son fauteuil, mais peu importe, nous trouverons des solutions si nécessaire.

– Tu te souviens de ce groupe de rock qui avait fait une apparition lors du festival qui a eu lieu y a deux ans ?

– « Smash Everything » ?

– Oui ! Ils donnent un show ce soir à Lyon et devine qui a des places pour y aller ?

Je sors de la poche de mon jean les quatre billets que j'ai achetés pour l'occasion. Il me les arrache presque des mains pour vérifier que je ne lui mens pas. Il est déjà tout excité à la perspective d'assister à un concert. Nous avons toujours adoré ça, mais ne l'avons plus fait depuis son accident.

– Franchement, tu assures !

Il m'attire vers lui, je me baisse et nous nous prenons dans les bras. Nos témoignages d'affection m'avaient manqué.

– Et qui as-tu invité d'autre ? me demande-t-il en me rendant les quatre pass.

– Je voulais t'en parler avant. Soit on y va entre mecs et on propose à Yohan. Il trouvera bien quelqu'un à emmener…

– Compte sur Tristan pour rappliquer, s'esclaffe-t-il.

– Ou alors, tu invites cette nana rencontrée à ta rééducation et avec laquelle tu échanges plein de messages depuis une semaine, et de mon côté, je contacte Norah.

– Appelle Yohan, il avait adoré ce groupe, lui aussi. En plus, je ne sais pas encore si cette fille est intéressée, donc je me laisse du temps avant de lui proposer de nous voir.

– Tu comptes l'amadouer avec ton gâteau au chocolat, si je comprends bien…

– Tout à fait ! Il est si délicieux qu'elle voudra la recette, alors je l'inviterai ici pour la refaire avec elle, m'explique-t-il son plan millimétré. Et pour Norah, tu n'as pas besoin de ma permission. Elle est la bienvenue à l'appartement ou lors de nos sorties.

– T'es sûr ?

– Certain ! Propose-leur pendant que je termine ce gâteau.

Je lui balance de la farine dans la tronche avant de partir au salon pour prévenir nos invités de dernière minute. Pour Yohan, le message est court.

Marco : Rdv ce soir, 20 heures,
parking de la zone commerciale ouest.
Concert de Smash Everything.
Je t'ai pris un billet.

Pour Norah, je mets un peu plus les formes. Elle a peut-être déjà prévu quelque chose. Nous ne nous sommes pas vus de la semaine à cause de notre travail, mais nous avons passé toutes nos soirées au téléphone. Nous sommes simplement convenus de nous retrouver demain après-midi pour profiter du reste du week-end ensemble.

Marco : Tu aimes les concerts ?

Norah : Dès qu'il s'agit de remuer
mon corps, je suis partante.

Cette fille est incroyable. Elle parvient toujours à me faire sourire avec ses réponses. Et à m'exciter aussi…

Marco : Dispo pour le remuer
contre le mien à 20 heures ce soir ?

Norah : Avec plaisir. Donne-moi
l'adresse exacte et j'y serai.

Je lui transmets les informations nécessaires afin qu'elle arrive à bon port et rejoins Enzo dans la cuisine.

***

Sur place, je stationne sur une des places réservées aux personnes à mobilité réduite. Je sors de la voiture et m'empresse de déverrouiller le coffre pour en extirper le fauteuil de mon frère. Il a déjà ouvert sa portière lorsque j'arrive.

– Le carrosse de monsieur est avancé, annoncé-je en dépliant son fauteuil.

– J'avais presque oublié à quel point tu peux être drôle, me répond-il en se balançant dessus d'un mouvement fluide.

Il dépose ses pieds dans les cales prévues à cet effet et s'oriente vers la foule qui patiente. Des barrières délimitent le parterre accueillant le public. Une scène a été dressée pour l'occasion. J'adore ce style de concert en plein air. Le tarif des places est raisonnable et l'ambiance y est toujours festive.

Yohan nous a repérés et s'avance vers nous. Nous nous saluons en cognant nos poings.

– Tu as assuré avec ces billets ! me lance-t-il, heureux. Tu me diras combien je te dois.

– Rien du tout, ça me fait plaisir.

Je sors mon téléphone pour vérifier l'heure. Norah devrait déjà être là. Peut-être ne nous trouve-t-elle pas au milieu de tout ce monde. Je décide de l'appeler alors que les mecs partent en direction de l'entrée.

– Oui ? décroche-t-elle à la première sonnerie.

– Est-ce que tu es arrivée ?

– Peut-être… chuchote-t-elle, joueuse.

Je ris en imaginant très bien les traits espiègles que prend son visage lorsqu'elle minaude avec moi. Puis, je sens une main me toucher les fesses, avant de me les pincer.

– Coucou ! s'exclame-t-elle en passant ses bras autour de mon cou.

En guise de représailles, je pince les siennes à mon tour, avant de l'embrasser. Je tente de me maîtriser, mais elle m'a tellement manqué cette semaine que j'ai bien du mal à ne pas la plaquer contre ma voiture pour assouvir immédiatement mes envies.

– Toi aussi, tu m'as manqué, assure-t-elle lorsque je la libère enfin.

J'enlace nos doigts et nous rejoignons les garçons.

Je resserre mon étreinte alors que nous approchons du point d'entrée, où les billets sont vérifiés. Un membre du staff nous explique qu'on nous laissera passer la première rangée de barrières avant la scène afin que mon frère soit à l'aise avec son fauteuil.

– Tu vois, il y a des avantages à être en chaise roulante, fanfaronne-t-il. Pas besoin de se battre pour être au plus près de la scène.

– Si tu m'avais expliqué ça plus tôt, on aurait gagné du temps !

Nous rions tous les quatre alors que les autres personnes se dispersent sur le parking. Des petits groupes se forment ici et là, même si la majorité se presse derrière nous.

Plusieurs stands de boissons servent déjà des gobelets remplis de bière. Mon corps se tend. L'ambiance de la fête m'est compliquée à gérer. Elle me rappelle le garçon que j'étais avant. Je pourrais presque sentir le goût du houblon s'écouler le long de ma gorge. Cette sensation de manque me quittera-t-elle un jour ?

Le regard appuyé de Norah me sort de mes pensées.

– Tu restes chez moi après le concert ? lui demandé-je sans lâcher sa main. J'ai très envie que tu bouges ton corps contre le mien, mais sans spectateurs.

Elle rigole et s'approche de moi pour m'embrasser.

– Ça peut se faire, finit-elle par me lancer juste avant que les premières notes de musique résonnent.

CHAPITRE 37

NORAH

À la fin du concert, je suis certaine d'avoir perdu quelques points d'audition. La prochaine fois, il faudra que je pense à demander quel genre de musique nous allons écouter. J'en viendrais presque à préférer le classique de Flavie.

– On va boire un verre à l'appartement ? propose Enzo, encore survolté par l'ambiance.

– J'en suis, accepte Yohan.

– Tu nous suis avec ta voiture ? me questionne Marco.

– Ne t'inquiète pas, j'ai mon GPS. J'ai déjà enregistré ton adresse dedans, en plus.

Je l'embrasse rapidement avant de me diriger vers mon véhicule. Je remarque que Marco m'attend tout de même, ce qui me fait sourire. Il va de l'avant, la preuve en est cette soirée, mais il aura toujours cette peur de perdre ceux qui comptent pour lui.

J'espère qu'avec le temps elle s'estompera pour lui permettre de vivre plus sereinement.

Le trajet n'est pas long. Nous nous retrouvons tous dans leur salon. Yohan apporte des bières et en décapsule une pour lui et une autre pour Enzo, qui en descend deux gorgées sans attendre. Je suis un peu surprise de constater qu'Enzo n'a pas arrêté de boire d'alcool à la suite de son accident, contrairement à son frère. Je réalise à quel point Marco a été atteint par ce drame. C'est comme si Enzo avait eu toutes les répercussions physiques et Marco les psychologiques. Il arrive justement avec une bouteille de jus de fruits et des chips. Il nous sert un verre chacun et trinque avec moi en m'offrant un clin d'œil.

– Tu fais aussi partie de la team des *tutti frutti* ? m'interroge Enzo en arquant un sourcil.

– Jaloux, hein ? rétorqué-je en buvant.

Il se met à rire.

– J'avais raison, tu es la meilleure petite amie que Marco ait jamais eue !

– Tu en doutais ? m'indigné-je.

– Il faut dire qu'en classe de quatrième, il y a eu une certaine Stéphanie qui avait placé la barre haut quand même. Un premier baiser avec la langue, ça ne s'oublie pas comme ça…

Marco et Yohan se marrent et je ne peux m'empêcher de les imiter.

Les garçons discutent du concert et des chansons qu'ils ont préférées. J'observe Marco dans son élément, à l'aise. J'étais sensible à ce qu'il dégageait durant nos vacances, mais là, chez lui, avec sa famille, je suis complètement charmée.

– On les laisse entre eux ? me glisse Marco à l'insu de son frère et de son pote.

Je hoche la tête et nous nous levons en même temps.

– On vous abandonne pour ce soir, se contente-t-il de leur dire alors que nous quittons le salon.

– On va allumer la télévision, commente Enzo. Je mets le son à quel volume ?

Non, mais rien ne l'arrête !

– Ne t'en fais pas pour ça, Marco a plus d'un tour dans son sac pour masquer mes cris, rétorqué-je du tac au tac.

Yohan s'étouffe avec sa bière tandis qu'Enzo reste bouche bée. Nous tournons les talons et pénétrons dans la chambre de Marco.

– Mon frère va s'imaginer mille choses à mon sujet, maintenant.

– Tant mieux, ricané-je en attrapant les passants de son jean pour l'attirer à moi.

Lentement, sa main droite remonte le long de mon bras, puis sur mon épaule et finit sa course autour de ma gorge. Il caresse mon cou. Son pouce joue sur mes lèvres et je ne résiste pas à l'envie de le taquiner du bout de la langue. Il inspire brusquement en braquant sur moi un regard brûlant. Son doigt s'invite dans ma bouche tandis que je défais sa ceinture et ouvre les boutons de son pantalon. Ses paupières s'abaissent lorsque ma paume se referme autour de son membre. Il ne bouge plus et se laisse aller sous mes caresses. Seule sa respiration qui s'accélère trahit son état. Il libère ma bouche et passe sa main le long de ma nuque. Il pose son front contre le mien, au bord du précipice, alors que je ne relâche pas la cadence de mes attentions.

– Je crois qu'il est temps de te faire oublier le baiser de cette Stéphanie, annoncé-je avant d'incliner mon visage pour goûter à nouveau à ses lèvres.

Il rit avant de se reprendre et de se perdre dans ce baiser que je commande. Je l'allume, le cherche avec ma langue. Je l'enroule autour de la sienne, puis la lui refuse. Je capture ses grognements entre deux respirations. Mon prénom franchit ses lèvres et je suis heureuse de le voir dans cet état.

Soudain, il se recule pour m'arrêter.

– Je ne peux plus attendre, confesse-t-il en me poussant jusqu'à son lit.

Un sourire béat sur le visage, je m'allonge en retirant mon crop top. Ses yeux me dévorent et attisent le feu qui incendie déjà mon corps.

– Continue, m'ordonne-t-il en se débarrassant également de ses fringues.

Je ne me fais pas prier et glisse mon short le long de mes jambes.

Entièrement nu, Marco s'avance au-dessus de moi et me déleste de mon string, qu'il balance au pied du lit. À son tour, il part à la conquête de mon corps. Ses mains sont partout et me font chavirer, tandis qu'il embrasse et mordille mes seins. Je ne suis plus qu'une boule de désir prête à exploser. Il comprend ce dont j'ai besoin et ne tarde pas à me donner ce que je veux.

Notre alchimie est aussi présente dans ce contexte puisqu'une fois en moi, Marco sent que j'en attends plus. Il se redresse pour attraper une de mes jambes et avoir plus de facilité pour me faire l'amour avec vigueur. Je rejette la tête en arrière, tendue par l'intensité du désir qui prend mon corps d'assaut. C'est trop et pas assez à la fois. Je suis au point de rupture et ne contrôle plus rien. Encore moins mes gémissements qui se perdent dans la pièce. À travers mes cils, je distingue son sourire, sûrement à cause des garçons à côté. Je l'imite et il y voit un feu vert pour se lâcher. Il se retire et me retourne contre le matelas. Il passe une main sous mon ventre et me fait redresser la taille. La seconde d'après, il est à nouveau en moi. Une injure m'échappe et mes poings se referment autour de la couette. Dans mon esprit, c'est le K.-O. Je perds un peu plus la tête au fur et à mesure de ses coups de boutoir. Chacun répond aux souffles de l'autre jusqu'à ce que nous nous écroulions sur le lit, sur un petit nuage de plaisir duquel il va nous falloir un peu de temps pour redescendre.

Lorsque je reviens à la réalité, j'entends à travers le mur mitoyen le son de télévision à un niveau plutôt élevé. Marco comprend ce à quoi je pense et nous nous mettons à rire. Il m'attire contre lui et je ne me fais pas prier pour me blottir dans son étreinte. Nous restons silencieux, sans que ce soit gênant. Nous sommes bien là, comme ça, inutile de parler pour ne rien dire. Nous n'avons pas de vide à combler. Lui et moi, l'un près de l'autre, c'est tout ce dont nous avons besoin.

***

Après une grasse matinée et une douche crapuleuse, nous voilà à la table de la cuisine pour reprendre des forces. Marco nous a préparé des œufs brouillés et a prévu du jambon ainsi que du pain de mie. Le bruit de la porte d'entrée nous avertit qu'Enzo est de retour.

– Hey ! Salut vous deux. Je peux m'incruster ?

– Évidement, m'exclamé-je. La meilleure petite amie de Marco acceptera toujours que tu te joignes à eux.

Les deux garçons m'observent tour à tour jusqu'à ce que je percute ce que peut sous-entendre ma phrase.

– Vous n'êtes pas possibles ! les engueulé-je en secouant la tête.

– Bon, Norah, puisque tu es là, tu vas pouvoir m'aider.

– À quoi ?

– Quand une fille te demande où tu te vois dans cinq ans, m'explique-t-il d'un air très sérieux, qu'est-ce que tu es censé lui répondre ?

– Euh… je pense qu'elle cherche surtout à savoir si tu envisages votre relation sur le long terme ou si elle ne représente qu'une passade pour toi.

– Oui, ça, j'ai capté, mais qu'est-ce que je dois dire pour qu'elle comprenne que je veux réellement construire quelque chose avec elle ?

– Réponds-lui que tu t'imagines marié avec un chien et trois enfants, le taquine Marco.

– N'écoute pas les conseils de ton frère, contré-je en frappant ce dernier sur la cuisse. Tu ne peux pas être aussi affirmatif. Personne ne sait de quoi l'avenir sera fait. Mais tu peux lui dire que peu importe où tu seras à ce moment-là, tu aimerais bien qu'elle y soit avec toi.

– Putain ! s'exclame Enzo, épaté. Faut que je l'écrive sinon je ne vais pas le retenir.

Je ris alors qu'il prend son téléphone pour saisir le texte dans une note. Il nous quitte après s'être servi une tasse de café.

– Heureusement que tu ne m'as pas posé cette question, me lance Marco, je n'aurais pas su quoi te répondre.

– Cette jeune femme a besoin d'être rassurée, c'est tout.

– Pas toi ?

– Je crois juste que jusqu'ici je ne m'étais pas projetée aussi loin, parce que j'avais peur de me rendre compte que je ne serais toujours pas en mesure de laisser ma mère.

– Mais les choses ont changé, non ?

– Oui, et j'en suis très heureuse, même si c'est un peu flippant de m'imaginer prendre mon envol aujourd'hui. Ça me paraissait encore impossible le mois dernier. Je ne restais peut-être pas que pour elle, finalement. Notre cocon a quelque chose de rassurant et de sécurisant.

– Il te suffit de créer le tien. Tu te verrais vivre où, déjà ? Plutôt en ville ou à la campagne ?

– À la campagne, mais proche de la ville.

– Appartement ou maison ?

– Chalet en bois.

– Ah ! J'aime cette idée.

– Mais un tout ce qu'il y a de plus de moderne. Le top du top serait un plafond cathédrale avec une cuisine ouverte sur une immense pièce de vie. Ainsi qu'une grande cheminée pour délimiter l'espace entre le salon et la salle à manger. Et évidemment, une terrasse pour organiser des repas de famille, avec des braseros pour nous réchauffer quand la fraîcheur du soir apparaîtra.

Je reprends pied dans la réalité après m'être imaginée sur place. Marco a le sourire aux lèvres.

– Je me suis un peu emportée, c'est ça ?

– Disons que pour quelqu'un qui ne s'était pas encore projeté jusqu'ici, tu as une idée assez précise de ce que tu aimerais.

– C'est juste parce que c'est mon métier.

– En tout cas, tes plans me plaisent bien, finit-il par m'avouer avant de m'embrasser.

J'ai la sensation que nous venons de parler de notre avenir de façon indirecte. Je ne sais pas si tout sera toujours aussi naturel entre nous, les délires comme les discussions sérieuses, mais cette entente me laisse présager que nous sommes peut-être faits pour parcourir main dans la main les années nécessaires jusqu'à l'étape de la construction d'une maison.

CHAPITRE 38

MARCO

Si la quantité de voitures stationnées un peu partout sur les trottoirs n'avait pas suffi à me faire comprendre que je suis arrivé sur le lieu de réception, la musique assourdissante qui résonne dehors laisse peu de place au doute.

Je tourne plusieurs fois dans le quartier puis abandonne finalement l'idée de me garer près de la salle.

Je marche une bonne dizaine de minutes avant de me trouver à nouveau sur place. Je croise quelques groupes d'hommes à l'extérieur, en train de fumer. Je me félicite d'avoir passé un costume pour l'occasion, car ils sont tous sur leur trente-et-un.

Comme convenu, j'envoie un message à Norah pour lui annoncer que je suis là. Sa réponse ne tarde pas.

Norah : J'arrive dans cinq minutes.

Je pénètre dans la salle et suis soufflé par tout ce qui m'entoure. Le lieu est immense et doit pouvoir contenir plus de cinq cents personnes. Des musiciens jouent sur des instruments traditionnels, accompagnés par un homme qui doit chanter en turc.

Ils n'y sont pas allés de main morte sur la décoration. On pourrait se croire dans un évènement de la jet-set. Les familles d'Elif et Ohran ont dû dépenser une fortune, mais tout est très élégant et raffiné, c'est magnifique. D'immenses bouquets de fleurs trônent ici et là sur de longues tables drapées de nappes blanches. De nombreux convives sont déjà assis et je me demande comment ils font pour s'entendre avec toute cette musique.

Un bar est installé dans le fond de la pièce. Plusieurs petits groupes y discutent, un verre à la main. Cette ambiance festive m'est compliquée à gérer. Je tente de museler mon envie de commander une boisson pour atténuer mon angoisse et être plus détendu pour rencontrer tous les proches de Norah.

Je comprends mieux pourquoi elle me disait qu'ils n'étaient pas à un invité près. Un peu perdu, je ne sais pas où aller, ni comment elle compte me retrouver parmi la foule de gens présents.

Il me faut quelques secondes pour la reconnaître lorsqu'elle arrive dans ma direction. Ma mâchoire s'en décroche presque. Une déesse, voilà à quoi elle me fait penser dans cette robe bordeaux qui moule ses courbes à la perfection. Son cou et ses épaules sont dénudés. J'ai envie d'y glisser mon visage afin de laisser son parfum m'enivrer.

À mesure qu'elle avance, la fente de sa robe longue dévoile une de ses jambes divines. Ma main aimerait la caresser pour retrouver la douceur de sa peau. Les sandales à talons qu'elle porte la rendent encore plus grande et je remarque que je ne suis pas le seul à la dévorer des yeux. Je me sens chanceux que ce soit moi qu'elle rejoigne. Ses cheveux sont retenus par un chignon d'où quelques mèches bien lisses s'échappent pour entourer son visage. Elle papillonne des cils, comprenant sûrement le tour qu'ont pris mes pensées. Ses lèvres sont peintes d'un rouge vif qui fait jaillir dans mon esprit des idées érotiques. Il faut que je me calme, car nous avons une soirée de mariage à tenir avant d'être seuls.

– Waouh ! soufflé-je, faute de pouvoir mieux exprimer ce que je pense de sa beauté.

– Tu n'es pas mal non plus, me répond-elle avec un grand sourire. Le costume te va bien.

– Profite, parce que je n'en mets jamais.

– Pareil, j'ai laissé Flavie jouer à la poupée avec moi uniquement pour l'occasion.

J'attrape une de ses mains et la fais tourner sur elle-même, ce qui lui déclenche un rire.

– Sans déconner, tu es… époustouflante.

Elle est encore plus belle gênée par mes compliments et par le regard que je darde sur elle. Mon cœur frappe aussi fort qu'un tambour dans ma poitrine, à un rythme effréné. J'ai peur des sentiments que Norah me fait ressentir, mais je ne peux plus lutter contre.

– Allons rejoindre notre table, me propose-t-elle pour mettre fin à ma contemplation.

Ma main dans la sienne, je la laisse m'entraîner. Elle salue certaines personnes au passage et échange parfois quelques mots.

– Ah ! La voilà ! s'écrie-t-elle tout à coup en accélérant le pas.

Une femme d'un certain âge se retourne et offre un grand sourire à Norah en la voyant approcher.

– Marco, je te présente Myriam, la maman d'Elif, précise-t-elle. Myriam, voici Marco, le jeune homme qui a pris soin d'Elif et de moi dans les montagnes.

Les mains de la mère d'Elif se posent sur mes épaules tandis qu'elle se met à débiter tout un tas de mots dont je ne saisis pas le sens. J'imagine qu'elle parle dans sa langue d'origine.

– Merci, merci, merci d'avoir fait attention à elles, reprend-elle en français. Vous êtes quelqu'un de bien, mon garçon. Je ne vous remercierai jamais assez d'avoir ramené mes filles.

Je ne sais pas si je suis quelqu'un de bien, mais je fais mon maximum en ce sens, non sans difficultés. Norah m'a confié avoir passé tant de temps dans la famille de son amie que ses membres la considèrent comme une des leurs. Je ne suis donc pas étonné par cet élan d'émotions.

Je n'ai pas l'occasion de répondre à cette femme qui compte dans la vie de Norah qu'elle est appelée ailleurs pour un souci à propos du repas.

– Prêt pour la suite ?

– Tant que ça n'a rien à voir avec des macaques enragés…

– Tu ne vas jamais me lâcher avec ça, c'est ça ?

– Jamais ! confirmé-je en riant alors qu'elle me fait les gros yeux et tire sur mon bras pour me faire avancer.

Je repère Flavie avant que nous arrivions à notre table. Elle aussi est à son avantage. Yohan en ferait une crise cardiaque. Elle est sexy là où Norah est classe et élégante. Elle se lève aussitôt pour me saluer chaleureusement, visiblement ravie que je sois le cavalier de son amie.

– Marco, quel plaisir de vous revoir, m'accueille la mère de Norah. Et dans de bien meilleures circonstances, cette fois-ci.

– Le plaisir est pour moi, réponds-je en serrant la main de l'homme qui l'accompagnait déjà à l'hôpital.

Je prends place à côté de Norah. Elle me présente à quelques personnes un peu plus loin à la table. Il s'agit de cousins et de cousines d'Elif qui, eux aussi, ont un petit mot de remerciement à mon égard.

– Je vais finir par me prendre pour un super-héros, glissé-je à Norah.

– Tu peux, c'est exactement comme ça qu'ils te considèrent.

J'ai la sensation d'avoir été mis sur un piédestal que je ne mérite pas. Le sentiment que je ne peux maintenant que décevoir prend de plus en plus de place dans mon esprit. Je ne suis pas cet homme fort et courageux qu'ils semblent tous voir. Je pose ma main sur la cuisse de Norah pour me calmer. Elle s'empresse de la serrer.

Nos regards ne se quittent pas et si ce n'était pas le mariage de sa meilleure amie, je lui proposerais de partir sur-le-champ.

Rencontrer ses proches me fout une pression monstre sur les épaules. Ils me voient tous comme l'homme de la situation, le sauveur, celui qui a été présent pour Norah. Pourtant, j'ai le sentiment d'être celui qui l'a mise en danger. S'ils connaissaient le vrai moi, pas celui qu'on leur a vendu, ils ne m'accueilleraient pas ainsi. Celui que j'étais avant l'accident de mon frère n'aurait jamais pu séduire Norah.

– Ils arrivent ! nous prévient une jeune femme.

Nous nous levons tous et la musique augmente encore d'un cran, même si je n'aurais pas cru cela possible. Tous les proches se sont réunis pour accueillir le couple. Ils entrent sous les acclamations et les applaudissements. Le visage d'Elif est caché sous un voile rouge, nous empêchant de l'apercevoir distinctement.

– Avant, les traditions voulaient que les mariés ne se soient jamais vus, m'explique Norah. Ils se découvraient pour la première fois au moment où l'homme soulevait le voile du visage de sa promise.

– Flippant ! m'exclamé-je en m'imaginant vivre ça. Et la ceinture rouge autour de sa taille ?

– C'est le symbole de sa pureté et de sa virginité.

Ohran finit par soulever le voile de sa femme et lui dépose un baiser chaste sur le front. Ils entament un slow tous les deux alors que nous continuons à les applaudir en restant autour d'eux. Je ne peux que constater à quel point ils sont amoureux. Je suis heureux de voir Elif si radieuse.

Tout le monde se met à danser et Norah prend mes mains dans les siennes. Sans y réfléchir davantage, je suis le mouvement et esquisse quelques pas au rythme de la musique. Ma cavalière me charme avec ses sourires et ses regards complices.

J'ai évité les fêtes depuis l'accident d'Enzo. Et voilà qu'après le concert de l'autre jour, je me retrouve à un mariage. Avec cette immense famille qui respire le bonheur, fiers d'unir deux personnes qui s'aiment, je ne peux que partager l'instant avec eux et me laisser porter. Je tente d'oublier la présence du bar un peu plus loin.

Après quelques chansons, nous retournons nous asseoir à notre table.

– Jus de pomme ? crie Norah en attrapant deux gobelets.

Je hoche la tête pour lui répondre à cause de la musique. Mon corps se crispe. Il a beau savoir qu'il n'y aura pas de vodka dans le jus de fruits, il me rappelle toujours ma vie d'avant. Même après une année, ce n'est pas devenu plus facile de lutter. Je prends place sur une chaise et colle celle d'à côté contre la mienne pour que Norah s'y installe.

– C'est parce que toute sa famille est sourde que le son est aussi fort ? lui demandé-je en m'approchant afin qu'elle puisse m'entendre.

Elle rit à ma remarque tout en avalant une gorgée. Je vois son regard se perdre sur sa mère au milieu de la piste, en train de danser avec son ami.

– Ça va avec ta mère ?

Elle reporte son attention sur moi et réfléchit un peu avant de me parler.

– Elle n'a pas bu depuis que je suis rentrée. Ça fait donc plusieurs mois maintenant qu'elle est sobre.

– Mais ?

– Je ne peux pas m'empêcher de craindre qu'elle replonge. Je culpabilise de ne pas réussir à me réjouir de ses progrès.

– Tu te protèges, c'est normal, la rassuré-je. Tu as déjà été déçue par le passé, c'est compréhensible que tu restes sur tes gardes.

Je me sens mal de n'avoir toujours pas évoqué mon passé avec Norah, mais j'ai bien trop peur qu'elle prenne ses jambes à son cou en le découvrant.

– Hamza est pour beaucoup dans sa réussite. J'espère qu'il ne va pas la laisser tomber, sinon je ne donne pas cher de la peau de ma mère.

À sa place, resterais-tu avec moi ?

– Cesse de t'inquiéter et profite du mariage de ton amie. Tu dois aussi lâcher-prise, sinon tu n'avanceras pas.

– Tu as raison.

Elle m'embrasse sur la joue et je trouve sa pudeur, au milieu de tous ces gens qu'elle connaît, attendrissante.

Un changement de musique a lieu et je vois de nombreux invités se lever pour rejoindre la piste. Ils se suivent en se tenant par la main. Le premier homme agite un morceau de tissu et tout le monde se met à effectuer des pas dans une chorégraphie bien orchestrée.

– Je vais devoir t'abandonner, me lance Norah. Je ne peux pas louper le halay.

Elle se lève et rejoint les danseurs en bout de file. Elle se cale à la perfection sur le rythme et les pas de danse. Un autre couple prend place près d'elle, venant encore agrandir la corde humaine qu'ils forment tous ensemble.

Norah rit aux éclats, car l'homme derrière elle se trompe. Cette bonne humeur me ramène à mon frère et à la vie que nous menions avant. Il ne fait aucun doute qu'on aurait été les premiers à vouloir apprendre cette danse traditionnelle pour nous joindre à l'euphorie, mais tout a changé. Et même si j'ai accepté l'idée de devoir emprunter une autre route que la sienne, cela ne signifie pas que je n'en souffre pas. L'arrivée de Norah dans ma vie est salvatrice. Je suis en train de tomber amoureux d'elle, c'est certain. Mais ça me fait peur, aussi. Je suis terrifié à l'idée de ne pas être le mec qu'il lui faut. Comme si le destin l'avait placée sur mon chemin pour me punir en me montrant ce que je vais perdre à ne pas avoir été clean.

Putain, voilà que je me mets à philosopher !

Incapable de rester assis sans rien faire, je me lève et arpente la salle. Mes pas me conduisent près du bar. J'ai chaud dans cette salle avec mon costume. Je me sens à l'étroit dans ma chemise. Je fais craquer mes cervicales d'un mouvement du cou, puis mes phalanges.

Je dois trouver un moyen de me calmer. Être en pleine fête, et analyser que j'ai tout pour être heureux, est en train de me faire flipper. Je ne vais pas avoir les épaules assez larges pour assumer. Ce bonheur, au fond, je sais ne pas le mériter. Mon rythme cardiaque s'affole. J'ai la gorge sèche. Mes yeux ne quittent plus le bar. Enzo était comme moi, avant. Il ne savait pas se restreindre quand il commençait à boire. Pourtant, aujourd'hui, il est capable de ne prendre que deux verres et de s'arrêter. Je dois l'être aussi. Il n'y a pas de raison pour que ce ne soit pas le cas. Nous sommes jumeaux, après tout.

J'observe Norah sur la piste pour m'assurer qu'elle ne me voit pas. Je rejette cette pensée qui me murmure que je suis pathétique et que je joue un jeu dangereux. J'ai besoin de ce verre pour poursuivre la soirée dans de bonnes conditions. Juste un.

Devant la table, je comprends que les bouteilles sont à la libre disposition des invités. J'attrape celle de whisky, un single mat. Je me sers deux doigts et fais tournoyer le liquide ambré sous mon nez. Je sens les arômes fruités de la boisson. Ce serait mentir de dire que ça ne m'a pas manqué. Je porte le verre à mes lèvres et laisse l'alcool envahir mon palais. Je savoure avant d'avaler les deux gorgées. Je ferme les yeux et sens mes muscles se détendre. *Voilà ce dont j'avais besoin pour être plus serein et ne pas passer pour un type stressé parce qu'il rencontre tous les proches de celle pour qui il éprouve des sentiments !*

Un peu plus à l'aise maintenant, je me fais la réflexion que je pourrais me joindre à eux sur la piste. J'ai toujours aimé danser. Peu importe que je sois bon ou pas. Alors, pourquoi rester là sans rien faire ? J'hésite. Et si, une fois au milieu des danseurs, je ne me sentais pas à ma place ? Ça ferait tache de la quitter à peine arrivé. Je ne me reconnais pas, à me poser toutes ces questions. Depuis quand suis-je un trouillard ? J'ai peur de décevoir Enzo en rompant ma promesse d'aller de l'avant, peur de ne pas être à la hauteur pour Norah. Mais là, tout de suite, j'ai surtout peur de ne pas être capable de m'en tenir à cet unique verre.

Je devrais m'éloigner du bar, mais au lieu de ça, je me ressers un verre pour me prouver qu'après celui-ci, je serai en mesure de m'arrêter.

CHAPITRE 39

NORAH

Flavie s'immisce dans la file des danseurs à mes côtés. Nous faisons quelques pas ensemble avant qu'Elif se joigne à nous. La musique change et nous nous retrouvons entre jeunes sur la piste. Ça y est, Elif est mariée à celui qu'elle aime. C'est beau. Je l'ai toujours enviée d'avoir trouvé le bon, de le voir si attentionné envers elle. Aujourd'hui, grâce à Marco, j'ai aussi droit à ma part de bonheur.

En pensant à lui, je prends conscience que je suis sur la piste depuis un bon moment, et que ce n'est pas très délicat de ma part de l'abandonner de la sorte. Au même moment, des bras entourent ma taille et un corps se colle contre mon dos. Par acquit de conscience, je lève la tête pour vérifier qu'il s'agit bien de Marco, même si je n'ai aucun doute. Je me sens bien quand il m'enlace. En sécurité, rassurée, protégée. Comme lorsque nous étions perdus dans les Gorges du Verdon, j'ai l'intime conviction qu'il sera là pour moi dans la vraie vie, si j'en ai besoin.

Je le laisse mener la danse lorsqu'il se décolle et me fait tournoyer sur moi-même en ne lâchant pas ma main. Il m'attire contre son torse, mes bras se posent sur ses épaules et se referment autour de son cou. Après quelques pas, je sens une de ses paumes délaisser ma taille pour descendre plus bas. Dans n'importe quelle autre fête, ça ne m'aurait pas gênée, mais ici, au milieu de ma famille, ce n'est pas possible. Je remonte sa main en le dissuadant du regard de recommencer. Il rit un peu fort en secouant la tête.

– Il va falloir garder tes mains baladeuses pour plus tard, lui lancé-je en souriant.

– J'ai hâte d'être à plus tard, me glisse-t-il au creux de l'oreille.

Quelque chose me met soudain mal à l'aise. Sa façon de parler est bizarre. Ses lèvres s'attardent dans mon cou et même si j'adore quand il m'embrasse à cet endroit, je ne peux pas le laisser le faire. Je recule et lui prends la main pour retourner nous asseoir à table. Ma mère et Hamza y sont encore et discutent. Nous prenons place non loin. Je lève les yeux au ciel face à l'air de petit garçon de Marco.

– J'avais encore envie de danser, m'explique-t-il.

– Non, tu voulais m'allumer au milieu du mariage de ma meilleure amie, lui lancé-je à voix basse afin qu'il soit le seul à m'entendre.

– Et alors ?

– Ça ne se fait pas !

– Où est passée la fille qui était prête à le faire même si les secours étaient là ? me demande-t-il, sans aucune discrétion à l'égard des autres personnes attablées.

Ma mère et Hamza ont la gentillesse de faire comme s'ils n'avaient rien entendu, mais j'en doute fort. Je fais les gros yeux à Marco pour qu'il se calme. Je suis la première à le taquiner, mais il y a des moments où cela n'est pas possible.

– Je vais aux toilettes, me prévient-il en se levant.

Je passe mon stress sur les toasts. Le comportement de Marco me surprend. Je ne suis pas sûre d'accepter qu'il soit du genre à s'offrir en spectacle. Il ne me donnait pas l'impression d'être ainsi et je ne sais pas trop comment l'appréhender.

– Tout se passe bien ? m'interpelle ma mère en me voyant plongée dans mes pensées.

– Oui, affirmé-je. La fête démarre plutôt bien.

– Elif est magnifique.

– C'est vrai. Elle a cru ne jamais trouver une robe qui lui plairait, tant elle est difficile.

Nous rions un peu alors que Marco reprend sa place sur la chaise à mes côtés. Encore une fois, quelque chose dans son attitude me paraît étrange. Je ne sais pas si c'est son sourire trop étiré, ou ses yeux, qui regardent partout sauf dans ma direction.

– Ça va ? lui demandé-je en posant une main sur son avant-bras.

– Oui, oui, tout baigne.

Sa réponse me glace d'effroi. Je n'ai aucun doute, son haleine parle pour lui.

– Tu as bu ?

Ma mère et Hamza observent Marco à leur tour. Je vois ses lèvres bouger et j'entends à peu près ce qu'il me dit pour m'affirmer que j'ai tort, mais ça sonne faux. Son rire, cherchant à me signifier que je suis ridicule de penser ça, est la première preuve que j'ai raison. Puis son « non » catégorique est bien trop vite exprimé. Et je ne parle même pas de son souffle qui pue le whisky à plein nez.

– On devrait sortir prendre l'air.

Je me lève aussitôt. Il hésite un peu, mais finit par me suivre.

Une fois à l'extérieur, je nous éloigne de la salle, avant de me retourner pour affronter Marco. Je sens que les choses sont en train de m'échapper.

– C'est quoi le problème, Norah ?

– Est-ce que tu as bu, oui ou non ?

– Qu'est-ce que ça change ?

– Pour commencer, ça serait la première fois que tu me mens.

– Qui te dit que c'est la première fois ? lâche-t-il comme une bombe.

Choquée par ses paroles, je recule d'un pas. Qu'est-il en train de se passer ? Pourquoi alors que nous étions si bien, tout semble s'écrouler ?

– Écoute, Norah, j'ai bu un verre, il n'y a pas de quoi en faire un drame.

Il défait un peu le nœud de sa cravate et déboutonne le premier bouton de sa chemise. Ses gestes sont lents et peu assurés. En l'examinant plus attentivement, je ne peux ignorer que même ses jambes peinent à le porter sans tanguer.

– Je ne te crois pas. Tu n'as pas bu qu'un seul verre.

– Peut-être…

– C'est tout ce que tu trouves à me répondre ? C'est quoi le problème ? Pourquoi t'es-tu mis à boire maintenant ?

– Tu ne réalises pas à quel point c'est compliqué pour moi d'être là. Depuis l'accident, j'évite les fêtes et toi, tu m'amènes dans un endroit où les bouteilles d'alcool sont en libre-service.

– C'est de ma faute, donc ?

– Oui ! s'écrie-t-il tout à coup. Tu me mets la pression avec ta famille aimante et tous ces sentiments que tu me fais ressentir. Je n'arrive pas à gérer tout ça. J'ai commencé à flipper de tout faire foirer alors j'ai juste pris un verre pour me détendre. Comme avant.

Ses deux derniers mots retiennent mon attention, mais je décide de ne pas m'attarder dessus pour le moment.

– On sait tous les deux que tu as bu plus d'un verre pour ne pas réussir à marcher droit, rétorqué-je, la gorge serrée.

– Ouais, j'en ai bu plusieurs. Désolé de te décevoir, mais il semblerait que je ne sois pas le super-héros que tout le monde pense.

– Je ne comprends pas comment on est passés du type qui refuse tout alcool à celui qui va boire en cachette à un mariage. Je n'ai aucune envie de connaître le Marco qui me fait face à l'instant.

– C'est un peu lâche de me tourner le dos quand ça ne va pas, non ?

– Je t'interdis de rejeter la faute sur moi. C'est toi qui as rencontré une difficulté et qui as préféré aller te soûler plutôt que de m'en parler, alors n'inverse pas les rôles.

Je ne peux pas être compréhensive. Peut-être que je le devrais, mais c'est au-dessus de mes forces.

Je l'entends souffler alors que j'observe le béton du parking en tentant de contenir mes sanglots.

– Tu sais quoi ? Je me casse. J'aurais mieux fait de ne pas venir.

– Et comment comptes-tu rentrer dans ton état ? Tu n'es pas en mesure de conduire.

– Crois-moi, je sais quand je suis incapable de prendre le volant. Ce ne sont pas quelques verres qui vont m'en empêcher.

– Je ne te laisserai pas monter dans ta voiture.

Je l'attrape par le bras, mais il me repousse et manque de me faire tomber par terre. Heureusement, Hamza arrive et me retient *in extremis*. Marco semble désemparé tout à coup. Au milieu de son brouillard alcoolisé, il vient de comprendre qu'il est allé trop loin.

– Norah, je…

– Ta mère t'attend devant la salle, m'informe Hamza, lui coupant la parole. Va la rejoindre et je m'occupe de ramener Marco chez lui.

Je ne sais plus ce que je dois faire. J'hésite.

– Laisse-moi gérer, insiste Hamza. Ça ne sert à rien de parler avec lui dans cet état. Rien de bon n'en sortira, tu peux me croire.

Après avoir donné son adresse à Hamza et lui avoir jeté un dernier regard, j'observe Marco partir avec l'homme qui soutient ma mère. Je n'ai pas su déceler les problèmes de Marco, ni même son mal-être lors de cette soirée. Je me sens vraiment nulle. Et anéantie. Marco vient d'ériger entre nous le seul obstacle que je suis incapable de surmonter.

CHAPITRE 40

MARCO

Mes paupières pèsent une tonne. J'ai du mal à ouvrir les yeux et la lumière du jour ne m'aide pas à me réveiller. J'ai un marteau-piqueur dans la tête.

La soirée d'hier me revient par flashs. La pression, mon mal-être et ma peur, puis les verres que j'ai enchaînés avant de rejoindre Norah sur la piste. J'ai vu à son regard qu'elle avait compris que quelque chose clochait. Elle a de l'expérience avec les alcooliques, malgré elle. Au lieu d'aller boire un café pour me remettre les idées en place, j'ai prétexté un besoin urgent pour me donner encore un peu de courage à travers un énième whisky. À mon retour, il a fallu deux secondes à Norah pour me griller. Mais ce n'est même pas ça le pire. Je me souviens l'avoir repoussée lorsqu'elle a tenté de me retenir. Elle serait tombée si le mec de sa mère n'avait pas été là. Elle voulait juste me dissuader de faire une connerie de plus. *Je ne suis vraiment qu'un connard !* Je n'ai qu'une envie : boire pour oublier ce que j'ai fait. Avec l'alcool, les choses peuvent être plus faciles à accepter. Je sais que ce n'est qu'une illusion temporaire, mais ça m'aiderait à supporter ce que je ressens en comprenant que j'ai tout gâché.

Un grognement m'échappe quand je m'assieds sur le bord de mon matelas. *Cette migraine est vraiment atroce !*

– Sors de ta piaule, mec ! Le café est prêt.

Enzo a dû m'entendre. Je vais prendre cher au petit-déjeuner. C'est lui qui a ouvert la porte à Hamza afin qu'il puisse me mettre au lit. Il faut croire qu'un an sans boire ne me permet plus de tenir aussi bien l'alcool qu'avant.

Je porte encore mon pantalon à pinces et ma chemise. Je me déshabille et enfile un tee-shirt propre ainsi qu'un short. Je quitte ma chambre pour la salle de bains. Je laisse la lumière éteinte pour ne pas accentuer mon mal de tête.

Dans notre boîte à pharmacie, j'attrape du paracétamol et avale deux comprimés. Ensuite, je décide de me brosser les dents pour effacer les relents d'alcool qui perdurent sur mon palais, avant de rejoindre mon frère dans la cuisine.

J'aurais dû prendre des lunettes de soleil pour ne pas me faire agresser par la luminosité qui baigne la pièce.

– Alors, tu t'es bien amusé hier soir ? me lance Enzo en déposant une tasse fumante devant moi.

– Tu peux éviter de crier, s'il te plaît ?

– Je ne crie pas.

– Alors, baisse d'un ton.

– Pourquoi ? Tu as un problème ? Oh ! Tu as mal à la tête, c'est ça ? Pauvre Marco.

Inutile de répondre à ses sarcasmes. Je préfère boire mon café. Ça m'aidera sûrement à me réveiller et avoir les idées un peu plus claires, même si je ne suis pas certain d'en avoir envie.

– Tu te décides à me parler ?

– Qu'est-ce que tu veux que je te dise ? Que j'ai merdé ? Je crois que tu le sais.

– C'est vrai, mais ce n'est pas ce qui m'intéresse. J'aimerais comprendre ce qui t'est passé par la tête pour te mettre à boire à un mariage alors que ça faisait un an que tu n'avais plus avalé une goutte d'alcool.

– Rien de spécial, laisse tomber.

– OK. Tu n'es pas obligé de m'expliquer. En revanche, tu devrais appeler Norah, parce que même si tu t'es comporté comme un con, elle a déjà pris de tes nouvelles pendant que tu cuvais dans ton lit.

Sur ces mots, il tourne les talons et s'en va.

Je consulte l'horloge du four. Il est 13 h 30. Je continue d'aggraver mon cas en laissant Norah s'inquiéter. Je termine mon café et retourne dans ma chambre. La pénombre de la pièce me fait du bien.

J'entrouvre la fenêtre pour aérer avant de m'allonger sur mon lit.

J'attrape mon téléphone et compose son numéro. Je ne réfléchis pas plus à ce que je vais pouvoir lui dire. Il n'y a que la vérité qui compte, maintenant. Après deux tonalités, sa voix triste me répond et me broie le cœur. Exactement ce que je vais faire avec le sien en lui avouant tout.

– Allô.

– C'est moi.

Elle ne rebondit pas. La précision est inutile, mon prénom a dû s'afficher.

– Je ne sais pas par quoi commencer, lui avoué-je, déboussolé.

– Par le début.

– Excuse-moi pour mon comportement.

– J'ai besoin de comprendre ce qui s'est passé.

Je peux lui expliquer, même si je doute qu'elle soit en mesure de comprendre. Son histoire personnelle la rendra forcément moins indulgente à mon égard.

– Je n'ai pas été complètement honnête avec toi lorsque je t'ai parlé de l'accident de mon frère, commencé-je à me confier. Ce soir-là n'était qu'un énième soir où lui et moi sortions faire la fête. C'était comme ça tous les week-ends. Avec notre groupe d'amis, on allait dans les bars, dans les boîtes, et on faisait les fous. Ce qui veut dire qu'on buvait de façon déraisonnable. À ne plus se rappeler le lendemain ce qu'on avait bien pu faire la veille. Il y en avait toujours un parmi nous qui devait faire le Sam.

Je trouvais systématiquement un moyen d'y échapper. Je ne savais pas m'amuser sans boire. Une fête sans alcool n'était pas une fête pour moi. Avec le temps, je n'avais plus de limites. Je ne compte plus le nombre de fois où j'ai fini la tête dans les toilettes à vomir, et où Enzo a dû me porter jusqu'à mon lit tellement j'étais dans un état déplorable.

Je marque une pause avant d'aborder la soirée où tout a basculé. Le temps pour elle comme pour moi d'encaisser ces premières confidences. Il m'est difficile de me mettre à nu ainsi. Elle ne verra plus en moi le garçon sur qui elle a pu se reposer, mais le pauvre type incapable de résister à l'appel de la bouteille. Elle me découvrira tel que je suis vraiment : faible. Ce n'est pas ce qu'une femme veut dans sa vie. Encore moins Norah.

– C'était un vendredi soir. Avec Enzo, on avait prévu de sortir le lendemain avec nos potes et ils n'étaient pas chauds pour enchaîner deux fêtes, alors on est allés dans un bar, rien que tous les deux. J'ai pris le volant à l'aller et Enzo m'a fait promettre d'être notre Sam. Je ne pouvais pas refuser, vu que je ne l'avais pas été depuis longtemps. Sur place, on est tombés sur des gens qu'on connaissait et on s'est joints à leur groupe. Les bières se sont enchaînées, avant d'autres alcools plus forts. On s'amusait à jouer aux fléchettes alors qu'on était tous imbibés. Enzo a voulu rentrer, mais moi, je préférais rester.

Je prends une seconde pour apaiser ma respiration. Norah ne parle pas. Elle attend que je termine mon histoire. J'aimerais qu'elle m'interrompe et me dise qu'elle n'a pas besoin de savoir et qu'elle me pardonne. Ça m'aiderait probablement sur le moment, mais pas sur le long terme. Je souhaite qu'elle me pardonne, mais également qu'elle sache tout. Plus de mensonges ou de non-dits entre nous.

– Je lui ai donné les clés de la voiture. Il avait bu aussi, mais j'étais moi-même trop soûl pour m'en rendre compte. Je lui ai dit que j'appellerais un taxi pour rentrer.

Je marque une nouvelle pause avant de prononcer le pire.

– C'est ma faute s'il est dans un fauteuil aujourd'hui. Si j'avais été plus responsable, j'aurais pu le ramener sans encombre. Je me rejoue le film tellement souvent, si tu savais, putain ! Je me revois lui lancer les clés de ma caisse, le sourire aux lèvres, alors qu'il râlait pour la forme parce qu'encore une fois, je n'avais pas tenu ma promesse de ne pas boire.

Tout est dit, voilà. Elle connaît maintenant l'entière vérité.

Son silence s'éternise au bout du fil, mais je la laisse assimiler tout ce que je viens de lui révéler.

– Je suis désolée, finit-elle par murmurer. C'est terrible ce qui vous est arrivé. Tu n'as pas à te sentir coupable. C'est un concours de circonstances.

J'entends à sa voix qu'elle pleure. J'aimerais être auprès d'elle pour la serrer dans mes bras et tenter de la réconforter, alors que je vais moi-même encore très mal à cause de tout ça.

– Je suis désolée, reprend-elle une nouvelle fois dans un sanglot. Je ne pourrai pas… Je ne peux pas être avec quelqu'un qui a des soucis avec l'alcool.

Cette fois, c'est à mon tour de rester muet. Je ne sais pas quoi lui dire pour la retenir. Lui promettre de ne plus boire ? Elle a déjà entendu ça de la part de sa mère. Et après mon spectacle d'hier, ça sonnerait on ne peut plus faux. Et puis, est-ce que la retenir est vraiment la meilleure chose que je puisse faire pour elle ?

– Je tiens beaucoup à toi, tu le sais. Mais ça… c'est au-dessus de mes forces, Marco. C'est juste… impossible. Je ne peux pas.

J'ai envie de vomir. Ma main tremble autour du téléphone. Je m'empêche de hurler, de lui crier de ne pas me laisser, de me faire confiance. Mais je suis assez lucide pour savoir qu'elle mérite mieux qu'un type comme moi.

– Prends soin de toi et de ton frère… Au revoir.

J'écoute la tonalité remplacer sa voix. J'avais peur de tout faire foirer ? Voilà, finie l'angoisse, c'est fait, j'ai merdé, en beauté. *Putain, je me déteste !*

Je balance mon téléphone à travers la pièce pour calmer mes nerfs, mais ça ne change rien. Je me lève du lit, prends mon portefeuille et quitte cet appartement avant de devenir fou. Je laisse ma peine me guider jusqu'au premier bar sur ma route. Foutu pour foutu, je préfère oublier Norah dans les effluves de l'alcool plutôt que de souffrir de son absence.

CHAPITRE 41

NORAH

– C’était le dernier ! annonce ma mère, essoufflée.

Tous mes cartons sont enfin montés, et il reste à peine la place de circuler dans mon salon. Il faut dire que mon deux pièces mesure quarante petits mètres carrés. Dès que je l’ai visité, je l’ai adoré. L’espace de vie possède une grande fenêtre qui le rend lumineux et permet de moins se sentir à l’étroit.

Avant d’emménager, j’ai pris le temps de tout repeindre en blanc. Enfin, avec l’aide des filles, d’Ohran et d’Hamza. Ma mère a empaqueté mes quelques affaires avec moi. Elle aussi déménage. Elle ne part pas très loin puisqu’elle va dorénavant vivre avec l’épicier du quartier. Je suis heureuse de la voir épanouie.

Mon chez-moi est proche du centre-ville, je vais pouvoir me rendre à mon travail en transport en commun en à peine dix minutes. Avec l’hiver qui s'est installé depuis quelques semaines, ça m'évitera de prendre ma voiture sous la neige.

– Tu veux qu'on reste pour t'aider à tout déballer ? me demande Hamza qui vient de finir d'assembler mon lit.

– Non, ce n'est pas la peine. Je peux dormir, c'est tout ce qui compte.

– Tu n'as même pas de vaisselle, insiste ma mère. Comment tu vas faire pour manger ce soir et pour ton petit-déjeuner demain matin ?

– Je vais me commander une pizza et je passerai dans une boulangerie avant d'aller au bureau.

– Et pour la télé ? Tu sauras brancher la box ?

– Euh… Ça ne doit pas être bien sorcier, je m'en sortirai, les rassuré-je en grimaçant un peu, pas convaincue par mes talents avec tout ce qui est câbles et prises.

– Je vais m'en occuper, me répond Hamza, toujours prêt à donner un coup de main.

– Le meuble télé n'est pas même encore monté, l'informé-je, gênée de le retenir alors qu'il a déjà tellement fait.

– Alors on va commencer par ça. Ensuite, on verra pour les branchements.

Il est si serviable. J'apprends à le connaître depuis mon retour des Gorges du Verdon. Hamza est attentionné et prévenant avec ma mère, sans toutefois approuver aveuglément ce qu'elle dit. Ils ont trouvé un équilibre au sein de leur couple.

Depuis quelques années, j'hésitais à prendre mon envol. J'avais peur de laisser ma mère, et qu'elle sombre encore plus dans sa dépendance. Finalement, elle s'en est sortie sans mon aide. J'ai donc sauté le pas et cherché un appartement à louer.

Au fond, en plus de veiller sur elle, je restais auprès de ma mère parce que ça me permettait de ne pas réfléchir à mon avenir. Il était temps que je m'occupe de ma vie et que je commence à la construire.

– Je vais nous dégoter quelque chose à manger, déclare ma mère. J'ai repéré un resto italien au coin de la rue.

Je hoche la tête en lui souriant. Elle a besoin de s'assurer que je vais me nourrir, alors si ça peut lui faire plaisir, je la laisse commander.

J'aide Hamza à faire un peu de place dans le salon pour qu'il puisse déballer le carton du meuble télé que j'ai acheté la semaine passée. Il prend la notice et la lit attentivement avant de commencer à séparer certaines planches ainsi que les vis. Ces derniers mois, j'ai découvert qu'il n'est pas un grand parleur, le silence qui s'installe entre nous ne me met donc pas mal à l'aise. Je le laisse bricoler en pensant que j'en ai pour des heures de rangement. Heureusement, les filles ont prévu de venir m'aider ce week-end. On ne sera pas trop de trois.

– Est-ce que tu as des nouvelles de Marco ?

Sa question me prend au dépourvu. Il continue d'emboîter ses planches l'une dans l'autre, sans me regarder, comme s'il n'avait pas abordé un sujet sensible. J'interdis à Flavie et Elif de prononcer son prénom. Il est devenu aussi tabou que celui de Voldemort. Je ne l'ai plus revu ni ne lui ai parlé depuis l'appel où il m'a tout raconté. Pendant des semaines, j'ai été tenté de prendre de ses nouvelles auprès de son frère ou de Yohan, mais j'ai fini par effacer leurs numéros de mon téléphone afin de ne pas craquer.

– Pas depuis le mariage d'Elif.

Hamza semble choqué, si j'en crois son regard qui croise le mien. Je culpabilise d'avoir laissé Marco ainsi, mais son frère et son ami sont là pour lui. Il n'est pas seul. Moi, je ne peux pas revivre ça avec lui. Avec ma mère, je n'avais pas le choix. Avec Marco, je l'ai. J'ai peut-être fait le mauvais en le quittant pour me protéger, mais je sais à quel point l'addiction peut faire du mal aux proches de la personne concernée. La douleur n'aurait été que plus vive, vu l'ampleur de mes sentiments pour lui.

– Ce n'est pas mon rôle de te dire ça, mais je vais me permettre de te faire part de mon expérience. Je suis tombé amoureux de ta mère dès la première fois où elle est entrée dans mon épicerie. J'étais un jeune homme timide à l'époque. Je lui faisais mon plus beau sourire en espérant avoir le courage d'engager la conversation un jour. Puis, comme tout le monde dans notre quartier, j'ai vite su qu'elle avait un souci avec la boisson. Je l'ai croisée quelques fois dehors, près de chez vous, une bouteille à la main ou vacillante. Je l'ai ramenée à plusieurs reprises jusqu'à votre appartement. Mais j'ai choisi de ne pas m'investir plus. Elle était adulte et prenait ses propres décisions. J'estimais mériter mieux qu'une alcoolique, je l'avoue. Mais mon cœur, lui, n'était pas d'accord avec ça. Je n'ai jamais réussi à nouer de relations sérieuses avec d'autres femmes parce qu'une infime partie de moi attendait que ta mère arrête de boire. Aujourd'hui, nous sommes heureux, tu me diras. Mais… Et si je n'avais pas patienté tout ce temps pour me fâcher contre elle, pour la secouer et lui faire ouvrir les yeux ? Mes peurs nous ont fait perdre tant d'années de bonheur. Je m'en voudrais toujours de l'avoir laissée au lieu de me battre.

De plus en plus émue à mesure qu'il parle, je comprends où il veut en venir. Mais tout n'est pas si simple.

– C'est plus facile de penser ça maintenant que vous êtes ensemble. Tu avais peur parce que tu ne savais pas ce que l'avenir vous réservait. Et si tu l'avais secouée, que tu lui avais avoué tes sentiments et qu'elle avait continué à boire ? Comment l'aurais-tu pris ?

– Peut-être que ça m'aurait enfin permis de libérer mon cœur et de pouvoir tourner la page.

Ses mots sonnent juste. J'ai beau avoir rompu avec Marco depuis trois mois, il n'y a pas un jour où je ne pense pas à lui. Je me demande s'il est parvenu à finir le lit pour la fille de son client, s'il continue à faire des choses avec son frère et s'il se tient loin des bouteilles d'alcool.

– Si ce garçon n'occupe pas tes pensées, alors très bien. Mais si tu n'arrives pas à te le sortir de l'esprit, demande-toi ce qui est le mieux pour toi.

– Pendant toutes ces années où tu avais décidé de te tenir éloigné de ma mère, moi, j'étais auprès d'elle, lui reproché-je injustement parce que ce qu'il me dit me terrifie. Je ne me vois pas faire face à cette situation encore une fois.

– Le souci, c'est que nous ne comprenons pas qu'ils ne parviennent pas à s'arrêter.

– Et quelle est ta solution ?

– Je ne prétends pas en avoir.

– Si tu me parles de tout ça, c'est que tu as, au moins, un conseil à me donner…

– Si tu aimes ce garçon, ne fais pas la même erreur que moi. Ne perds pas de temps. Il est peut-être retombé dans ses travers, et il doit décider par lui-même de s'en sortir, pour lui. Mais fais-lui savoir que lorsqu'il sera prêt, tu seras là.

Je n'ai pas l'occasion de lui répondre, car ma mère est de retour avec le repas. D'un regard, je remercie Hamza. Notre discussion m'a fait du bien. Du mal aussi. Évoquer Marco me rend toujours triste. Je ressens un tel sentiment de gâchis. Mais je ne sais pas si je suis capable de passer outre son addiction.

CHAPITRE 42

MARCO

La nuit commence à tomber. C'est l'un des moments les plus compliqués à gérer. Le second film devant lequel je viens de végéter avec Enzo prend fin. Comme d'habitude, mon frère a fini par s'endormir sur le canapé alors que, de mon côté, l'insomnie ne me lâche pas. Elle est ma plus fidèle amie depuis trois mois. Depuis que Norah a raccroché.

Les premiers temps, l'alcool a été mon issue de secours pour oublier et pour réussir à dormir. Certes, ce n'était pas un sommeil réparateur, mais ça me permettait de ne plus penser à elle l'espace de quelques heures. Quoi que, son sourire est souvent dans mes rêves. Les jours les moins bons, mes cauchemars me renvoient son regard lorsque je l'ai repoussée et qu'elle a failli tomber.

Elle me manque à en crever. Je peux encore sentir ses lèvres sur les miennes, le grain de sa peau sous mes doigts, et entendre son rire résonner entre les murs de ma chambre. J'aurais tellement de choses à lui dire. Mais il est trop tard maintenant. J'aurais dû le faire avant. Norah est blessée et déçue par mon comportement et mes non-dits. Aurait-elle choisi de rester avec moi si je lui avais confié mon problème d'alcool lorsque tout était au beau fixe entre nous ? Je ne le saurai jamais. On ne se rend compte de l'importance qu'ont les gens dans notre vie qu'une fois qu'on les a perdus.

J'ai pris de ses nouvelles par l'intermédiaire de Yohan, qui, contre toute attente, revoit Flavie de temps en temps. J'avais besoin de m'assurer qu'elle allait bien. Mais mon pote ne me dévoile pas grand-chose. Il m'a juste informé qu'elle a déménagé et qu'elle loue un appartement près du centre-ville. Je sais à quel point elle avait peur de laisser sa mère et de prendre son envol pour construire son avenir, mais elle l'a fait. Sans moi. Parce qu'elle n'a besoin de personne. Norah est forte, déterminée et elle se donne les moyens de réussir. Ce constat m'a fait tomber encore un peu plus amoureux d'elle. J'aimerais pouvoir lui dire à quel point je suis fier d'elle.

Alors, depuis deux semaines que j'ai appris la nouvelle, je ne bois plus. Son courage m'a inspiré et m'a incité à me reprendre en main. Je me suis rendu compte que j'avais besoin d'aide et je suis allé à ma première réunion des alcooliques anonymes. Je suis rentré dans cette salle plein d'*a priori*.

Mais, à la place des vieux qui transpirent le vin auxquels je m'attendais, je me suis retrouvé face à des personnes de mon âge, dont quelques femmes tirées à quatre épingles. Je n'ai pas osé parler, mais les écouter m'a fait du bien. Je me suis senti un peu moins seul l'espace d'une heure. Je pense que j'y retournai. Peut-être que je raconterai à mon tour mes déboires.

Le témoignage d'un homme m'a particulièrement touché. Il a tout perdu : sa femme, son boulot et ses deux enfants, qui refusent de lui adresser la parole malgré ses deux années de sevrage. J'ai réalisé que c'est probablement le chemin qui m'attend si je ne décide pas tout de suite de changer. Je veux être quelqu'un sur qui mon frère peut s'appuyer, être capable de regarder en arrière sans regret d'ici quelques années et, dans mes espoirs les plus fous, je voudrais que Norah soit à mes côtés. Pour ça, je dois refermer une bonne fois pour toutes la page de l'alcool de mon histoire. Pour moi, pour ma famille et pour celle que j'aime.

– Le film est fini ? balbutie la voix endormie de mon frère.

– Depuis plus de dix minutes.

– Il était tellement nul que j'ai fait un petit somme.

– Tu es un vieux qui pique du nez devant la télévision, assume !

– Je ne sais pas comment tu tiens le coup à bosser autant la journée et à ne pas t'écrouler en rentrant.

– T'es vaillant ou tu ne l'es pas, cherche pas plus loin.

– Très drôle ! s'exclame-t-il tout en regagnant son fauteuil roulant. Bon, tu te joins toujours à nous pour le resto demain, avec Caroline ?

Ce prénom ne quitte plus sa bouche. Il a changé ses plages horaires de rééducation pour cette nana. Elle se remet doucement d'une triple facture tibia-péroné. Le handicap de mon frère n'a pas l'air de la déranger le moins du monde. Tout est naturel entre eux. Je suis heureux pour Enzo, mais il est difficile pour moi de les voir ensemble. J'avais le même lien avec Norah. Caroline passe souvent ses soirées ici, mais nous laisse également profiter d'instants entre frangins. Je ne l'apprécie que davantage pour cette attention. Elle ne s'est jamais permis une remarque à mon sujet. Même lorsque j'ai été odieux avec Enzo en rentrant plus que bourré et qu'il m'engueulait. Elle aurait pourtant eu toutes les raisons de s'énerver. Finir la soirée sur une dispute entre son mec et son frère soûl, il y a mieux…

Lors de mon premier jour de sevrage, je suis revenu de l'atelier au beau milieu de la nuit. Ce matin-là, j'avais décidé d'arrêter l'alcool, mais au fil des heures, j'ai senti ma motivation s'étioler. Le manque était affreux. Norah ne quittait pas mon esprit. Je nous revoyais complices durant nos vacances, et même durant notre mésaventure. Ça me renvoyait inéluctablement au mariage d'Elif. Pourquoi me suis-je autant mis la pression ce jour-là ? Tout était fait pour que nous passions un excellent moment, mais j'ai flippé et commis l'irréparable. Une petite voix dans ma tête n'arrêtait pas de me répéter que ça ne servait plus à rien de ne plus boire puisqu'elle ne reviendrait pas. Je me suis donc jeté à corps perdu dans mon travail. J'ai ajouté une banquette dépliable au lit de la fille de mon client. Elle aura ainsi de la place pour inviter ses copines à dormir. J'avais peur de ne pas finir à temps, et je vais finalement lui livrer une plus grande pièce que prévu. À bout de force, j'ai dû tout de même me résoudre à rentrer. Arrivé à l'appartement, j'ai fondu en larmes dans les bras de mon frère qui s'inquiétait encore une fois de mon absence. Cette nuit a changé quelque chose entre nous. Je lui ai dit tout ce que j'avais sur le cœur. Ma culpabilité, mes doutes, mes peurs. Et il m'a tout rendu. Sa culpabilité, ses doutes, et ses peurs. Et depuis, il ne me lâche plus. Je sais qu'il ne va pas pouvoir veiller tout le temps sur moi de cette façon, mais pour l'instant, j'en ai besoin. Alors pour le remercier, je ne peux pas refuser d'aller dîner avec lui au restaurant que tiennent les parents de sa petite amie.

– Je ne louperais pour rien au monde ta première rencontre avec tes futurs beaux-parents, le taquiné-je en éteignant la télévision.

En vérité, je suis terrifié à la pensée de me retrouver dans un endroit où il y aura de l'alcool. Enzo le comprend sans que j'aie besoin de l'exprimer.

– Ne me fous pas la honte en racontant des trucs sur moi !

– Je ne peux rien te promettre.

– N'oublie pas que je pourrais me venger, donc fais gaffe, me menace-t-il.

– C'est ça ! Allez, va te coucher si tu ne veux pas louper ton réveil demain matin.

Il part dans le couloir et je le suis jusqu'à la cuisine.

– Tu vas dormir aussi ?

– Je vais d'abord grignoter quelque chose.

– Heureusement que tu t'es remis au sport à fond parce qu'avec tout ce que tu bouffes, tu aurais pris au moins dix kilos.

Chaque fois que j'ai envie de boire, je m'occupe en mangeant. La première semaine de sevrage a été fatale pour mon poids. J'ai donc repris la course à pied et je me suis inscrit dans une salle de sport. Soulever de la fonte et courir me permet d'évacuer la frustration. J'ai conscience que je passe trop d'heures à pratiquer ; que si j'analysais la chose, je remarquerais que je remplace une addiction par une autre, mais au moins, celle-ci a l'avantage d'être bonne pour ma santé. Je m'épuise donc au travail et à la salle. Malgré ça, je cherche le sommeil. Je sais où je pourrais le trouver. Entre les bras de Norah. Elle seule est en mesure d'apaiser mon cœur et mon esprit. Mais je ne mérite pas son réconfort, alors je continue ainsi, en espérant que ça finira par passer.

– J'ai acheté des pommes avant de rentrer, lancé-je en lui faisant un doigt d'honneur.

Il se marre et me laisse manger mon fruit.

Mes pensées me ramènent à Norah une fois de plus. Que fait-elle à cet instant ? Nous sommes au beau milieu de la nuit, elle doit donc dormir. M'a-t-elle déjà oublié ? Trois mois, c'est long et court. Peut-être a-t-elle rencontré quelqu'un et Yohan n'ose-t-il pas me l'avouer. C'est préférable, d'ailleurs. Je ne sais pas si je serais assez fort pour le supporter. J'ai eu si souvent envie de lui envoyer un message, mais j'ai effacé son numéro de mon répertoire. Je ne me souviens pas l'avoir fait. Un black-out dû au whisky, comme tant d'autres après notre rupture. Je ne me suis pas ridiculisé au point de demander à mon pote s'il l'avait. C'est certainement mieux ainsi.

CHAPITRE 43

NORAH

Le parking de la salle de concert est déjà à moitié plein. Comme à mon habitude, je me gare sur la première place que je trouve. J'ai horreur de tourner en rond dans le seul but de me rapprocher de l'entrée. Et pour ne pas changer, je suis également à la bourre. Je préfère donc courir pour rattraper mon retard, plutôt que de perdre mon temps à attendre que les voitures devant moi avancent. Je me dépêche du mieux que je peux, mais avec mes bottines à talons hauts, ce n'est pas une mince affaire.

– Ah ! La voilà ! entends-je Elif informer les autres.

J'embrasse rapidement mon amie et son mari, puis Flavie, qui me lance un regard noir tout en pianotant sur son téléphone.

– J'ai bien cru que tu ne viendrais pas et que j'allais devoir tenir la chandelle aux amoureux, m'engueule-t-elle en passant son bras sous le mien.

– Je n'ai pas vu l'heure défiler au travail, et je suis tombée dans les bouchons.

– Je t'avais bien dit de ne pas prendre un appart' trop près du centre-ville. C'est une vraie galère pour en sortir en voiture.

– C'est rare que je l'utilise. J'ai tout à quelques pas.

– Tu ne regrettes pas d'avoir quitté ta mère ?

– Pas du tout, m'exclamé-je alors qu'elle tend nos billets aux contrôleurs. Mais c'est aussi parce que je sais qu'elle va bien et qu'elle est heureuse avec Hamza.

De nombreuses personnes sont déjà éparpillées ici et là. C'est un groupe local que nous apprécions qui se produit ce soir, nous n'aurions manqué ça pour rien au monde. D'autant que nous ne sommes pas sorties faire la fête depuis le mariage. Durant les premières semaines, je n'avais pas du tout la tête à ça. J'ai préféré ruminer l'échec de ma relation avec Marco seule dans mon coin. Puis, le temps a passé et mon projet d'appartement a eu le mérite d'accaparer mes pensées. Maintenant que je suis bien installée, j'aimerais lui montrer que j'ai réussi à vaincre ma peur de partir. Mais partager mon bonheur avec lui n'est pas possible.

Neuf mois se sont écoulés depuis la dernière fois où j'ai entendu sa voix, mais je m'en rappelle encore très bien le timbre. Et il me manque toujours autant. Je redoute la venue de l'été. J'ai peur que cette saison qui a vu éclore nos sentiments ne fasse remonter trop de souvenirs. Je me demande sur quel projet il travaille, ce qu'il fait de ses soirées. Je préfère ne pas imaginer qu'il a pu replonger dans l'alcool. Quand cette idée m'effleure l'esprit, je culpabilise trop. Comment ai-je pu passer à côté de ça ? Aurais-je pu l'aider ? Ai-je fait quelque chose de mal pour qu'il ressente le besoin de se soûler au mariage de ma meilleure amie ? Je crois que c'est ce qui me fait le plus mal. En grandissant, j'ai pensé que ma mère buvait à cause de moi. Je devais faire quelque chose de travers et elle ne le supportait pas. J'ai fini par comprendre que je n'y étais pour rien. Mais qu'en est-il pour Marco ? J'ai l'affreuse sensation d'être responsable de sa rechute. Les paroles d'Hamza lors de mon emménagement n'ont rien arrangé. Est-ce que je suis en train de gâcher des années auprès de celui que j'aime ? Cela l'aiderait-il de savoir que je suis prête à attendre s'il accepte de se faire suivre ? Suis-je prête à être à ses côtés durant cette période et à supporter tout ce qui en découle ? La peur, la honte, la colère, la déception… Pour l'instant, lorsque j'y pense, je ne vois que le négatif. J'ai reproché à ma mère de ne pas m'avoir prévenue lorsqu'elle a décidé d'arrêter de boire avec le soutien de Hamza, m'empêchant ainsi d'être là, moi aussi, pour elle. Mais je suis incapable de tendre la main à celui de qui mon cœur est épris pour jouer ce rôle. Je suis une belle hypocrite !

Les premiers accords de guitare chassent Marco de mon esprit. Je tiens à profiter de la soirée avec mes amis.

Après plus d'une heure, la pause est bienvenue, aussi bien pour le groupe de rock que pour les spectateurs. Ils nous ont incités à sauter, à danser et à crier. Je meurs de soif d'avoir autant chanté.

– On va se chercher quelque chose à boire ? proposé-je à Flavie.

– Ouais ! répond-elle en tapant à nouveau sur son téléphone.

– On reste ici pour garder notre petit espace dans la fosse, m'indique Elif. Tu nous rapportes quelque chose ?

– Pas de problème ! Bon, Flavie, tu t'es transformée en Elif à l'époque où elle n'était pas encore mariée ? râlé-je, agacée de la voir toujours sur son portable.

– Pardon, ça va, je faisais juste une story du concert !

Nous nous frayons un chemin parmi la foule. Je constate qu'il y a plus du monde que ce à quoi je m'attendais.

Nous suivons le fléchage indiquant la buvette.

Ça fait du bien de s'éloigner du brouhaha ! Ce sentiment s'évanouit dès que je reconnais Marco. Il est avec Yohan et ils semblent se diriger au même endroit que nous, mais en arrivant par l'autre côté. Il ne m'a pas vue. Je ne pourrai pas l'éviter si je continue d'avancer. Je ralentis le pas, obligeant Flavie à faire de même. Ma copine me regarde et cligne des yeux en se demandant ce qui me prend. Elle fronce les sourcils en progressant encore. Et là, je comprends.

– Je te jure que si c'est toi qui as manigancé cette rencontre, je ne donne pas cher de ta peau ! l'engueulé-je en agrippant son bras pour l'empêcher d'aller plus loin.

– Tu seras fâchée autant que tu veux contre moi, mais vous devez vous parler, me répond-elle, très sérieuse.

Elle m'attrape la main et nous propulse encore plus près de la buvette avant de lancer, d'une voix fausse, même pour ceux qui ne la connaissent pas :

– Tiens ! Yohan et Marco ! Quelle surprise !

Mes yeux ne quittent pas une seconde celui qui me manque tant. Je note son froncement de sourcils, puis son étonnement en me voyant. Est-ce que son rythme cardiaque s'emballe comme le mien ? Son cœur est-il aussi dans tous ses états ? Nos regards se croisent, et c'est comme si rien n'avait changé. Comme si ces neuf mois sans nous côtoyer n'avaient pas atténué nos sentiments. Au contraire. Si j'écoutais mon cœur, je me jetterais dans ses bras. Sa peau, son parfum, ses caresses, j'ai envie de retrouver tout ça.

Je me ressaisis lorsqu'il rompt le contact pour tourner le visage vers son pote, avant de lever les yeux au ciel quand ce dernier hausse simplement les épaules.

Nos deux énergumènes d'amis ont la décence de ne pas jouer plus longtemps aux idiots. Ils nous laissent seuls et se dirigent ensemble vers le stand.

– On aurait dû prévoir qu'ils nous feraient ce coup-là, tu ne crois pas ? me lance Marco dans un petit sourire.

– C'est vrai, accordé-je, alors que je suis un peu bousculée par un groupe qui rejoint la buvette.

Marco pose une paume sur mon bras pour me décaler et nous mettre à l'écart du passage. Ce contact m'électrise. Il note ma réaction et enlève sa main, en serrant les dents.

– Tu as l'air d'aller bien, dis-je pour engager la conversation, puisque nous n'y échapperons pas.

– Je vais bien, répond-il, sans rien ajouter.

J'ai refusé de faire partie de sa vie à cause de ses problèmes, je ne peux pas espérer qu'il m'en dise plus. Mon regard s'attarde sur lui. Ses cheveux ont poussé, ainsi qu'une légère barbe le long de ses joues et de son menton. Je dois admettre que ça lui va bien.

Il maltraite ses lèvres charnues en les mordillant. Il fait ça lorsqu'il cherche ses mots. Il croise les bras sur son torse en inspirant fort. Marco était déjà bien bâti, mais j'ai l'impression qu'il a pris en muscles depuis que nous ne nous voyons plus.

– Tu t'es mis à la muscu ?

– Oui, j'ai repris la course à pied, et une chose en amenant une autre, je me suis retrouvé dans une salle de sport à soulever des barres.

Son sourire n'arrange rien à l'état dans lequel je me trouve. Il est le Marco que j'ai connu, le mec dont je suis tombée amoureuse, celui qui me manque cruellement. J'essaie de me rappeler à quel point il m'a fait souffrir pour ne pas me pendre à son cou et l'embrasser. C'est difficile de le voir ainsi, sans me sentir nulle de ne pas avoir su être à la hauteur pour rester à ses côtés, malgré ses tourments.

Le silence perdure. Je finis par comprendre qu'il ne me retournera aucune de mes questions. Peut-être n'en a-t-il rien à faire… Mon rejet l'a sûrement blessé et il a tourné la page.

– Bon, j'ai été contente de te voir, lancé-je sans réellement le penser, car ça m'aura fait plus de mal que de bien.

Enfin, je crois. Je ne sais plus. Être si proche de lui me perturbe.

– Attends, m'interrompt-il en me retenant par la main. Je te connais, Norah. Tu pars parce que je ne te questionne pas, mais c'est inutile. Je suis au courant que tu as enfin osé partir de chez ta mère, que tu vis près de ton travail. J'interroge Yohan chaque fois qu'il voit Flavie. C'est plus fort que moi, j'ai besoin de savoir comment tu vas.

– Ce que tu apprends sur moi ne te dit pas si je vais bien, lui fais-je remarquer.

Sa main serre un peu plus fort la mienne, qu'il n'a pas relâchée. Il hoche la tête pour confirmer mes propos.

– J'ai arrêté de boire, tu sais. Ça va faire six mois seulement, mais je me fais aider cette fois-ci. J'assiste aux réunions des alcooliques anonymes de mon quartier et ça me permet de me sentir moins seul. Surtout depuis qu'Enzo envisage d'emménager avec sa copine. Et le sport, comme tu l'as remarqué, m'aide aussi beaucoup.

Plusieurs choses me prennent au dépourvu. Tout d'abord, je comprends qu'il a traversé des mois difficiles après notre séparation. Je me rends également compte qu'il aurait eu bien besoin de quelqu'un pour le soutenir, en plus de son frère. J'aurais pu être cette personne. J'aurais dû, me souffle une petite voix. Puis, je l'imagine aussi seul que moi, dans son appartement.

– Je suis contente d'apprendre que tu t'en sors.

– Ouais, un jour après l'autre.

J'ai besoin de prendre mes distances. Je suis chamboulée par ce qu'il m'a annoncé. Ces nouvelles se mélangent aux paroles d'Hamza. La décision de changer doit venir de lui. Il l'a fait.

– Continue à prendre soin de toi, soufflé-je en guise d'au revoir avant de filer vers la fosse, sans attendre Flavie.

Comme l'avait prédit Hamza, je n'ai que des regrets alors je m'enfuis telle une lâche. Parce que de nous deux, c'est bien moi qui le suis. Il a fait le plus dur, là où je n'ai même pas été fichue de me battre pour nous.

CHAPITRE 44

MARCO

Mes séries de développé couché ne m'ont pas suffi à canaliser la rage tapie en moi. J'attrape ma serviette et essuie la sueur sur mon visage. Les quelques gars avec lesquels j'ai sympathisé se sont contentés d'un simple geste de la main pour me saluer lorsque je suis arrivé. À mon expression fermée, ils ont compris que je n'étais pas d'humeur. Encore moins que d'habitude.

Je monte sur un tapis de course et lance un programme de fractionné. Depuis que j'ai revu Norah au concert, hier, je ne parviens plus à me raisonner. Yohan pensait bien faire en nous tendant un guet-apens, mais il avait tout faux. Elle semble avoir tourné la page. Je sais qu'elle est sincèrement contente pour moi que je me sois pris en charge et que j'aille mieux, mais ça ne change rien pour elle. Je me suis bercé d'illusions en imaginant qu'elle me reviendrait peut-être. Lorsqu'elle est repartie et que sa main s'est détachée de la mienne, je me suis empêché *in extremis* de la retenir. J'aurais voulu la plaquer contre moi et l'embrasser pour lui rappeler à quel point c'est bon, nous deux. À quel point on était bien ensemble. À quel point nos sentiments sont forts et capables de surmonter ça. Je ne pensais pas que cela aurait été possible, mais elle me manque encore plus maintenant que je l'ai revue. Il faut que je trouve une solution pour la sortir de mon esprit, à présent que je suis convaincu qu'il n'y a plus d'espoir. Dois-je commencer par rendre les sourires que certaines adhérentes me lancent ici ? Peut-être que batifoler un peu me changera les idées… Mais je ne peux m'empêcher de comparer ces filles à Norah. Aucune n'a son sourire lumineux, ni son regard taquin, et encore moins ce pouvoir qu'elle avait de m'apaiser. Elle seule peut combler le vide qu'elle a laissé dans ma vie. Alors, comme je le fais chaque soir à la fin de ma session, je quitte la salle sans une attention pour ces demoiselles.

Après une douche express, je rentre à pied jusqu'à mon appartement. Personne ne m'y attend. Enzo et Caroline filent le parfait amour. La copine de mon frère est complètement remise de sa fracture, et Enzo a donc repris les séances de rééducation l'après-midi. Ce qui nous a beaucoup fait rire. Il n'a jamais été du matin et il y a des choses que son accident n'aura pas changées. Comme notre lien.

Même s'il a été fragilisé, il en est au final renforcé aujourd'hui et c'est tout ce qui compte.

Je croise quelques passants sur mon chemin. Personne ne se dit bonsoir à cette heure-ci, comme si nous étions tous de dangereux criminels pour errer si tard dans les rues. J'hésite à aller à la réunion des alcooliques anonymes de ce soir. Ma montre indique 22 heures, elle doit être en train de se finir, ça ne sert à rien.

Je réfléchis à ce que je vais faire une fois rentré chez moi. L'important est de ne pas avoir un instant à moi. Je vais commencer par lancer une machine avec mes vêtements de sport. Je mettrai ensuite des pâtes à chauffer, et je décongèlerai une sauce au pesto. Il me reste encore du jambon de parme et du parmesan, ce sera parfait. Côté film, ça devient de plus en plus difficile d'en trouver un que je n'ai pas vu au moins une fois.

Lorsque je tourne enfin à l'angle de ma rue, j'aperçois une silhouette qui patiente devant la porte de mon immeuble. Mon cœur manque un battement en reconnaissant Norah. J'ai peur de rêver éveillé tellement je crève d'envie de la voir, alors j'accélère pour qu'elle ne disparaisse pas. Le bruit de mes pas attire son attention. Ses grands yeux plongent dans les miens. J'y décèle de la culpabilité, et de l'amour aussi, je crois. J'en ai la confirmation quand elle raccourcit la distance entre nous d'un pas décidé, que ses mains s'accrochent aux pans de ma veste et que sa bouche se pose sur la mienne.

Je suis au paradis.

Il me faut quelques secondes pour répondre à son baiser tant je suis sous le choc. Je prends son visage entre mes paumes et enroule ma langue autour de la sienne. Mes doigts se perdent dans ses cheveux tandis qu'elle fait courir les siens sur mon torse. Son contact m'enflamme.

Je sens qu'elle veut se reculer, mais je ne suis pas encore prêt à mettre fin à notre baiser. J'ai trop peur de finir par me réveiller et m'apercevoir qu'elle n'est pas là.

D'une main dans le bas de son dos, je la garde contre moi et continue à l'embrasser. Un sourire étire ses lèvres face à mon empressement. Alors, je prends le risque de calmer mes ardeurs. Pour mon plus grand bonheur, elle ne disparaît pas. Je pose mon front contre le sien. Elle frotte le bout de son nez contre le mien, les yeux fermés.

– Tu es bien là, soufflé-je pour moi.

– Pardon, murmure-t-elle alors qu'une larme lui échappe. Pardonne-moi de ne pas avoir su être aussi forte que toi.

– Tu n'as rien à te reprocher, lui assuré-je en la couvant d'un regard amoureux alors qu'elle me fixe à nouveau. C'est moi le seul fautif dans l'histoire. J'aurais dû t'en parler bien avant. C'est ma lâcheté qui a tout foutu en l'air.

– Tu as eu peur d'exprimer ton problème et je le comprends. Enfin, j'ai fini par le comprendre, précise-t-elle dans une grimace qui me fait sourire. Comment aurais-tu pu te confier à moi alors que tu savais que c'était rédhibitoire pour moi, à cause de mon vécu avec ma mère ?

Tout à coup, ses mots me foutent la trouille. Aurais-je mal interprété sa venue ce soir et ce baiser ?

– J'aurais dû trouver le courage de le faire.

– Et j'aurais dû l'avoir pour traverser cette épreuve avec toi. Je suis tombée amoureuse de toi avant de savoir que tu avais des soucis d'alcoolisme, et même si ça aurait été plus simple pour moi qu'il en soit autrement, ça n'a rien changé à mes sentiments pour toi.

– Je t'aime comme un fou, Norah. Et notre séparation n'a fait qu'accroître ce que je ressens pour toi.

Nous ne résistons pas à l'envie de nous embrasser encore.

Je nous emporte tant bien que mal jusqu'à mon appartement et je galère à ouvrir la porte. Je la referme d'un coup de pied et laisse choir mes clés au sol. Nos vêtements s'envolent à mesure que nous approchons de ma chambre. Mes paumes renouent avec les lignes de son corps. Ma bouche redécouvre la saveur de ses tétons. Mes cheveux se souviennent de sa poigne lorsqu'elle brûle de désir.

Le gémissement de mon prénom résonne à nouveau dans la pièce.

Nous ne tardons pas à ne faire plus qu'un, à nous unir dans un corps-à-corps qui témoigne du manque de l'autre que nous avons ressenti. Je prends, elle donne. Elle prend, je donne. Me passer d'alcool me semble bien plus facile que de devoir me passer d'elle.

Norah blottie contre moi, nos jambes enchevêtrées, ses doigts se baladent sur mon ventre. Ce silence sera court, j'en ai conscience. Elle doit avoir plein de questions ou de conditions à poser. Je suis prêt à tout pour qu'elle reste auprès de moi.

– Lorsque l'on s'est vus au concert, tu m'as dit que tu avais arrêté de boire depuis six mois.

– C'est ça, confirmé-je en jouant avec quelques mèches de ses cheveux. Après notre séparation, je n'ai pas été très fréquentable. J'ai replongé dans mes plus mauvais travers.

– Qu'est-ce qui a fait que tu as arrêté ?

– Je ne supportais pas l'idée de devenir pire que celui que j'étais avant l'accident de mon frère. J'ai décidé de me faire aider. Je savais que j'en avais besoin. Que je n'y arriverais pas seul, cette fois-ci. Je suis allé aux réunions des alcooliques anonymes et j'ai rencontré un homme. Divorcé, sans emploi, des gamins avec lesquels il n'a plus de contact. J'ai compris que c'était à peu de chose près ce qui m'attendait si je ne me reprenais pas en main.

Norah se redresse pour pouvoir me regarder :

– J'imagine que ça a dû être compliqué à gérer pour toi. Même si je suis sûre que tu as pu compter sur ton frère et Yohan. J'aurais dû être présente.

– Je ne t'en veux pas, tu sais. J'ai compris tes raisons. Elles sont légitimes.

– Mais à partir de maintenant, je serai là. Je ne te quitte plus. Quoi qu'il arrive, insiste-t-elle.

– Maintenant que tu es avec moi, il ne peut m'arriver que du bien.

J'étais déjà déterminé à ne plus jamais boire une goutte d'alcool de ma vie, j'avais cerné les enjeux pour moi, mais, avec Norah à mes côtés, ce parcours me semble moins terrifiant. Elle a ce pouvoir de rendre ma vie plus simple grâce à ses sourires. Je compte bien en chérir chaque instant.

ÉPILOGUE

NORAH

Le soleil culmine à son zénith et les cigales chantonnent, cachées dans les palmiers aux alentours. C'était une idée géniale de descendre jusqu'à la Méditerranée cet été.

L'année dernière, après nous être retrouvés, Marco et moi aurions pu partir quelque part, mais nous avons préféré profiter l'un de l'autre dans notre ville, et laisser derrière nous les souvenirs de nos vacances passées. Même si nous nous sommes rencontrés durant celles-ci, notre histoire a réellement commencé le soir où j'ai pris la meilleure décision de mon existence. Notre vie à deux a pour point de départ le jour où j'ai su tout de lui et lui tout de moi. Nos craintes, nos désirs, nos envies pour l'avenir, nous avons tout partagé cette nuit-là. Nous ne nous sommes plus quittés, aussi. Si je n'étais pas chez lui, il était chez moi.

Quelques mois plus tard, Marco a résilié son bail et a emménagé dans mon appartement.

Deux années se sont écoulées depuis nos vacances entre filles dans les Gorges du Verdon. Tant de choses se sont passées. Les mois les plus difficiles ont été ceux pendant lesquels j'étais séparée de Marco. Aujourd'hui, il n'a plus bu depuis plus d'un an. Il continue d'aller quelquefois aux réunions des alcooliques anonymes. Je sais que ça lui fait du bien de partager son expérience, de montrer qu'il est possible de s'en sortir, et aussi d'être là pour ceux qui en ont besoin. Certains moments restent compliqués à gérer pour lui. En particulier, les dates anniversaire de l'accident de son frère. Cette année, nous avons passé la soirée fatidique tous les quatre, avec Enzo et Caroline, autour d'une raclette et d'un replay du *Marrakech du rire*. Ça ne nous a pas empêchés d'aller nous coucher le cœur lourd, mais partager notre peine en riant aura eu le mérite d'apaiser nos angoisses.

Cet été, nous avons donc posé nos valises du côté de Bormes-les-Mimosas. J'aime me baigner à la Favière et bronzer sur les petites plages du coin, un peu plus intimes. Marco les connaît toutes, car il est souvent venu en vacances ici avec son frère quand ils étaient jeunes. J'apprécie de le suivre dans les ruelles du vieux village et l'entendre me raconter ses souvenirs heureux.

Allongée dans le lit du mobil-home qu'on a loué pour les deux semaines à venir, je m'étire en bâillant. Cette petite sieste de fin d'après-midi, au retour de la plage, m'a fait le plus grand bien. Marco m'a d'abord dérangée de façon délicieuse avant de me laisser dormir. Maintenant, il va falloir que je me bouge si je ne veux pas arriver en retard pour le barbecue qu'organise Hamza.

Ma mère et lui nous ont rejoints pour passer une semaine dans le même camping que nous. Il ne manquait plus qu'elle pour que tout soit parfait. En effet, Elif et son mari sont venus avec nous et ont loué un mobil-home semblable au nôtre, tandis que Flavie et Yohan occupent la caravane de ce dernier. Ces deux-là se fréquentent de manière régulière, mais ils refusent d'admettre qu'ils sont faits pour être ensemble. Je crois qu'ils sont aussi peureux l'un que l'autre d'avouer leurs sentiments. Enzo et Caroline sont également de la partie. Ça n'a pas été une mince affaire de réunir tout le monde en même temps, mais nous y sommes parvenus, pour notre plus grand bonheur.

– Tu es réveillée, remarque Marco en ouvrant la porte de la chambre. Il va falloir bouger ton joli corps, sinon tu peux compter sur Flavie pour t'y aider.

– Ça ira ! lancé-je en me levant pour attraper la robe posée au bord du lit. Qu'est-ce que tu as fait pendant que je dormais ?

– J'ai continué à avancer sur le plan de la cuisine.

Il y a quelques mois, j'ai eu l'occasion, par le biais de mon employeur, d'acheter un terrain constructible à seulement une demi-heure de Lyon. Avec Marco, nous n'avons même pas eu peur de franchir cette étape d'investir ensemble. Nous nous aimons. Nous connaissons la puissance de nos sentiments. Tous les deux, c'est pour la vie. Quoi qu'il arrive.

Depuis, nous sommes inarrêtables. Après avoir passé des heures sur les plans de la maison en bois de nos rêves, Marco s'occupe du design de l'intérieur en imaginant des meubles sur mesure, qu'il fabriquera évidemment lui-même.

– Tu travailles trop, lui murmuré-je à l'oreille en nouant mes bras autour de son cou.

– Quand c'est pour notre maison, ce n'est pas du travail, c'est du plaisir.

J'embrasse sa mâchoire puis remonte jusqu'à ses lèvres.

– Quand on rentrera au mobil-home ce soir, je te montrerai ce que c'est le plaisir, lancé-je en lui volant un dernier baiser.

Je quitte la chambre, suivie de près par Marco.

– Tu ne peux pas me balancer des trucs comme ça avant d'aller manger avec ta mère et Hamza.

Je porte mon attention sur son entrejambe et me marre.

– Oups !

Je sors vite de notre location, avant qu'il ne décide de régler son problème tout de suite, même si ça doit nous mettre en retard. Elif et Ohran passent justement à hauteur de notre mobil-home, suivis par Flavie et Yohan.

– Je meurs de faim, j'espère qu'Hamza a prévu le plein de merguez, s'exclame la future maman.

– Elif, il va quand même falloir que tu te calmes sur la bouffe à un moment. Tu en es à peine à quatre mois et désolée de te le dire, mais tu as déjà beaucoup grossi.

– Laisse-la tranquille, réprimandé-je Flavie, qui n'a pas perdu son franc-parler. Elle va nous faire un beau bébé, c'est tout ce qui compte.

– Ne t'en fais pas Flavie, intervient Ohran. Elif fait aussi beaucoup d'exercice à côté, ça compense.

Nous nous regardons toutes les trois en comprenant le sens des paroles du mari de notre amie et nous explosons de rire, alors qu'Elif rougit.

Marco et Yohan sont en retrait, à quelques pas de nous.

– Bon, vous faites quoi tous les deux ? les interpelle Flavie en s'arrêtant pour les attendre.

Ils sourient, mais ne répondent rien. Ces deux-là préparent un coup fourré, j'en mettrais ma main à couper. Marco enlace nos doigts. Je me colle contre son bras et pose ma tête sur son épaule.

Sur place, Enzo et Caroline sont déjà installés sur la terrasse. Nous nous passons des salutations, car nous avons tous passé l'après-midi ensemble à la plage. L'odeur de la viande grillée réveille mon estomac tandis que nous nous asseyons autour de la table.

– Qui boit quoi ? demande ma mère. J'ai : jus de pomme, jus d'orange, sirop de grenadine, de menthe ou de citron.

Marco et moi rions discrètement parce que Flavie et Yohan ne se font toujours pas à l'idée de ne pas déguster un petit cocktail alcoolisé en présence de ma mère. Lorsque nous ne sommes qu'entre nous, ça ne dérange pas Marco. En revanche, ma mère est intraitable : pas d'alcool à sa table. Ils comprennent bien sûr la raison de cette interdiction, mais pour ces deux amoureux de la fête, il est inconcevable de ne pas descendre une boisson plus forte. Je les connais assez pour savoir qu'ils se rattraperont dès qu'ils seront de retour dans leur caravane.

– Alors Caroline, tu as pu voir, pour le parachute ascensionnel ?

La petite amie d'Enzo devait s'occuper de réserver cette activité pour les deux frères et s'assurer qu'elle était accessible pour les personnes à mobilité réduite.

– Tout est bon pour demain, à 14 heures.

– Génial ! s'exclament les deux concernés en se tapant dans la main.

– Attention, les jeunes, c'est chaud ! annonce Hamza en revenant avec une première assiette pleine de saucisses.

Tels des affamés, nous ne tardons pas à nous servir et à piquer dans les salades prévues en accompagnement.

Entourée de mon ancienne et de ma nouvelle famille, je ne pourrais pas être plus heureuse. Depuis que j'ai retrouvé Marco en bas de chez lui, je vis dans une petite bulle de bonheur. Nous sommes sur le point d'accomplir un grand projet avec la construction de notre maison. Si on m'avait dit, il y a deux ans, que j'allais rencontrer un homme dont je tomberais éperdument amoureuse, qu'il me ferait souffrir terriblement, mais que je lui pardonnerais, je n'en aurais pas cru un mot. Pourtant, tout cela est bien réel.

À nous dix, les plats sont vite débarrassés pour laisser place aux desserts. Des tartes aux fruits, comme j'adore, ainsi que des macarons. J'en salive d'avance. Marco se lève et se poste en bout de table.

– J'ai quelque chose à vous dire, ce soir, déclare-t-il de façon très solennelle et l'air un brin stressé, en me regardant. Il y a deux ans, je rencontrais une jeune femme dans un camping comme celui-ci.

Ma mère m'observe en souriant. Pourquoi semble-t-elle savoir ce qui se trame ?

– Cet été-là, j'étais paumé et malheureux, explique-t-il en glissant un regard vers son frère. Le sourire de Norah n'a pas mis longtemps à envoyer valser mes angoisses. On s'est retrouvés isolés au milieu de nulle part et je crois que cette mésaventure nous a été bénéfique. Je ne sais pas si, sans cet évènement tragique, nous nous serions revus, alors, même si c'était flippant, je ne regrette rien. Et si c'était à refaire, je voudrais encore me perdre avec toi, Norah.

Je lui adresse un clin d'œil en me mordant les lèvres. Pourquoi me fait-il une déclaration devant notre famille ? J'ai peur de deviner ce qui est en train de se passer, tout en craignant de me tromper et d'être déçue.

– Le destin s'est quand même bien amusé avec nous, il faut le reconnaître. Sur le papier, rien n'était possible entre nous. Mais nos sentiments ont changé la donne et nous avons su réécrire l'histoire à notre façon. Aujourd'hui, tu es ma boussole, mon étoile du berger, le centre de ma vie et je ne me sens complet que lorsque je tiens ta main.

Il s'avance et prend ma main gauche dans la sienne. Il sort une petite boîte en velours de la poche de son pantalon et pose un genou à terre.

– Accepterais-tu de devenir ma femme ?

Je me jette dans ses bras, en pleurs. Je n'avais pas du tout vu venir sa demande en mariage. Marco parvient toujours à me surprendre, et c'est une des raisons pour lesquelles je l'aime tant.

– Oui, confirmé-je entre deux sanglots, avant de l'embrasser sous les cris de félicitations de nos proches.

REMERCIEMENTS

Chaque fois qu'arrive le moment de rédiger mes remerciements, je prends conscience du travail accompli jusqu'ici. Et si je n'avais pas à mes côtés toutes les personnes qui vont suivre, je n'y serais certainement pas arrivée.

Comme toujours, Marjy Noname, tu as été là pour m'écouter, m'épauler, me soutenir. Il me suffit d'un petit émoticône sur Messenger pour que tu sois là virtuellement dans les deux minutes. Merci de supporter mes questions et mon stress lors de chaque sortie.

Fanny Myjany, tu n'imagines pas à quel point je suis heureuse et touchée que tu acceptes de lire mes histoires et de me donner ton avis. Il compte beaucoup pour moi et je sais que, tout comme moi, tu as une vie déjà bien chargée. Merci également d'être présente au quotidien. Même si ce n'est que virtuel, ça n'en est pas moins fort et sincère.

Ma chère Aurélie, qu'est-ce que j'ai aimé partager cette écriture au fil des chapitres avec toi. Tes retours

« à vif » pendant que j'écrivais ont été bénéfiques et m'ont permis de garder le cap. Merci pour ton brin de folie si appréciable.

Et bien sûr, comme pour chaque histoire, Flora Armonie. Lorsque je t'envoie mon manuscrit, j'attends toujours ton ressenti avec anxiété. Je sais que tu ne laisseras rien passer, que tu ne me ménageras pas. Parce que tu fais partie de ces personnes qui permettent aux autres de grandir et de s'améliorer. Comme toujours, ton regard sur l'ensemble de l'histoire a porté ses fruits. Merci d'accepter chaque fois de me lire, mais aussi d'en parler lorsque je coince sur un détail, de développer mes idées en discutant par téléphone.

Merci Manon Kaljar pour tes conseils au niveau de l'arrivée de Norah et Marco aux urgences. Tu es mon médecin attitrée et, malheureusement pour mes personnages, il leur arrive toujours des bricoles qui nécessitent tes connaissances.

Un grand merci à ma nièce, Menendi, qui m'a aidée pour toutes les coutumes et traditions autour du personnage d'Elif. Bientôt, ce sera le tien de mariage et je suis déjà émue à l'idée de partager cela avec ta famille, qui est devenue la mienne au fil des années.

Je voudrais également remercier ma maison d'édition qui continue à me faire confiance. Un grand merci à mon éditrice pour son travail et sa patience concernant le choix du titre et de la couverture.

Comme pour chaque roman, j'ai encore beaucoup appris grâce à elle.

Merci à toutes les blogueuses et chroniqueuses qui partagent leurs avis sur mes livres. Vous en parlez tellement mieux que moi.

Et à vous aussi, mes lectrices, celles qui me suivent depuis le début, merci pour votre confiance. Et à celles qui me découvrent à peine, merci de vous être laissé tenter par l'histoire de Norah et Marco.

Merci à mon mari qui m'a emmené passer des vacances dans les Gorges du Verdon, sans se douter de tout ce que cela allait m'inspirer.

Merci à mes proches qui me suivent et me soutiennent : Nejma, Guylaine, Nadia, Melissa.

N'oubliez pas de laisser un petit commentaire sur les libraires lignes, c'est tellement important pour aider notre roman à conquérir d'autres lectrices.

Je vous dis à très vite pour de nouvelles aventures.

PAR LA MÊME AUTEURE :

Cooper Training, Julian, 2019, Hugo Poche
Cooper Training, Calvin, 2019, Hugo Poche
Cooper Training, Harry, 2020, Hugo Poche
Sans Faute, 2020, Hugo New Romance
(2021, Hugo Poche)
Comme une ombre au tableau,
2021, Hugo New Romance (2022, Hugo Poche).
Écrit à quatre mains avec Marjy Noname
Palisades Park, tome 1, 2023, Hugo New Romance
Palisades Park, tome 2, 2023, Hugo New Romance
Palisades Park, tome 3, 2023, Hugo New Romance

Retrouvez Maloria Cassis
sur les réseaux sociaux :
Facebook.com/MaloriaCassis
Instagram.com/maloria67

Et sur son site :
www.maloriacassis.com

Composition et mise en pages
Nord Compo à Villeneuve-d'Ascq

La Vie privée des Hommes

Au temps des grandes découvertes

Texte de Pierre Miquel
Professeur agrégé de l'Université

Illustrations de Claude et Denise Millet

Hachette

© *Hachette, 1976.*